U0059639

# 和樂農農 1

風文創 1048

舒奕 著

# 目錄

# 序文

舒奕

看書是我從小到大的一項愛好，不管是詩歌散文，還是小說或是科普讀物，我都能津津有味地抱著書看上一整天。

第一次有自己創作小說的念頭是在小學，那時候老師會要求大家每天都寫一個句子，寫得好的小朋友就可以得到一朵小紅花，並且在星期五的班會時站在講臺上，朗讀自己寫的好詞好句。

對於年幼的我來說，能夠登上講臺簡直是莫大的榮光，我立志要寫出全班最好的句子，再滿臉驕傲地站在講臺上，朗誦出來。

隨著登臺次數增多，我對寫作的慾望不再滿足於寫單獨的句子，而是像課本上學習的文章一樣，寫出一個完整的故事。

有了這個念頭後，我說幹就幹，一有空閒就開始記錄生活的日常事以及一些天馬行空的幻想。

這份對寫作的熱情一直延續到高中，隨著時間推移，我的寫作願望也從寫故事變成了寫一部完整的小說。於是我開始動筆寫我的第一本小說，正是《和樂農農》這本書的雛形：一個在都市生活的女白領，不小心穿越回古代，在朝堂上呼風喚雨風光無比的故事。

但這本書剛寫了一千字，我迎來人生非常重要的一個節點：高考，繁忙的學業讓我無暇顧及寫作，這個計劃不得不擱置。

直到大學畢業後，我時間變得充裕，也終於擁有了對空餘時間的自主掌控權。一次週末整理以前的舊課本，我突然翻到了當時寫下的小說雛形，在感慨文筆幼稚的同時，我也萌生出將這本小說寫完的念頭。

而這段時間，我正瘋狂迷戀各類種田文，喜歡小說裡所描寫的古代農家生活。特別是主角穿越到一窮二白的貧困家庭，從飯都吃不飽，衣也穿不暖，被壓迫被欺辱，奮起反抗，靠著主角堅強的意志品質，以及積極向上的樂觀生活，不斷努力，最終發家致富，走上了嶄新的人生之路。

這類故事雖然都是無名無姓的小人物奮鬥史，沒什麼驚心動魄的愛情或是跌宕起伏的傳奇故事，卻貼近日常，細水長流，富有生活氣息。

於是我決定將這本書也改寫成最愛的種田文。

寫這本書的時候也不是一帆風順的，因為我從小在城市長大，沒有接觸過農村生活，在描寫生活細節時，真可謂是兩眼一抹黑。

好在我的大學是農科學校，不少同學選擇了到農村發展，讓我有了接觸農家生活的機會。

與此同時，我也有幸認識到了不少勤勞樸素、吃苦耐勞、樂觀向上的農家女，在她們的影響下，我將本書的女主角林伊也塑造成了具有這些美好品質的女性。

在書中她幫助母親和離、幫助堂姊擺脫重男輕女的原生家庭、過上幸福生活的情節，也是我對於這些善良樸實的農家女的美好祝願，希望她們都能遠離痛苦與不幸，靠著自己的努力過得開心快樂。

蔡駿老師曾說過，寫故事的人有一個願望：讓讀者不停地翻頁，從頭讀到尾。我也真心的希望，在看這個故事的你們，能夠陪伴著林伊一起奮鬥，見證她的成長與幸福。

# 第一章

八月雨後的山林，草木蔥蘢，繁花盛開，濕潤的空氣中滿是清新的泥土味和野花的芳香，令人心曠神怡。

只是這場細雨，沒有將熱氣褪去多少，卻讓後山到村裡的小路變得泥濘不堪。

吳伊揹著背筐從山上走下來，小心躲避著地上的水窪，卻仍是濺了滿腳泥。

她無奈地嘆口氣。「回去又要被奶奶罵了。」

吳伊今年十二歲，卻瘦弱矮小，看著只有八、九歲的模樣，裝滿柴火的大背筐像座小山，壓得她直不起腰來。

她努力直起身，將背繩理了理，又捶了捶痠痛的肩膀，便弓下身子，繼續往家走。

快到家時，就見村長家的小兒媳提著大包小包地從村口走過來，吳伊立刻脆聲招呼。

「翠孀子！」

翠孀子才嫁進來不久，身材嬌小模樣俊俏，為人熱情爽快，對吳伊特別溫柔，因此吳伊很喜歡她。

「小伊撿柴火啊！」翠孀子忙笑著回應。

她見吳伊揹著沈重的大背筐，一步步走得艱難，褲腿上還濺了些泥點，稀疏枯黃的頭髮亂蓬蓬披散著，襯得蒼白的小臉沒有巴掌大，一雙眼睛卻又黑又亮，更顯清秀俏麗，楚楚可憐。

翠嬸子看得心酸，上前替吳伊理了理額前亂髮，微嗔道：「瘦得只剩一把骨頭了，怎麼還揹這麼大的筐，瞧這滿頭的汗！」

她解開小包袱，拿了個小麵餅遞給吳伊。「來，這是我娘家做的甜餅，妳嚐嚐。」

吳伊眼更亮了，她吞了口口水，猶豫了一下，最終還是接過小麵餅，誠心謝道：「謝謝翠嬸子！」

「不用不用，快回家吃飯吧。」

吳伊高興地點點頭，加快腳步朝家裡走去。

看著手裡酥脆的小麵餅，吳伊忍不住放在鼻尖前聞了聞，又掰了一小塊放進嘴裡，細細咀嚼，小麥特有的清香立刻溢滿口腔，令她直瞇起眼。「真好吃！」

吳家家貧，很少能吃白麵粉，就算有，也只給長輩和兩個堂兄弟吃，她和娘親連玉米糊糊都吃不飽，早忘了白麵粉是什麼滋味。

她想把麵餅帶回家跟娘親分著吃，便用兩隻小手合起來遮住麵餅，加快了腳步。

今天早上她們被奶奶罵了一通，還不許她們吃早飯。

她餓得不行，在山上找了點野果子吃，可是並不止飢，現在肚子餓得發疼，更別提娘親在家幹了一上午的活，什麼都吃不了，肯定更難熬……

正走著，一個人影從右側閃了過來，擋在她的面前，扠腰厲聲責問道：「臭ㄚ頭！妳手裡拿什麼？」

吳伊聞言，腳步一頓，怯生生抬頭。

原來是大伯的兒子，她的堂弟小寶。

小寶雖然只有八歲，卻因為是吳家唯二的男孫，深得奶奶的寵愛，家裡有好吃的都由著他吃，長得高胖壯實，足足比吳伊高了一個頭。

他和一群孩子正在家門口玩耍，看見吳伊鬼鬼祟祟的，覺得她肯定藏了好東西，立刻衝上來。

吳伊見小寶眼睛直勾勾地盯著自己，知道這小麵餅藏不住了，她低下頭悄悄嘆口氣，把麵餅拿出來掰成兩半。「是甜麵餅，翠嬸子給我的，我分一半給你。」

小寶接過來一把將麵餅扔進嘴裡，一邊大口咀嚼，一邊又朝她伸手。「我還要！」

麵餅太香了，又酥又甜，他從沒吃過這麼好吃的餅，就是太小了不夠吃，兩三口就沒了！

吳伊不肯，把麵餅藏在身後，搖頭小聲拒絕。「我只有一點點了……」

說完側身想從小寶身旁繞過去。

小寶急了，腳步一挪，堵住吳伊的去路，厲聲威脅。「貪吃的賤ㄚ頭！快給我！不然我讓奶奶打死妳！」

吳伊不願再同他拉扯，低頭往屋裡衝。

小寶見吳伊不理他，頓時大為惱火，一把抓住吳伊的頭髮就往後扯，嘴裡咬牙切齒地罵道：「妳這作死的賠錢貨，有好吃的就藏起來，只曉得吃獨食，爛了心肝，看我不撕了妳！」

這些惡毒的話都是奶奶田氏平常掛在嘴邊罵她們母女的，小寶聽多了，張口就來。

吳伊不吭聲，眼裡含著淚，反過手用力爭奪自己的頭髮。

已經給了一半，憑什麼還要給你！我要留著給娘吃！

小寶被田氏和他娘寵得無法無天，在家霸道慣了，見平時懦弱好欺的吳伊竟敢反抗自己，氣得直跳腳，按住她的頭拚命往前一推，嘴裡還嚷道：「賤丫頭，去死吧！」

吳伊沒有防備，被這大力一推站立不住，踉蹌了幾步撲倒在地，腦袋正好撞在一塊突起的尖石上，堅銳的疼痛立刻從額頭傳來，痛得她頭暈目脹。

吳伊雙手撐住地面，想要爬起來，卻四肢無力，背筐也重重地壓在背上，根本爬不起來。

她大口大口喘著氣，感覺額頭上的痛處有什麼正在向外奔湧，心也「咚咚」直跳，一陣一陣發慌。

「小伊腦袋流好多血，小伊要死了！」

「小寶把小伊打死了！小寶把小伊打死了！」

旁邊的小孩馬上圍了過來，見吳伊頭上直冒鮮血，殷紅刺目，都嚇壞了，立刻亂嘈嘈地吵嚷起來。

小寶跑到吳伊身邊，見她閉眼俯臥在地上，腦袋邊的血漬慢慢變大，也慌了神，忙去推吳伊。「妳起來啊！妳起來啊！」

吳伊卻一動也不動。

小寶以為吳伊真的死了，嚇得腿發軟跌坐在地，哇的一聲哭喊起來。「不是我打的，是她自己摔的！奶奶、娘，小伊死了，她自己摔死的！」一邊哭，一邊連滾帶爬地往家裡跑。

吳伊躺在地上，迷迷糊糊地想：我死了嗎？這就是死嗎？

死掉也好，以後不會再被打罵，不會再挨餓了吧？

她撐起全身的力氣，抓緊手中打算拿給娘親的麵餅。

可惜沒把餅子拿給娘親嚐嚐……她這樣想著，難過地閉上眼。

熱度一點點從身體裡流失，意識一寸寸抽離，周圍的聲音也越來越模糊，漸漸地，她失去了知覺。

剛吃過晚飯，天色還很亮，但仍比白天涼爽了許多，吳家後院低矮狹小的柴屋裡卻光線昏暗，又悶又熱，霉臭撲鼻。

都市小白領林伊被一陣哀哀的哭聲驚醒，她艱難睜開眼，發現自己躺在一張破床上，一個衣著破舊的古裝婦人正伏在床邊哭泣。

怎麼回事？她不是下樓梯的時候一腳踩空摔下樓了嗎？怎麼到了這裡？難道她死了，到了陰曹地府？

也太衰了吧！她忍不住吐槽。

可是額前的疼痛和昏沈的腦袋提醒她，她不僅活著，狀況還非常糟糕。

她舔了舔乾裂的嘴唇，重新閉上眼睛，試圖回想之前發生了什麼事情，卻有一段段奇怪的畫面和陌生的記憶奔湧而來，把腦袋衝撞得更加昏沈脹痛，令她不由低吟出聲。

聲音雖然細微，卻驚動了痛哭的婦人。

她狂喜抬頭，撲上前緊緊摟住林伊，紅腫的眼睛看向她。「小伊，妳醒了？妳終於醒了！嚇死娘了！」

林伊緩緩睜開眼，看著眼前欣喜若狂的婦人，強扯出一個笑。

不知為何，雖然是第一次見到這名婦人，林伊卻倍感親切熟悉，打心眼裡想和她親近。

「太好了！老天保佑，妳終於醒了，郎中說妳醒過來就沒事了！頭還痛不痛？想不想吐？」婦人臉上掛著淚，緊張地問。

林伊輕輕搖頭。

「那就好那就好，妳沒事就好。」婦人抱著林伊高興得手足無措，又哭又笑好一陣，突然又想起了什麼，輕呼一聲。「唉呀，藥我都熬好了，妳等著啊，我去端過來，妳好好躺著。」

語無倫次地說完，不等林伊回答，便小心放開她，跌跌撞撞跑出門去。

林伊看著她的背影長吁口氣，慢慢起身靠坐在床頭，閉上眼將腦海裡雜亂的資訊慢慢理順。

這是屬於農家小女孩吳伊的記憶，短短的十二年人生悲慘無比。

她的親爹排行老二，是個會對妻女家暴的大渣男。兄弟三人沒有分家，和爺爺、奶奶住在一起。

小吳伊親娘林氏，也就是剛才那個婦人，性格老實懦弱，因為沒有給吳老二生兒子，只生了個讓他嫌棄無比的女兒，娘家又不得力，不能給她撐腰，吳老二就肆無忌憚地欺負她們，動不動惡言相向，拳打腳踢，娘兒倆身上經常被他打得青一塊、紫一塊。

而奶奶田氏最令小吳伊膽寒。

她尖酸刻薄，陰毒凶惡，偏在外人面前最會擺出一臉和善模樣，幾個孫輩除了吳老大的兩個兒子是她的心肝寶貝外，三個孫女全是賠錢貨、賤丫頭。林氏和吳伊更是被她呼來喚去，任意欺辱，隨時叱罵。

母女倆在吳家相依為命，艱難度日。

林氏忍氣吞聲，吃得最少最差，做得最多最累，每天侍候一家老小，見人就陪笑臉，只為了能讓小吳伊少受欺負。可惜事與願違，她越是低聲下氣，別人越是不把她們放在眼裡，誰都可以在她們身上踩上幾腳。

這不是重生小說的標準設定嗎？極品奶奶受氣娘，只是那些小說裡的親爹雖然愚孝，卻憨厚老實，疼愛妻兒，而小吳伊卻非常不幸，碰上了渣男爹！

林伊再次睜開眼，已經確定自己穿越成了小吳伊，她心裡痛罵不已。我怎麼這麼倒楣，死了竟然要穿越到這種人家來受罪！

還有，林氏也太可憐了，她怎麼忍得了？要是在現代社會，早就帶著孩子離婚走人了吧？

可腦海裡那些關於林氏的溫馨回憶，又讓林伊心裡不由生出孺慕之情。

林伊的親生母親在她三歲時就去世了，繼母對她向來沒有好臉色，從小到大根本沒有體會過母愛。現在她穿越到了這具身體裡，一睜眼就感受到林氏發自內心的關愛和溫暖的懷抱，這讓她倍感依戀。

好吧，就讓她來享受這份母愛，代替小吳伊好好孝順林氏，也好好保護她，林伊覺得自己有這個能力。

至於渣爹、惡祖母，她可是在職場上打滾過的，見識過不少大風大浪，要對付他們，想必不是難事。

只是不知道現在身處哪朝哪代，皇帝是誰？小吳伊的記憶中一點印象都沒有。

不過轉念一想，自己這樣的家庭地位在哪個朝代重要嗎？又不可能造反起義當皇帝，就算是太平盛世也只能受罪啊。

正在思量，一個略顯蒼老的聲音傳進林伊耳裡。

「那個死丫頭醒了？」

這個聲音熟悉無比，林伊的身子下意識輕輕一顫，她知道這正是小吳伊的奶奶田氏。

林伊立刻壓下心裡的恐懼，低聲怒罵。「妳才是死老太婆，竟然這麼稱呼自己的親孫女……」

「剛醒過來，我去端藥給她！」這是林氏怯怯的聲音。

「這服藥吃完就不要去抓了。」

林氏低聲道：「娘，郎中說小伊身子太弱，還要再吃幾服藥調理！」

「調什麼調？我們家哪有錢給她調？還身子弱，她是大家小姐啊？可惜她沒有那個命！」田氏的聲音一下尖銳起來。

林氏語帶哭腔。「娘……」

話還沒說完就被一個男聲惡狠狠打斷。「娘說什麼妳就聽，哪那麼多屁話，小丫頭有多矜貴？真死了往山上一抬大家省心！」

這是小吳伊親爹吳老二不耐煩的聲音。

林伊瞠目結舌，這是一個當爹該說的話嗎？自己的女兒受了重傷不來看一眼，還口出惡言，這要是讓小吳伊聽了該多心寒。

她氣憤難當，這樣的渣爹絕不能忍，她不顧尚有些疼痛的腦袋，翻身下床就要衝出屋去和他理論。

出門一看，院子裡空空蕩蕩，一個人也沒有，他們在哪裡說話？

這時林氏的辯解聲又輕輕響起，林伊仔細聆聽，原來聲音是從前院的堂屋裡傳來。

不對啊，他們的聲音不大，隔了這麼遠，怎地這麼清楚，就像在耳邊？

她甚至還聽到了吳老二往地上吐唾沫的聲音。

她確定以前在後院根本不可能聽到！

這怎麼回事？

難道是穿越後，老天爺補償她，附贈了順風耳？林伊暗暗琢磨。

正想著，就聽見大伯娘楊氏在前面院子裡鬧嚷起來。

# 第二章

在小吳伊記憶裡，大伯娘楊氏是個粗俗愚笨、做事完全沒有章法的無知村婦。

她仗著是田氏的娘家外甥女，又為吳家生了兩個兒子，自覺勞苦功高，根本不把林氏放在眼裡，甚至幫著田氏欺負母女倆。兩個兒子更被她教得粗魯莽撞，蠻橫無禮。

此刻她站在院子裡扯著破鑼嗓又哭又罵，聲音大得整個村子都能聽見。

「呸！那個死丫頭自己沒站穩摔了，竟然敢怪我家小寶，嚇得他發高燒，怎麼沒人管他？怎麼沒人給他請郎中？我可憐的小寶啊！就這麼被一個丫頭欺負了！」

院裡緊接著響起一陣急急的腳步聲，是林氏跑到她面前低低分辯，同時還有一個鄰居大娘在旁邊好言勸解，只是這些聲音完全被楊氏的高聲哭嚎壓住。

楊氏如此哭鬧，是害怕今天的事影響了小寶的名聲，故意把鄰居引到家裡來挽回名聲嗎？

以她的洶洶氣勢和超大音量，林氏哪裡能和她抗衡，搞不好說著說著就真變成小吳伊自己摔的。

楊氏邊哭還邊朝林氏發狠道：「姓林的，我告訴妳，要是我兒子有個三長兩短，我就跟妳拚了！大家都不要活！」

奶奶田氏也走到院子裡來了，她無奈地唉了一聲，語氣真誠地為楊氏作證。「你們不知道，那丫頭心眼壞得很，慣會作假，我們拿她沒辦法，打也打了罵也罵了，就是教不過來，這次又來害弟弟了。」

兩人一唱一和越說越來勁，林氏卻只會嚶嚶地哭，旁邊有幾個村民在嗡嗡議論。

這是公然歪曲事實啊！林伊氣得想打人，她不再耽擱，急匆匆朝前院奔去。

等等！

這麼活蹦亂跳地跑過去可不行。

臨近前院時，她放慢腳步，手扶著額頭，眼裡逼出兩行淚水，搖搖欲墜地走了進去。

此時院裡竟已聚集了一堆人，只是前院寬大，並不覺得擁擠，院門更是大開，門外也站了不少看熱鬧的鄰居，有人眼尖，看見林伊出來立刻大叫。「小伊，妳怎麼出來了？」

眾人轉過頭來，見林伊頭上纏著一圈白布，上面有星星點點的血漬浸出，巴掌大的小臉上一絲血色也沒有，比頭上白布還要慘澹。頭髮亂糟糟的，眼睛微腫，眼眶四周一圈青紫，纖瘦的身體微弓著，一步步走得艱難，彷彿下一刻就會倒在地上。

幾個婦人忍不住驚呼。「當心，別再摔了。」

在眾人同情的眼光中，她跌跌撞撞走近林氏，倚在林氏身上，氣息奄奄地對田氏哭訴道：「奶奶，是我不好！我該把甜餅全給小寶，不該說要留一半給您，他就不會急得推我！」

幾句話說得一字一喘，聲聲嘶啞帶淚，聽得眾人忍不住難受。

田氏今年五十多歲，身材矮小，乾癟枯瘦，一雙綠豆眼閃著精光，看著就不好糊弄。

她冷冷盯著林伊，沒有吭聲，心裡卻在暗罵：這丫頭瘋魔了？平時在我面前只有哭的分兒，今日倒跑出來說是小寶推她，還說甜餅是留給我的，這是在罵小寶不孝啊，這歹毒的死丫頭，學會坑人了！

鄰居們倒沒想那麼多，聽林伊這麼說，都很感動，紛紛出聲稱讚。

「小伊多乖啊，有好吃的想著奶奶，自己不吃都要帶回來。」

「小寶就是沒教好，只顧著自己吃，長輩都不管，太不孝！」

楊氏氣得咬牙切齒痛罵林伊。「妳個賤丫頭胡說什麼，滿口謊話，小寶哪隻手推妳了，明明是妳自己摔的，竟敢冤枉他！」

她三十多歲，皺皺巴巴的粗布衫褂上沾了不少菜漬，身材肥實，寬頭大臉，一張厚唇張張合合，衝著林伊惡狠狠地罵道：「妳不是摔死了嗎？怎麼自己走出來了，慣會作假的賤丫頭，怎麼不摔死妳！」

林伊捂著臉哭得傷心。「大伯娘不要罵我，真的是小寶推我，我沒有亂說……」

聲音清楚毫不含糊。

楊氏又氣又急，這丫頭膽肥了啊，竟敢反駁她！以前自己罵她，她可是只會發抖！

她對著林伊啐了一口就要衝上去。「還敢亂說，看我撕了妳的嘴！」

一個大嫂聽不過去，站出來攔住她指責道：「妳凶什麼，當時多少人看到呢，妳以為沒人看到嗎？我兒子就看得真真的，就是小寶推的。」

還有人作證。「我兒子也看到了，推得那叫狠喔！還讓小伊去死，才多大的小孩就這麼壞，往死裡下手！」

有人則同情小吳伊。「多好的孩子，又懂事又聽話，天天看她忙上忙下沒個歇息，妳還是大伯娘，心也太毒了，竟然咒她！」

「難怪小寶那麼壞，看來是有樣學樣！」

「對啊，歹竹怎麼可能出好筍，不只小寶壞，她家大寶也不是好的。」

「就是，自以為讀點書了不起，天天鼻孔朝天，我看啊，這心壞了讀再多的書也白搭。」

平時大家就看不慣大寶自以為讀了幾天書，仰著腦袋出出進進，看不上這個嫌棄那個，今天正好一起出口氣。

林伊心頭大爽，楊氏不是要挽回名聲嗎？現在如她所願了。

她不說話，抱著林氏，娘兒倆哭成一團，惹得幾個婦人也跟著流淚，過來勸她們。

這就是林伊的目的，她準備大打悲情牌，用自己的悲慘處境引起周圍鄰居同情，以便有朝一日離開時會為她們說話。

是的，在理清楚小吳伊的處境和吳家的狀況後，林伊已經打定主意跳出這個火坑，而且要帶著林氏一起走！

楊氏聽著眾人的議論指責，快被氣瘋了。

她原想趁著晚飯後，鄰居都在外面散步的時機鬧嚷起來，引他們過來，當著大家的面挽回小寶的名聲，誰想不僅沒有成功，還把大寶牽連進來，這可不得了！大寶上學堂可是要做大官的！

這時，吳老二陰沈著臉從堂屋走出來，她立刻衝上去告狀。「老二，你也不管管這死丫頭，讓她在這裡胡說八道，敗壞你姪兒名聲！」

林伊從林氏身旁直起身，她想看吳老二會是什麼反應。

吳老二和田氏長得很像。他皮膚白淨，身材高䠷，模樣還算清秀，只是此刻眼睛裡閃著凶光，惡狠狠地瞪向林伊。

他不答話，匆匆走過來，毫無預兆地揮起手朝林伊就是一巴掌。「媽的死丫頭，長能耐了，鬧得家裡不得安生！」

林伊見他臉色不對，一直防備著他，眼見他揮手，立刻「啊」的一聲慘叫，順著他的手風倒在地上，捂住臉嘶聲大哭，看著淒慘可憐無比。

這一套動作行雲流水，聲情並茂，根本沒人發現她是假摔。

林氏尖叫一聲撲在她的身上，撕心裂肺地痛哭起來。

吳老二見她們這樣，懷疑地看著自己的手。

咦？好像沒有打到她啊，怎麼這丫頭就倒下去了，還這麼大動靜？

旁邊的鄰居可不這麼看，他們親眼見到吳老二不問青紅皂白，把受傷的小吳伊打倒在地，立刻大聲鼓噪起來。

一直知道小吳伊在家處境不好，經常挨打受罵，沒想到竟然是這個情況！

「這還是親爹嗎？這是仇人吧！」

「傷成這樣了還揚手就打，這是想要小伊的命啊！」

「太毒了吧，這一家人心都這麼毒嗎？」

這一幕被剛進門的村長老婆韓氏和她兒媳翠嬸子看個正著。

翠嬸子聽說小吳伊摔傷都是為了搶奪她給的小麵餅，心裡很過意不去，婆媳兩人便商量著吃了晚飯來看看她。

沒想到遠遠地就發現吳家門前圍了一堆人，進院正好看到吳老二在打小吳伊。

韓氏是個急脾氣，見狀馬上衝到吳老二面前厲聲責罵。「吳老二，有你這麼當爹的嗎？你女兒傷成這樣了，你還打她，那麼小小個人兒，你怎麼下得了手！」

吳家所處的村子叫吳家村，村裡一大半都是吳氏族人，村長既是一村之長，又是吳氏族長，而韓氏作為族長夫人，是個正直潑辣敢說話的，所以大家對她又敬又怕。現在她一開口，吳家人就老實了，楊氏更是作鵪鶉狀縮到一旁。

吳老二被韓氏一罵，立刻軟下來，他呵呵笑了兩聲，面露委屈。「嬸子，這丫頭慣會裝怪，是她自己倒下去的，我都沒碰到她！」

韓氏聽了他的辯解，氣得臉通紅，大聲呵斥。「大夥兒都看著呢，你竟然睜著眼睛說瞎話，誣衊小伊壞她名聲。小伊命太苦了，攤上你這麼個爹！」

田氏見勢不對，立刻板起臉，跟著韓氏一起責罵吳老二。其實她心裡並不覺得兒子做錯了，可是這二傻子太不會為人，要打要罵不會關起門嗎？竟然跑到鄰居面前打女兒。她最寶貝的小兒子還沒有娶媳婦，眼下正在相看人家的節骨眼上，如果自己家虐待孫女的名聲傳出去，誰還敢把女兒嫁進來？她可是費了好大力氣才有了現在的好名聲！

吳老二被罵得低下頭，無措地搓著手，不敢再說話。

翠嬸子早就跑到林伊面前，和林氏還有幾個鄰居一起把林伊扶起來，韓氏不再理吳老二，轉過身關切地問林伊。「小伊，怎麼樣，難受嗎？」

林伊垂著腦袋，有氣無力地道：「韓奶奶，沒事……我沒事……」

韓氏看著哭得一塌糊塗的林氏，真是恨鐵不成鋼啊！

「妳哭有什麼用？快把小伊扶回房裡躺著啊！瞧瞧這小臉白的，我看著都難受。」

林氏聽了，連忙抹了淚，和翠嫂子一起把林伊扶回後院，田氏怕林氏母女告狀，緊緊跟在她們身後。

翠嬸子和韓氏一進到柴屋，差點被屋裡的悶熱和霉臭味道熏得退出去。

再一看小屋又破又爛，靠牆放著一張小床，也不是真正的床，就是四個板凳上放張木板，床頭一張小桌，床尾一個衣箱，床邊一張凳子，除此以外啥都沒有。

韓氏用手搧了搧面前的空氣，皺緊眉頭問田氏。「小伊就住這屋？那可不行，妳得給她換間屋！」

田氏聽了，尷尬地笑了笑。「嫂子，這可不是我虐待她，這丫頭和我一樣，喜歡清靜想一個人住，家裡房屋不夠，她就看中了這裡，非要住進來，我們勸她也沒用。」說完，帶警告意味地看了眼林伊。

韓氏和翠嬸子對視一眼，根本不信田氏的鬼話，誰願意住這種屋子？又不是傻子！

韓氏板起臉反駁。「就這屋裡的味道，沒有病的人都受不了，更不用說小伊如今受了傷。妳帶我去前院看看，我就不信挪不出一間屋來。」

林伊馬上阻止，田氏這次說對了，她真覺得住在這裡清靜自在。後院除了林氏和吳家小姊妹會過來曬點東西，平時少有人來，躲在這裡想做點事也比較方便，才不想和那家人住在前院，隨時看到他們的可憎嘴臉。

不過，屋子不用換，屋裡的環境還是需要改善。

她拉住韓氏的手，眼淚汪汪地說：「韓奶奶，沒事的，我住這裡就行，別讓奶奶為難了，這屋子挺好的。」又怯生生地看了田氏一眼，好像很害怕的樣子。

想飆演技？那就來啊，誰怕誰！而且扮成柔弱小白花的效果很好，她準備演到底。

翠嬸子拉住她，真心實意地勸道：「小伊，這屋又悶又臭，根本沒法住，妳別管了，我娘幫妳想法子。」

林伊眨著大眼睛看了眼床鋪，不好意思地笑道：「屋子不臭，可能是床下的草和被子有味道。」

那稻草不曉得鋪了多久，又硬又碎，散發出難聞的氣味，林伊懷疑裡面不知道長了多少小蟲子，她實在沒有勇氣再躺上去。

其實換稻草不是件難事，才收完稻子不久，前院的草棚裡就堆著幾垛稻草。小吳伊曾向田氏提過，卻被罵了回來，說她窮講究，也不看看自己有沒有那個命，今天能藉此機會換掉倒是不錯。

韓氏走上前把被子和稻草掀起來看了看，嫌棄地捂住鼻子倒退幾步。「是有味道，又不是啥值錢的東西，馬上就換！」說著轉向田氏。「我家有，我去抱點過來。」

田氏怎麼敢讓韓氏去抱，自己家那幾大垛就在院子裡明晃晃地立著，韓氏這麼做，讓她的老臉往哪兒擱，是要村裡人都知道她連稻草都捨不得給孫女用嗎？

她趕緊表態。「哎哎，嫂子，哪能麻煩妳？我家有，我馬上讓老二抱過來。」

韓氏也不堅持，看了眼小床，叮囑道：「把被單一起換了，看看破成啥樣了，連我家抹布都不如，哪裡就窮到這個地步。」

又轉頭溫聲對林伊說：「我們先出屋等著，等換好了妳再進來。」

林伊點頭答應，誰知道剛邁步就一個踉蹌差點摔倒，她勉強穩住身子，虛弱地向過來扶她的翠孀子解釋道：「剛才有一點頭暈。」

嗯，需要吃點有營養的食物補補身子啊。

韓氏仔細打量林伊的臉色，直皺眉。「可能失血太多，得補補！」她不客氣地吩咐田氏。「拿兩顆雞蛋蒸蛋羹給小伊吃，瞧瞧這小身板，哪經得住流那麼多血！妳是當奶奶的，也不知道心疼嗎？」

不就摔個跤嗎？又是請郎中又是吃雞蛋！田氏心疼不已，連忙轉移話題。「先喝藥吧，早就熬好了。」

她瞪向林氏。「還不快去端來！」

林氏已經被鬧暈了頭，恍然想起廚房裡還有藥，忙不迭答應，飛快跑向前院。

# 第三章

眼見林氏急匆匆地跑遠，韓氏卻不肯甘休，繼續吩咐田氏。「藥要喝，蛋羹也要吃，妳這就去煮，等喝了藥剛好可以吃，動作快點！」

田氏很是不願，怨毒地看了韓氏一眼，癟癟嘴暗罵道：「手伸那麼長幹麼？管到我家裡來了，族長夫人又怎樣，了不起啊！」

想歸想，卻不敢違抗，只得悻悻地朝前院走去。

林伊心裡大喜，韓氏太給力了，自己運氣真好，遇到個善良耿直的族長夫人，而且還能壓住吳家人，這大腿她抱定了！

此時，吳老二垂頭喪氣地抱著一堆稻草剛要進屋，他被叫來做事正一肚子氣，聽到林伊竟然還要吃雞蛋，更是火大，張口就罵道：「死丫頭，把一家人指使得團團轉！」說著就要上去踢林伊。

韓氏身材不高，卻非常壯實，一步擋在林伊面前，把吳老二用力推開。「是我叫她吃的，你在我面前嚷什麼？是想打我的臉嗎？」

吳老二被她推得踉蹌幾步才站穩，態度一下變了，嘿嘿笑著。「嬸子，看您說的，我哪能有意見！您不知道這丫頭最狡猾，我怕您被她騙了。」

韓氏厲聲喝斥。「揮拳頭打自己妻兒算啥男人，這麼厲害下次村裡爭水去打頭陣，以前每次都看不到你的影子，就知道往邊上躲！」

吳老二縮了縮脖子，不敢再說話，和外村爭水他可不敢去，那些人都是提鋤頭砍人的！他擰擰眉，轉臉狠狠瞪了林伊一眼才進屋。

林伊恨不得上前回踢他一腳。你個死渣男，就會窩裡橫算什麼本事？行，再加把勁！

她眼珠一轉，在手臂上使勁抓撓起來。

翠嬸子見了，馬上關切問道：「怎麼了，有蟲子嗎？」

林伊邊撓邊點頭。「可能被咬了，好癢。」說著把袖子捋起來查看。

「妳這手是怎麼回事?!」翠嬸子拉過林伊的手倒吸口涼氣。

只見林伊又白又細的手臂上佈滿了深深淺淺的青紫傷痕，看著甚是可怖。

翠嬸子的眼淚一下湧了上來，她在家裡爹娘疼寵，嫁過來公婆和氣，夫妻恩愛，從來沒有被打罵過，哪想到會有人受這樣的折磨！

韓氏也忍不住低罵一聲。「造孽！」

小吳伊身上的傷痕有些是吳老二摔打她時，碰撞到硬物上造成的，有些則是田氏掐捏的，不只手上，身上還有很多。

以前的小吳伊都忍著，不敢也不好意思跟外人說。

現在林伊來了，她可不會忍讓，她不只要讓韓氏婆媳看，還要讓村裡其他人看，要讓大家知道吳家人有多狠毒。

田氏和林氏正好走過來，田氏眼神閃了閃，嗔怪地看了林氏一眼，向韓氏解釋道：「唉，小伊娘性子急，有時候難免會動手，都是小傷，不礙事。」又凶巴巴地看向林氏。

林氏驚恐抬頭，想要分辯，可見了田氏的眼神後不敢說話，淚珠在眼眶裡打了幾個轉，終是順著臉頰流了下來。

林伊才不管那麼多，輕聲辯解道：「我娘不會打我，是爹……」

聲音雖小卻清晰異常，似乎話猶未盡，還抬起頭畏懼地看了田氏一眼。

田氏差點被口水嗆住，這丫頭撞鬼了？今天一而再再而三頂撞她，現在又在韓氏面前告狀，這是不想活了嗎？

她惡狠狠地瞪向林伊，幾乎用眼神把她大卸了八塊，可惜林伊已經低下了頭，根本不看她，感受不到她的憤怒。

韓氏和田氏相處了幾十年，對她的為人非常瞭解，現在聽了林伊的話還有什麼不明白，她懶得和田氏瞎扯。「蛋羹呢？」

「已經讓小雲蒸了，馬上就好，小伊先喝藥吧！」田氏滿臉是笑。

小雲是大伯的女兒，比吳伊大兩歲，還有個比吳伊小一歲的妹妹小琴，姊妹倆在家裡的待遇不比小吳伊好多少，好在吳老大不會打罵她們。

林氏端著藥走到林伊面前，舀了一勺要餵她喝。

林伊聞到那又苦又臭的味道馬上皺緊眉，不由自主打個哆嗦。但她明白今天這藥必須喝，根本躲不過去，那就長痛不如短痛，一口乾吧。

她朝林氏笑道：「娘，我自己來，我還從來沒有喝過藥呢，都不知道是什麼味道。」說著接過碗一飲而盡。

藥喝完後，小臉皺成一團，還不住吐著舌頭。「啊，好苦啊，藥就是這個味兒啊！」

翠嬸子忙從包裡掏出一小塊糖。「來，壓壓味道！」心裡卻酸澀不已，小伊太可憐了，連藥都沒有喝過，生了病不知道怎麼挨過來的？

林伊也不推辭，放進嘴裡嚼起來，香甜的味道立刻在唇齒之間擴散，將藥味壓了下去。她舔舔嘴，笑瞇了眼。「謝謝嬸子，真好吃！」

翠嬸子憐惜地撫著她的頭，湊近她的耳朵悄聲道：「嬸子還有，一會兒給妳。」

沒多久，房間整理好了，小雲把蛋羹也端來了，她滿面同情地看了林伊一眼，又匆匆跑回了前院。

田氏把蛋羹遞給林伊，慈祥地說：「快來吃，特別為妳做的。」

林伊一看，碗倒挺大的，滿滿一碗水，帶了點黃色勉強可以稱作蛋水，真不錯，這是蒸水還是蒸蛋？

她接過來，響亮道謝。「好大一碗啊，謝謝奶奶！」

正在查看床鋪的韓氏聽了轉過頭看了一眼，臉立刻垮了下來，朝田氏訓斥道：「妳一顆雞蛋要蒸五十碗蛋羹嗎？這是在糊弄誰？小伊是妳的孫女，可不是外人，有必要這麼刻薄嗎？」

田氏嫁過來後從沒被這麼訓過，還當著這麼多小輩的面，臉上立時窘得青紅交加，半天說不出話。心裡暗恨，這死丫頭又挖坑，她剛才不說那一句，悶頭端著就吃怎麼會被韓氏發現！

她穩了穩心神，強笑著解釋。「我親自拿兩顆蛋交給小雲讓她蒸成一碗，肯定是那個丫頭自作主張剋扣了，我這就去收拾她。」說罷轉身就要走。

其實是她把雞蛋拿出來，大小寶兄弟倆看見了鬧著要吃，而她內心裡根本不想給小吳伊，便吩咐小雲把蛋攪散後舀一勺蛋液拿大碗蒸上，等熟了端到後院，餘下的則給那兩兄弟做了煎蛋。

韓氏哪裡不知道她這是把黑鍋甩給孫女了，非常看不上眼，見她想逃走，厲聲喝住。「妳是什麼人我不知道？少在我面前耍花槍！我告訴妳，我們吳氏家族待人從來都寬和有禮，惜貧憐弱，愛護幼小，外面的人說起來誰不連聲稱讚，這都是多年行善積攢下來的好名聲，如果有哪個手毒心狠的壞了名聲，族裡絕不輕饒，妳給我聽清楚了！」

田氏見她聲色俱厲，嚇了一跳，立刻諾諾答應，連稱不敢。

開玩笑，要真被族裡懲罰，他們一家不能出門見人，她的小兒子也別想討到好媳婦，搞不好正在相看的這兩家都要黃了。

「我馬上再去蒸。」說完不等韓氏回答，一陣風似的跑走了。

林伊看著田氏倉皇的背影暗哼一聲。原來她也有怕的人，也有在意的事，看來把她收拾服貼不是難事。

對付這種刀子嘴刀子心的惡毒老太婆，林伊絕不手軟，至於怎麼收拾吳老二，得慢慢再觀察了。

思量間，翠嬸子過來挽著她隨韓氏走進小屋。

小屋不敢說煥然一新，卻也大變模樣。

因為鋪了新鮮乾燥的稻草，屋裡的霉臭味淡了很多，空氣中飄著稻草清香，床上換了嶄新的淡藍色粗布床單被子，看著整潔乾淨，映襯得整個屋子亮堂不少，竟有了點溫馨的感覺。

林氏還找了一把乾艾草條點燃掛在門口。「熏一熏，就不會有蟲子了。」

微苦的艾草香氣瞬間盈滿小屋，僅有的一點霉臭味也完全消散。

林伊抿著嘴笑得開心，現在這環境還算可以，不過還是有點悶熱，得再想點辦法改善。

韓氏也挺滿意的，她輕撫著林伊的肩。「去床上坐吧，別累著了。」又關切地問道：「傷口還痛嗎？」

林伊滿臉依賴地望著她，輕輕搖頭。「不痛了。」

來。

韓氏見她這副乖巧的模樣，嘆了口氣，正準備再多說一點，就見田氏端著蒸蛋匆匆跑

見田氏將蒸蛋端來，韓氏親自接過來看了眼。「是兩顆蛋嗎？」

田氏咬牙答道：「是！」

韓氏這才把碗遞給林伊。「來，小伊，先吃蛋。」

林伊接過還冒著熱氣的蛋羹沒有吃，而是遞給田氏，望著她一臉甜笑。「奶奶先吃。」

死丫頭又作怪！

田氏牙都要咬碎了，還得笑容和藹。「奶奶吃晚了，小伊自己吃，小心燙啊。」

林伊這才縮回手，滿心歡喜地應道：「謝謝奶奶！」

她舀起一勺蛋羹，小口小口地吃起來，邊吃還邊驚嘆。「太好吃了，原來雞蛋這麼好吃啊，好香喔！」吃完意猶未盡地舔舔唇，瞇著眼滿臉幸福。「肚子好飽，我從來沒有吃得這麼飽過！」

林伊肯定小吳伊經常餓肚子，卻不清楚她有沒有吃過雞蛋，不過管他的呢，博取同情嘛，怎麼可憐怎麼來。

韓氏婆媳見她這副無限回味的模樣，忍不住一陣心酸，小伊在這家裡到底過的是什麼日子！

田氏氣得差點昏死過去。賤丫頭句句話都在說她這個當奶奶的刻薄，連個雞蛋都不給她

吃，連頓飽飯都吃不上！

她恨不得衝上去搧林伊兩巴掌，掐爛她那張假惺惺的小臉，卻見韓氏一個冷眼掃來，她不由向後縮了縮身子，馬上換成慈愛的表情，脫口說道：「小伊，只要妳喜歡，奶奶以後天天煮給妳吃。」

林伊立刻高興得彎起眼。「謝謝奶奶！」她歡快地看向林氏。「娘，太好了，以後我每天都能吃雞蛋了！奶奶待我真好！」

韓氏看著林伊開心的模樣，把這件事定了下來。「行，那就照弟妹說的，每天給小伊煮顆雞蛋。」

又囑咐林伊。「要是家裡沒有就到我家來拿，韓奶奶家隨時都有。」

林伊重重點頭。「謝謝韓奶奶。」

田氏大睜著綠豆眼茫然四顧。「咦？照我說的？我說了什麼？」

煮雞蛋！田氏一下反應過來，頓時後悔得不行。我是找不到話說了嗎？多那句嘴幹麼！真要每天給死丫頭煮雞蛋？不！我不樂意！

一時間她恨不得咬掉自己的舌頭。

等林伊躺到床上，韓氏婆媳四處檢查了一遍才告辭離開。

臨走前，韓氏對林伊說：「小伊，妳以後在家裡有任何事，就來找我或妳翠嬸子說，我們幫妳想辦法。」

林伊大喜過望，連聲答應。

韓氏這是當著田氏的面表態了啊，以後就是她罩著自己，田氏再想要欺負人，就得好好想想了。

田氏瞪著林伊，林伊不理。妳再瞪又能怎麼著？眼光又不能殺人，最多讓妳瞪得眼睛痛！

出門時，翠嬸子走在最後，趁人不注意，塞了個小紙包給林伊。「小伊，好好歇著，我改天再來看妳。」說著對她眨了眨眼。

林伊接過後，不動聲色地用被子遮好，輕聲感謝。

待她們走遠，林伊掀開被子一看，小紙包裡包著三個甜餅、兩個小糖塊。

翠嬸子可能怕明著給自己，等她們走後會被田氏拿走，才這麼遮遮掩掩吧。

林伊對善良又耿直的兩人滿心感激，不知道怎麼做才能報答她們的這份恩情，只有先記在心裡了。

住宿環境改善了，肚子裡也有了蒸蛋墊底，林伊頓感疲倦，腦袋也陣陣發暈。今天受了重傷，加上又傾情演出，流了那麼多眼淚，非常費體力。

她強打起精神，豎起耳朵想探聽前院動靜，卻聽見韓氏把林氏叫到一邊訓斥。「妳是做娘的人了，怎麼連小伊都不如，小伊傷成那樣還要為妳出頭，妳就知道哭，一點也不能護住小伊，妳自己多想想，應該怎麼當娘！」

韓氏的話說得很重，林伊卻覺得非常有道理。只是林氏忍讓慣了，一時半會兒想要改變不太容易，必須不斷刺激她打醒她，讓她這隻軟弱的兔子能早點跳起來咬人，這件事只有自己來做了。

# 第四章

送走韓氏婆媳後，林氏不理會田氏的惡言惡語，跑到廚房兌了盆溫水急匆匆地端到林伊房裡，剛才小伊悄悄跟她說一身都是汗難受得很，想擦擦身子。

進了屋，就見林伊閉著眼靠在床頭上，她把水放在凳子上，輕聲喚道：「小伊，睡著了嗎？娘端水來了。」

林伊正半夢半醒，很想直接倒下去睡到明天早上，可是身上黏糊糊的不舒服，而且她還有個大刺激要送給林氏。

林氏轉身關好房門，過來幫林伊脫衣服。

從小吳伊懂事起，就沒有在林氏面前赤身裸體過，因為她怕林氏看了會傷心難過。

可林伊不一樣，她要讓林氏好好看看，她的女兒到底受了怎樣的虐待。

待衣服脫下，林氏看著女兒傻了眼，只見小吳伊瘦得皮包骨的身上，全是大大小小的傷痕，大腿內側更是青紫一片，沒有一塊好肉。

林氏捂住嘴，呆呆地問：「這、這是怎麼弄的？」

林伊兩手擦著眼淚，傷心地哭起來。「奶奶掐的，奶奶每次打我都掐這裡，好痛好痛，我又不敢跟妳說。」

林氏自己身上的傷大都是吳老二發脾氣打的，田氏雖然經常斥責她，罵得也很毒，可對她動手的時候不多，只有急了才會掐她。這是田氏的老毛病，惹急了就會動手掐人，林氏很清楚，所以只要她在家裡看到田氏對小伊發脾氣，總會第一時間替小伊求情，卻不知道田氏背地裡把小伊掐得這麼狠，還專挑這不好拿出來給人看的地方掐。

她把林伊小小的身子緊緊抱在懷裡，心疼地放聲大哭。「小伊，是娘不好，是娘沒有護住妳。」

林伊嘆口氣，她就知道林氏會哭。讓她看這身傷痕可不是光讓她哭的，得讓她有所觸動才行。

她摟住林氏的脖子，嗚嗚咽咽地問：「娘，每次奶奶和爹爹打我罵我，我都好怕，晚上睡覺都會作惡夢，為什麼他們要對我這麼凶？梔子的爹爹奶奶就從來不打她，為什麼啊娘！」

以前小吳伊從來不會對林氏說這些，都是忍著瞞下來，林伊不僅不依，她還要加油添醋、誇大其辭。

「怎麼做才能讓他們不討厭我，不打我啊娘？我哪裡做得不對啊？」她繼續哭著問。

「小伊沒有不對，小伊很好！娘疼妳！」

林氏抱著林伊滿懷愧疚，心裡疼得像有刀子在扎，韓嬸子說得對，是自己沒用，是自己不配當娘！

「今天我還以為我死了，再也看不到娘了，我好怕啊！」林伊急切懇求道：「娘，我們離開這裡好不好？我不想死，不想離開娘……」

「離開這裡？妳怎麼會這麼想？我們能去哪裡？」林氏愣住，放開林伊，看著她喃喃問。

其實她也嚇壞了，看著小伊毫無生氣地倒在血泊中，她魂飛魄散，肝膽俱裂，頓時不想再活在這個世上，甚至已經決定了，如果小伊真的去了，她就一頭撞死陪她。

「哪裡都好，只要不再被打，娘，我不想再挨餓了！每次看到大寶、小寶吃雞蛋吃小餅，我都好想吃啊。我有做事，我有幹活啊，我比他們做的活都多，為什麼我不能吃啊？娘，我們離開這裡，找個地方，自己做事養活自己，自己掙了錢買好吃的，可以嗎？」

「妳姓吳，是吳家人，妳爹不會讓妳走的。乖，我們再忍忍，再等兩年，妳嫁人就好了，啊？」

「會好嗎？爹爹、奶奶那麼不喜歡我，會給我找好人家嗎？會不會再找個像爹這樣愛打人的？」林伊瑟縮了下，心有餘悸地問。

這句話像重錘一般敲得林氏眼前一黑。

吳家的活計再苦，吃食再差她都可以咬牙忍耐，只要小伊能健康長大，能嫁戶好人家脫離吳家，過上好日子，她就心滿意足。卻完全沒有想過，他們很有可能為了錢財把小伊隨便許配人家，讓她繼續受苦，真到了那一天，可怎麼辦？

「這……娘會盯著的，不會讓妳胡亂嫁人的。」林氏糾結了半天，像是下了決心。

林伊不信任地看著她。「妳說的話有用嗎？」

林氏頓住，是啊，她說的話有用嗎？沒有用！

在這家裡，她的話一點都沒用！沒人會聽她的，沒人會在乎她的想法，連養的豬都不如，豬哼哼兩聲，田氏還會叫她馬上過去查看。

她低下頭，捂著眼，不知道該怎麼辦。一想到小伊跟自己一樣，嫁給愛打老婆的男人，甚至會被他們賣掉，她的心就痛得要死。要真是如此，她這麼多年的忍耐有何意義，還真不如帶著小伊離開這裡。

「娘，妳那麼能幹，我也能上山挖野菜打柴火，我們不用吃多好穿多好，根本花不了多少錢，日子肯定比現在過得好。」林伊越說越激動。「只要和妳在一起，沒人打我罵我，就算再窮再苦我也高興。娘，會有這麼一天嗎？」她滿懷期盼地看著林氏。

林氏撫著她的頭，看著她閃亮的雙眼，不由自主地點頭。「會的，只是這件事不容易，容娘想想法子。」

林伊笑逐顏開。「好！娘，幫我擦擦背吧，娘好久都沒幫我擦背了。」

林氏看起來有點動搖了，雖然不太堅定，不過不要緊，慢慢來吧。

林氏連連答應，從盆裡擰了棉布，給林伊擦拭起來。

擦到她高聳突出的肩胛骨，看著身上縱橫的青紫，林氏又落淚了，暗暗咬牙決定，絕對不能讓田氏和吳老二把小伊隨便許人家，絕不能讓小伊走自己的老路。這次她就算拚了命也要護住她。

簡單擦拭完身體，林伊換上乾淨的衣服，頓時感覺清爽不少。

這時林氏的肚子突然咕嚕叫起來，林伊猛然醒覺，為了守著自己，林氏可能事發到現在都沒吃飯。

「娘，妳沒有吃晚飯嗎？」

「今天亂糟糟的，沒顧得上。」林氏不好意思地捂著肚子。

小伊生死不知，她哪有心思吃飯。

林伊忙從枕頭邊拿出紙包打開，遞了一個小餅給林氏。「娘，這是翠嬸子給我的，我們分了吃，誰都不給。」

林氏本想拒絕，轉念想了想，笑著接過來。「好，我們一起吃，誰都不給。」

母女倆就著桌上的白水，無比珍惜地將甜餅小口小口地吃完，兩人對視一笑，滿臉幸福。

林伊看著林氏滿懷期待。「娘，要是我們離開這裡了，肯定每天都能吃到這麼好吃的小餅，還不用躲在小屋裡偷偷吃，就坐在飯桌上，光明正大地吃。再燒個青菜煎蛋湯，再拌個涼菜，嗯，再炒個肉片，今天吃麵餅，明天吃白饅頭，還有白米飯，每天都吃好吃的，吃得飽飽的，再不會挨餓了！」

林氏兩眼亮閃閃，嘴角噙著笑，心裡也無比期盼，她輕聲對林伊道：「真有那麼一天就好了，只怕不是那麼容易啊。」

林伊卻不在乎，不管接下來如何發展，至少現在有了夢想，朝著這個夢想努力，一定會想到辦法，一定會有好的結果！她信心十足。

通往村長家的路上，韓氏和翠嬸子邊走邊聊，兩人心情都很沈重。

特別是翠嬸子，以前聽說過有人家會虐待子女，她還覺得不可思議，自己的孩子愛都來不及了，怎麼可能捨得下毒手，沒想到這樣的事竟然在身邊發生了。

她不解地問韓氏。「娘，小伊模樣長得那麼好，又懂事聽話，她爹怎麼狠得下心打她？那手上的傷看得我心裡直難受，身上肯定也不少。」

「不就因為小伊是女兒嘛。他們家一直都稀罕兒子，看不上女兒，妳田嬸生了三個兒子，得意得很，在村裡耀武揚威，哪家要是生個女兒她都要去諷刺幾句，說人家上輩子德行不修。」韓氏一臉不屑。「我最看不上她這樣，她自己不就是女人嗎？不曉得有啥可炫耀的？」

她回想著當年的情景，一臉無奈。「妳林嫂子懷小伊的時候，那肚子又尖又實，人也變醜了，當時村裡人都說她這胎是兒子，連我都這麼以為，還替妳林嫂子高興，終於熬出頭了。妳田嬸對這事看重得很，還專門到神婆家卜卦，神婆算的也是兒子，哪曉得生下來卻是個女兒。這本就是隔著口袋買貓的事，哪有個定準，妳田嬸卻怪上了神婆，說她算得不準，只會騙人錢財，跑到她家鬧，要燒了她家屋子，還要她賠錢。那神婆就說瞎話，說本來是個兒子，是妳林嫂子從水邊路過被個女鬼搶了先，占了兒子的位置。還說這個女鬼霸道得很，以後妳吳二哥都不會再有子女了。」

「還有這個說法？我怎麼沒有聽說過？」翠嬸子大為吃驚。「林嫂子真的從水邊過了嗎？」

「怎麼可能不經過？她天天都要去河邊洗衣服，生產前一天還在洗。」

「可她也說對了，林嫂子確實沒有再生孩子了啊。」

「這怎麼能算對呢？村裡人哪個不知道妳林嫂子是個苦命人。在家被後娘虐待，嫁過來被婆家折磨，身子受了損，這一胎本來懷得艱難，洗衣服的時候又動了胎氣，沒足月就生了小伊，生產的時候更是凶險，差點一屍兩命。產婆費老大的勁才救回來，當時就說了以後再想懷胎怕是不容易，得好好調養才行，可他們家把她當牛使，怎麼可能讓她調養。」

「那吳二哥信沒信神婆的話？」

「怎麼沒信，回來就要把小伊弄死，還要把妳林嫂子休回家，當時妳爹特地上門去訓斥了他才消停下來，還保證要善待她們母女。沒想到他們關起門來竟然這麼毒，下手這麼狠，看來得讓妳爹再去敲打敲打。」

翠嬸子挽緊了韓氏的手，一臉慶幸。「我幸好嫁了個好人家，有個待我如親娘的好婆婆！」

韓氏親暱地拍拍她的頭。「那是妳命好，有真心疼妳、一心為妳打算的爹娘。」她長長嘆口氣。「唉，沒娘的孩子可憐啊！」

「娘，吳家這次會不會又怪罪林嫂子和小伊，把她們趕出家去？」翠嬸子擔心地問。

「那倒不會，真趕出去了，妳以為吳老二能再找到媳婦？妳不知道，妳田嬸子以前可是村裡有名的惡婆娘，誰惹到了她，她能端上凳子坐人家門口罵上三天三夜。村裡除了我們這幾家人她不敢惹，哪家沒被她罵過？到吳老大要娶媳婦，都沒有媒婆敢上門，就怕不如她的意，會被她堵家裡罵。方圓十里八村，沒人願意把女兒嫁進她家，最後不得已才娶了她娘家外甥女。到了吳老二，那是個不成材的，人又狡猾，還眼光高，要找模樣好的，更娶不到媳婦，所以才尋到妳林嫂子村裡去。」

韓氏嘆口氣接著說：「她們那村子離得遠，吳老二聘禮給得高，是林嫂子後娘貪財才讓她嫁過來。不過妳田嬸子終於明白名聲重要，後來很少在村裡罵人，跟誰都和和氣氣，名聲才慢慢好起來。誰曉得暗地裡還是那麼壞，現在小伊長得那麼招人愛，他們家更不可能把她趕出去，以後肯定指著她掙彩禮呢，就怕到時候悄悄胡亂定戶人家，或者把她賣了大家都不知道。唉，還真不如離了這家人自己過呢。」

韓氏一直不待見田氏，從來不相信她會轉性變好，現在看來果然如此！

「娘，以後我們多幫著點，她們太可憐了！」翠嬸子聽得心裡難受。

「只能盡力而為，關了門有些事我們不知道，管不過來，有些事也不方便管，最好是妳林嫂子自己能硬起來。」

不過這有點難，想起今天林氏哭哭啼啼毫無主見的樣子，韓氏搖搖頭。

# 第五章

第二天清晨，林氏端著一大碗熱氣騰騰的藥汁把林伊喚醒。

又要喝藥？

林伊的臉皺成一團，睡了一晚上，她覺得已經休息夠了，傷口完全不疼，腦袋也不昏沈，就像沒受傷一樣，根本沒必要再喝藥。

可是對上林氏殷殷的目光，想到她一大早起床熬藥，拒絕的話就說不出口，只得咬咬牙，拿出視死如歸的氣勢接過碗一口氣喝完。

林氏欣慰地點點頭。「小伊乖，喝了藥頭就不痛了，我去給妳端早飯。」

林伊連忙拉住她。「娘，這碗喝完就不要再喝了吧，免得奶奶又要罵人。」想到田氏昨天的話，林伊勸說道，她實在不想再喝藥，林氏為了這件事被罵也沒必要。

林氏頓了頓，像是下定了決心。「妳不用管，娘來想辦法。」說完，拿著空藥碗毅然轉身離開。

林伊望著她的背影悵然不已。娘，是我不想喝藥啊！

不一會兒，從前院堂屋裡傳來田氏陰陽怪氣的聲音。「嬌小姐醒了啊，伺候完她喝藥還要伺候她吃飯，妳對我怎麼就沒這麼孝順？」

楊氏在旁邊接話。「弟妹眼裡哪有您老人家，飯煮好扔一邊就躲後院偷懶，現在我剛擺桌上她就出來了。」

堂屋裡林氏沒有答腔，只有一陣碗勺碰撞的清脆聲響。

田氏刺耳的聲音又響起。「妳耳朵聾了，跟妳說話也不理，擺臉色給誰看？喂喂，邊說妳還邊走，長本事了妳！」

林氏仍沒出聲，林伊聽到她急匆匆的腳步聲朝後院過來。

很快林氏端著一碗玉米糊糊笑盈盈地走進屋，絲毫看不出剛才被田氏婆媳刁難過，看來她已經在外面調整好了情緒。

不錯，知道無聲反抗，有進步！林伊在心裡讚道。

不過依田氏的脾氣，只怕不肯善罷甘休。

林氏端著碗招呼林伊。「快來喝，稠著呢。」

林伊接過來剛放桌上，就聽見田氏氣急敗壞的罵聲響起，邊罵還邊朝後院走來。「妳們娘兒倆要翻天啊，現在有人給妳們撐腰，不得了了，不把我放在眼裡，有本事就滾出去，賴在我家白吃白喝，還要給我臉色看，想把我氣死謀我家產？沒良心的害人精！」

很快田氏就衝到小屋門口，也不進屋，就在門口站著罵。

「慣會作戲的小賤蹄子，妳那麼會演戲，明兒把妳賣戲班子去，讓妳演個夠！」她惡狠狠地朝林伊罵，把門拍得啪啪響。

林氏臉都白了，林伊卻像完全沒有聽見，笑嘻嘻地問：「妳幫我拿雞蛋來了嗎？」

田氏正準備接著往下罵，聽到她的問話一愣。「雞蛋？」她一下想起昨天丟人的場面，頓時惱羞成怒，豎起眉毛，手指著林伊數落。「妳個賤丫頭，真以為自己是貴人，還想……」

林伊脆生生打斷。「沒煮嗎？還是家裡沒有？」

田氏正在激情辱罵，猛地被她打岔，一句話梗在喉嚨裡不上不下，瞪起眼睛就要動手，林伊卻瞇著眼笑得甜。「沒關係，我去找韓奶奶，她說家裡沒有就去找她。」

她邊說邊往外跑，田氏一下急了，把門堵住，伸手去擰林伊。「妳敢，死丫頭！」

林伊靈巧地躲過，睜大一雙黑白分明的眼睛，好奇地問：「為什麼呢？韓奶奶昨天不是說，有事都可以去找她，您放心，她人可好了，不會生氣。」

沒錯，我就是要用韓氏威脅妳！林伊心裡的小人扠起了腰。

田氏擰了個空，想要追上去繼續擰，林伊一邊躲一邊大聲嚷道：「韓奶奶，我奶奶又打我了！」

林氏跑上來擋在林伊面前，哭著懇求。「娘，小伊傷還沒好，您不要打小伊，要打就打我吧。」

田氏被林伊的大聲嚷嚷嚇了一跳，害怕有鄰居經過聽到，立刻停手制止。「妳個死丫頭，瞎叫喚什麼，快閉嘴！」又呵斥林氏。「妳嚎什麼？我哪裡打她了，要是讓外人聽到，我撕了妳的嘴！」

林氏被她吼得一抖，畏縮地低下頭。

林伊才不怕她，趁她不注意，衝到後院就要往外跑。其實林伊並不是真要跑出去，她有自己的計劃，要按部就班地來，她就是故意氣田氏。

但田氏不知道啊，見她衝到院子心裡慌得不行，深恐她跑到村裡鬧嚷，急得追上去想要抓住林伊。

只是每次眼看手都碰到她的衣服了，林伊總能一側身躲開，讓她非常不甘，邊嘴裡發狠道：「死丫頭！抓住了看我怎麼收拾妳！」邊追上去繼續抓。

林氏看得膽戰心驚，想制止田氏不敢，想拉住林伊又不願，還要擔心林伊的傷口。只得跟在她們身後跑上跑下，嘴裡不住跟田氏說好話，三人妳追我逃，後院一時熱鬧無比。

楊氏在前院聽到動靜跑了過來，她是個唯恐天下不亂的人，看到這混亂場面很是興奮，呵呵笑著問田氏。「娘，妳們這是幹麼，小伊惹您生氣了？我來幫您逮她！」

話說得好聽，卻站著不動，只在旁邊指揮田氏。「娘，那邊那邊，哎呀，差一點，您跑快點嘛，就差那麼一點點！哎呀！跑了跑了，娘快追啊，馬上就逮住了！」又朝林伊吼。「小伊，停一下，想累死妳奶奶啊！」

田氏已經跑不動了，停下腳，雙手扶腰大口大口喘著粗氣，她恨恨地瞪了眼看熱鬧叫得歡的楊氏，指著林伊氣喘吁吁道：「死丫頭，妳給我站住，老老實實回屋裡待著，要是敢跑出去我打斷妳的腿！」

林氏也著急地上前拉住林伊。「小伊，別跑了，小心妳的傷口，快回屋歇著。」

「我要去找韓奶奶要雞蛋，她說家裡沒有就去找她的。」林伊雖被林氏拉著往屋裡去，嘴上卻不肯鬆口。

田氏聽得怒極又要破口大罵，可一想到韓氏昨晚臨走時說的話，還有那冷冷的眼神，就洩了氣。

在吳家村，她誰都不怕，就怕韓氏，這位族長夫人可是一點也不會給她留情面，要是被她知道自己追打小伊……

田氏不敢繼續想下去。

她啐了一口，罵罵咧咧地轉身走了。「也不看看自己是啥賤命，還想著天天吃雞蛋，妳怎麼不吃龍肉咧，呸！」

楊氏狐假虎威地威脅林伊。「不孝的賤丫頭，看把妳奶奶氣成啥樣，等妳爹回來讓他打死妳。」說完跟在田氏身後跑回了前院。

待田氏、楊氏走遠，林伊朝林氏一笑。「走了。」

林氏悄聲問：「真走了？」

她有點不敢相信，以前田氏罵人，誰要是敢回一句嘴，她不罵個狗血淋頭不肯甘休，何況小伊今天還讓她滿院子追著跑。

「可不，娘，她怕韓奶奶，韓奶奶現在給咱們撐腰呢，妳不要怕她。」林伊鼓勵她。

兩人回到屋裡，林氏擔心地問林伊。「累著沒有？傷口怎麼樣，痛不痛、脹不脹？」

「沒有，一點事都沒有，我真好了。」林伊輕鬆笑著說。

這不是寬慰林氏，而是跑這麼一會兒，她竟毫無異狀，傷口也不痛。

她把最後一個小甜餅拿出來，分了一半給林氏。「娘，我們一起吃。」

林氏不肯。「妳吃，我一會兒去前面吃。」

就這一塊餅了，她捨不得再吃。

林伊硬遞給她。「我剛喝了藥不餓，天氣熱也不能久放，壞了太可惜。」

林氏還在猶豫，林伊直接挑明。「妳到前面去肯定吃不上，奶奶不會給妳留，妳可不能再餓著肚子做事。娘，妳一定要好好保重身子，我們有好日子在前面等著呢。」

林氏聽了，眼裡又湧上了淚，她接過餅，低聲應道：「好，娘聽妳的。」

娘兒倆就著糊糊兩三下把餅吃完，剛在收拾，田氏的喊聲又響起。

「老二家的，妳躲後院生蛆啊，這一堆碗擺桌上妳不來收拾，等著我八抬大轎請妳啊！」

林氏答應一聲端著碗就要出去，林伊拉住她。「娘，別去，大伯娘不能做嗎？」

林氏笑著安慰。「沒事，幾個碗，一下就洗完了，妳再躺著休息，收拾完了我用冷水給妳敷敷臉。」

過了一夜，林伊的臉明顯腫起來，眼眶四周更是又腫又紫，甚是可怖，林氏看著心疼得不行。

林伊摸了摸，臉上確實緊繃繃的很難受，可惜沒有鏡子，看不到是什麼樣子，會不會很像傳說中的豬頭？她忍不住笑起來。

林氏看到她輕快的笑容，心情也放鬆下來。

林氏走後，林伊在小屋走走，想研究看看能不能再開個窗戶。

現在屋裡沒窗戶，只在高處開了個小洞，空氣不流通才會這麼悶熱，她得解決這個問題。

這一研究就發現了奧妙。

原來小屋有窗，就正對屋門，只是被幾塊木板封起來了，因為牆面本就凹凸不平，木板又年代久遠，顏色幾乎和牆壁一樣，不細看發現不了。

如果把窗打開，和門形成對流，屋裡就不會悶了。

想到這兒她伸手去扯木板，釘得還挺結實，紋風不動，她不死心，又用力一扯。

咦？竟被她掰扯下來了！

她立即上手將另外幾個木板也掰下來扔到一邊，把窗子打開用窗棍撐住。微涼的風捲起一陣細塵撲面而來，屋裡空氣頓時清爽不少。

她舉起雙手打量，心裡頗感疑惑，她力氣變大了？竟然能徒手把釘好的木板扯下來？還是這是豆腐渣工程，中看不中用？

為了證實疑惑，她走到桌子前，兩手抬起桌子，輕飄飄地，毫不費力，跟拿片樹葉沒有分別。

如此看來，力氣真的變大了？她一下來了興趣，還得找個東西驗證一下。

後院牆角邊有塊大石頭，可以試試看能不能舉起來。

她興沖沖地跑出小屋，直奔牆角而去。

一出門林伊就發現有異，此刻的她身輕如燕，腳下像踩了彈簧，似乎一跳就能飛起來。

難怪剛才和田氏追逃的時候，她就覺得身子跟平時比靈巧了許多，只是當時沒有仔細研究，現在看來真的有變化啊。

她往院牆處跑了一步，竟然比往常遠了一大截，她穩住腳，心裡暗喜。這難道也是老天爺附贈的異能？

她決定先試試能不能跳上院牆。

吳家後院不大，院牆也不高，後院正對的是片竹林，平時少有人去。林伊後退幾步猛跑向前，縱身一躍，竟然輕鬆地躍了上去。

這是有了輕功嗎？林伊簡直不敢相信。

怕被人發現，她趕快跳下地，落地時又輕又穩，一點聲響也沒有。

這下林伊樂開了懷，這個能力太實用了！以後想要翻牆做點事易如反掌啊，真不錯！

她樂呵呵地跑到牆角的大石頭前一陣打量，這石頭放在這裡不知道多少年了，經過長時間雨水沖刷，表面光滑平整，看著得有好幾百公斤。

林伊微蹲下身，張開雙臂抱住石頭，憋口氣用力往上一抬，石頭應聲而起，她毫不費力，甚至還能往上拋扔兩下。

「我變大力士了！」她放下石頭，欣喜若狂，又忍不住遺憾。「要是我以前有這麼大力氣就好了，可以去舉重拿奧運金牌呀！」

老天爺還挺厚道的，這是敲了她一大棒再給一袋糖？

她兩手扠腰，仰頭悄聲狂笑，穿越到這裡的鬱悶委屈瞬間消失不見，取而代之的是對未來生活的昂揚鬥志。

吳老二，臭田氏！你們以後再敢動手，我保證打得你們滿地找牙！林伊舉拳莊嚴發誓。

# 第六章

正想得高興，突然聽到有腳步聲輕輕悄悄往後院來，這是林氏特有的步伐，像是怕驚動誰似的。

林伊趕快過去迎接她。

林氏手裡端著一盆清水，見她跑過來，立刻擔心地輕嚷。「慢點慢點，別跑，怎麼出來了，快進屋躺著，娘幫妳冰敷！」

林伊挽住她的手笑嘻嘻道：「娘，我全好了，頭一點也不痛了，不信妳看！」說著左右晃動腦袋。「我全好了，怎麼晃都沒事。」

林氏馬上制止。「別亂晃，就算沒傷也別亂晃頭！」

這裡有個說法，腦袋晃厲害了會把腦漿晃散，變成傻子，小伊一點也不知道輕重。

進到屋裡，她一眼發現了洞開的窗戶，驚訝地問林伊。「這裡有窗戶？以前都不知道。」

林伊彎著眼笑得開心。「娘，妳瞧，是不是不悶了？我住這裡完全沒問題。」

林氏四處看了一看，也覺得不錯。

只是……

「天冷了怎麼辦，會不會漏風？」林氏有了新的擔憂。

「到時候再說吧。」

林伊完全沒有想過這個問題，因為在天冷之前，她肯定已經離開這裡投奔幸福生活了。

林氏不再糾結，從兜裡摸出顆雞蛋。「小伊，先吃雞蛋。」

林伊詫異地接過來，雞蛋不大，還有點燙手，顯然是才煮好不久，她懷疑地問：「妳偷偷煮的？」

林氏輕聲笑起來。「哪能啊，我們家的雞蛋都是妳奶奶收著，是她讓我煮給妳吃的。」

「她有這麼好心？」林伊根本不信。

林氏笑容加深。「當然不樂意啊，她是沒法子。」

說著她皺起眉頭，癟起嘴，學著田氏道：「拿去幫那丫頭煮了，讓她小心吃，多喝點水，別噎死了！」

林伊看她學得唯妙唯肖的，噗哧一聲笑出來，田氏這次肯定鬱悶壞了。

林氏想到田氏的神情也呵呵直笑，她還是第一次看到田氏吃癟，不由心情大好。

平時林氏總是低著頭愁眉不展，神情悲苦，很少能見到她這麼開心，偶爾露出的笑容也帶著澀意，這會兒一笑眉眼全舒展開來，眼睛亮瀅瀅的，特別好看。

她身材修長，長著一張秀麗的瓜子臉，兩道烏黑細長的柳葉眉，一雙大眼睛水潤潤的好像會說話，纖挺高直的鼻梁下，蒼白的雙唇向上彎成好看的形狀，看著溫柔可親。只是暗黃粗糙的皮膚和眼角的細紋讓她的容顏失色不少。

林伊看著她生動的笑顏，心裡痛罵吳老二，這麼好的女人怎麼捨得下手打她，讓她憔悴至此？更是暗下決心要早日和她離開吳家，讓她每天都能開懷大笑。

她把雞蛋殼兩三下剝開，光潔白嫩的蛋白呈現在眼前，林伊輕輕一掰，分成兩半，遞了一半給林氏。「娘，我們一人一半。」

林氏煮雞蛋的火候拿捏得不錯，蛋黃中間沒有完全凝固，是最好吃的糖心蛋。黃澄澄的蛋黃像極了今天早上升起的太陽，還冒著熱氣，微微帶點腥味的蛋香直往林氏的鼻子裡鑽，她不由自主嚥了口口水，把頭轉過一邊，不肯接。「這是給妳補身子的，妳吃吧，不用管娘。」

林伊固執地遞給她。「娘，我昨天才吃了兩顆，今天我們一起吃，以後我們有好吃的都一起吃！」

林氏拗不過她，無奈地接過雞蛋，小心地放進嘴裡，細細咀嚼，眼淚撲簌簌掉了下來。「真香！真好吃！」

她記不得上次吃雞蛋是什麼時候了，嫁進吳家後，除了懷小伊時吃過幾顆，後來就再也沒吃過，家裡的雞蛋都被田氏鎖著，連坐月子都沒有給她。

她小口小口無比珍惜地慢慢吃著，像是在品嚐世間最美味的佳餚。

林伊看得心裡傷感不已，輕輕環住她。「娘，我們離開吳家以後掙了錢天天吃，至少一人兩顆！妳相信我！」

怎麼離開吳家，這是林伊這兩天想得最多的問題。

在這個時代，女子活著離開夫家只有被休棄和主動和離兩個方法。

被休棄對女子傷害太大，她肯定選擇讓林氏和吳老二和離。

和離說起來是雙方有錯，但往往是男方犯錯，女方提出離開的要求，因此名聲不會受損，還可以帶走嫁妝，以後再想另嫁他人，也不會受影響。

不過這得林氏自己願意，畢竟她和吳老二在一起生活了十多年，萬一真要走又捨不得，可怎麼辦？

說到離開，林氏當然願意。

剛嫁進來時，吳老二對她還算和氣，但過沒多久就變得不耐煩，經常吼她罵她。等生了小伊後，更對她完全沒有了好臉色，兩句話不對就動手打她，手上從來沒有輕重。她總是整天戰戰兢兢的，生怕哪裡做錯惹他生氣。

婆婆田氏更是想罵就罵，說的話怎麼惡毒怎麼來，根本不顧慮她的感受。

這樣沒有尊嚴的生活根本是度日如年，如果沒有小伊，她一天也熬不下去，不如死了乾淨。

可是她知道，要想離開太難了，吳家肯定不會答應和離，這對他們家的名聲不利，而且她還想帶走小伊，更是難上加難。

「先想辦法讓他們答應和離，至於我麼，到時候我就裝病，或者哪天爹打我，我假裝受傷，一副要死了的樣子，他們肯定不肯給我請郎中，妳這時候提出帶我走，他們肯定樂意。」

林氏搖頭斷然拒絕。「不行，我不能讓妳冒險，小伊，這樣的場面娘不想再經歷一次，就算是假的也不想，我太害怕了。」

林氏說著說著，眼裡湧上了淚，她把冰涼的棉布輕輕覆在林伊臉上，悄悄擦去眼角的淚。

「好好好，娘，咱們再想別的法子。」林伊趕緊寬慰，又叮囑道：「這事咱們得保密，千萬不能讓他們發現我們有這個打算，要不然他們有了防備，事情就不好辦了。」

林氏確實是嚇壞了，林伊也不忍心看她再受煎熬，那只有小心籌謀，等待時機了。

既然需要等待機會，一時半刻不能離開，就得想辦法改變在家裡的地位，她得好好跟林氏說說，可不能再像以前那樣任勞任怨，做牛做馬還得不了好。

「娘，以後奶奶和大伯娘叫妳做事，妳別答應，大家都住在一起，憑什麼都妳一個人做？大伯娘怎麼就不能做？」

「我不想計較，不想和她吵，有那吵嘴的功夫，我都做完了。妳奶奶罵的那些話，讓人頭都抬不起來，我可不想聽。」

「妳做了以後呢？她不罵了嗎？她不是照樣罵，還變本加厲！妳不計較，她們就會得寸進尺，越來越過分，昨天不過是為了塊小餅，妳的女兒就差點丟掉性命了！」

林伊越說越氣憤，乾脆坐起身，手按著臉上的棉布，講起道理來。「娘，妳不能怕他們罵，他們罵妳就和他們對罵，誰怕誰！要是敢打妳，妳就拿棒子打他們，要是拿棒子，妳就拿刀子，大不了就是一死，與其這麼屈辱地活，還不如轟轟烈烈地死，把欺負妳的人全部滅掉。妳真要狠起來，他們反而會怕，這就叫軟的怕硬的，硬的怕不要命的。現在他們不把我們放在眼裡，任意打罵，就是因為妳不爭不反抗。娘，妳不能低頭，妳自己都把頭低下來了，人家怎麼會不踩。」

林氏聽得直點頭，半晌又說道：「小伊，妳說得有道理，只是真要鬧起來，家裡的名聲會不好，妳三叔正在相看媳婦，萬一影響到他怎麼辦？」

林伊無語問蒼天。娘，妳也太善良了吧，自己還處在水生火熱之中，卻要替別人操心。

不過三叔的確算是吳家幾個男人中，唯一的正常人。

吳家四個成年男人中，吳老二不說了，死渣男一個。吳老頭和吳老大也好不到哪裡去，都是自私冷漠的人，只要自己有吃有喝，家裡鬧死鬧活他們不會管，雖然不會打罵吳伊母女，但也視她們如無物。

吳老三是田氏的老來子，今年剛好十八歲，足足比吳老二小了十二歲，不僅在吳家三兄弟中模樣長得最好，就是在整個吳家村也數一數二，是田氏的心肝寶貝，大小寶和他比都要往後靠。

吳老三人雖得寵，卻並不驕縱，為人老實忠厚，平時寡言少語，卻不缺少正義感。吳伊母女被欺負過分了，還會站出來幫她們說話，這讓母女倆對他心存感激。

可是，再怎麼樣那也是田氏的寶貝兒子，用得著林氏去操心嗎？她首先該考慮的，不該是自己被欺負得快活不下去的女兒嗎？

林伊取下臉上已經變得溫熱的棉布，激動反駁道：「娘，妳能為別人設想是妳心地善良，可是也要先把我們顧好啊，三叔不是小孩子，家裡的情況他都知道，我們為了改善惡劣的處境，他肯定能夠理解。妳看他不是就經常為我們說話嗎？說明他也看不慣他們的所作所為，而且如果吳家真是與人為善的厚道人家，家裡的名聲是我們能破壞的嗎？」

林氏看著林伊瘦弱的身子和青紫腫脹的小臉，想到自己連女兒都護不住，卻還想維護別人，不由滿臉羞愧。「妳說得有道理，是娘想岔了，竟不如妳想得透。」她看著林伊欣慰地笑了。「小伊，娘發現妳變了，以前妳可不會說這些。」

林伊抱著她的手臂，輕聲說：「娘，我也覺得，這次摔倒我就好像打開了身上的機關，頭腦變得特別清楚，想事情也一下就想透了，而且啊……」林伊一臉神秘地湊近她。「我還有驚喜告訴妳。」

「什麼驚喜？」林氏接過林伊手上的棉布，放進盆中浸泡，好奇地問。

林伊也不答話，翻身下床，不顧林氏的制止走到桌邊，單手抬起桌子，得意地說道：「娘，妳看到了嗎？」

「妳的力氣變大了？能舉起桌子了？」林氏走到她面前，打量著她的手臂問道。

林伊把桌子隨意一放，一揚頭。「還不只如此呢，走，我們去外面。」

林伊把林氏拉到院裡的大石前，表演輕鬆舉大石。

林氏看得目瞪口呆，不敢相信，又擔心她的傷口，著急地輕聲嚷嚷。「快放下快放下！小心打到頭！」

林伊「砰」的一聲把石頭扔地上，臉色都沒有變一下。「娘，怎麼樣？我厲害吧？」

林氏連連點頭，忙不迭地檢查林伊的額頭，見傷口沒有異樣，才拉著她回屋給她繼續敷臉。

林氏叮囑道：「娘知道妳的厲害了，但是傷口沒好之前，妳不要再使力，聽到了嗎？」

林伊讓她放心。「娘，不曉得為何，我的傷口也好得快，現在除了臉有點脹，頭真的不痛也不昏了，妳不用再給我抓藥了。現在我有了力氣，以後奶奶和爹再想打我就打回去！」說著揮了揮拳頭。

林氏眼淚又流出來了。「這是老天爺都看不下去要幫妳啊！」

「就是，老天爺都想要我們離開，給我們找活路呢。」林伊打蛇隨棍上，既然古代人相信這些，那就要好好利用。

她接著分析離開後的最壞結果。「如果出去找不到地方住，咱們就找座大山，尋個山洞好好打理出來，妳在山洞裡做飯，開墾荒地種點小菜，我力氣大可以去打獵，打了野物拿去賣錢，等攢夠錢了就下山買田買屋。沒有人罵我們，沒有人管我們，想吃啥吃啥、想幹啥幹啥，隨我們高興！」

林伊越說越高興，忍不住手舞足蹈，滔滔不絕地向林氏描繪起未來的美好生活。

林氏聽得神往不已，完全被說動，已經迫不及待想要跟著林伊住山洞了。

敷完臉，林伊拉著林氏清掃小屋，畢竟自己要在這裡住一段時間，得儘量整理得舒服一些。

林氏打來清水，兩人把屋裡的桌子、凳子、床擦乾淨，又把小窗擦了一遍，因為長期沒有使用，窗框上積滿了厚厚的灰塵，連換了幾盆水才擦出本來面目。

林氏又拿來掃帚，把小屋的邊邊角角掃了個遍，竟然掃出一大堆灰塵雜物。

「以前屋裡黑，都沒發現藏了這麼多髒東西。」林氏邊掃邊驚嘆。

經過這麼一收拾，小屋變得窗明几淨，清清爽爽，特別是窗子打開後，光線透了進來，照得房裡亮堂堂的，不臭也不悶了。

林伊環視一圈很滿意，她美滋滋地規劃。「下次上山摘把野花回來插上，就擺在小桌上。」

林氏想了想那個畫面覺得不錯，主動擔起了這個任務。「妳想要什麼花？吃了午飯我去摘。」

林伊搖頭拒絕。「不用，我自己去，我的傷全好了，不想在家裡待著。」

林氏急了，拉住林伊的手堅決反對，腦袋搖得像撥浪鼓。「不行，妳看看妳的臉，怎麼能出門？妳別逞強，再休息一下。」

林伊意味深長地一笑。「娘，我就是要頂著這張臉，還要揹著大背筐出去，裝上滿筐的柴火回來，妳就等著瞧吧！」

# 第七章

林氏沈思地看著她的臉，突然明白了林伊的想法，知道這是別有用意，心裡卻止不住難受。都怪自己沒用，要讓女兒操心謀劃。

林伊見她情緒不高，忙拉著她打開衣箱，把裡面的衣服全抱出來攤在床上，重新整理分類。

衣服不多，小小的箱子一半都沒有裝滿。不曉得是誰淘汰下來給她的，敗得看不出原本顏色，全都打了補丁，身上這件算是最好的，只有三個補丁。

夏衣有三套，除了身上的和昨天穿的，箱子裡還有一套。

冬衣只有一套，棗紅底碎白花的對襟小棉襖和藏藍色棉褲，面料已經朽破，有些地方露出棉絮，夾層裡的棉花板結成塊，只薄薄一片，不知道是哪年做的。

雖然營養不良，但十一、二歲正是女孩長身高的時候，和去年相比，小吳伊長高了一頭，這身冬衣明顯小了。

她把棉褲提起來在身上比了比，短了一截，褲腿只到腳踝上，勉強能算九分褲。

棉襖的扣襻扣不上，下襬只到肚臍。

這能擋住冬天的嚴寒？她懷疑地看向林氏。

林氏拉了拉她的衣襬，嘆口氣。「到時候娘想辦法給妳做一身吧。」

話雖這麼說，她心裡卻沒底，身上一文錢也沒有，微薄的嫁妝也早就變賣乾淨。

找吳老二要錢？林氏想起他的冷臉和揮過來的拳頭，不由打個寒顫。不過她馬上堅定起來。

不要怕，為了小伊，我不能怕他，大不了和他對打，我這次絕不會再忍讓！

林伊點了點頭，不再言語，說不定到時候她們就已經離開了，沒必要因為這個讓林氏為難。

今天太陽挺大，她決定把這套冬衣拿出去晾著，去去霉氣，以後也許修改一下還能使用。

林氏收拾東西準備去廚房做午飯，林伊沒有攔她，楊氏做的飯太難吃，比豬食還不如，林伊實在沒有勇氣品嚐那些黑暗料理。

不過她跟林氏說好，做了午飯不能再洗碗，就讓楊氏洗，林伊還拉著林氏計劃了一番。

林伊想和林氏一起去做飯，林氏堅決不同意。「廚房太熱了，妳別去受這個罪了，娘一個人就行。」

林伊靠在她身上，拉住她的手撒嬌。「娘，就讓我一起吧，我想陪著妳。」

有娘的感覺真好，被娘寵的感覺真好！

見到女兒如此依賴自己，林氏拒絕的話再也說不出口，終於點頭答應，兩人說說笑笑手挽手朝前院走去。

吳家前院的格局和村裡大部分人家相同，三間土坯房正對院門，中間是堂屋，左邊是老兩口的臥室，右邊是廚房，廚房連著小雜物間，雜物間拐過去就是豬圈、雞圈和家裡的茅房，另有一道小門通向後院。

東西廂房各有三間，吳家大房住東廂，二房和三房住西廂。

以前小吳伊在西廂單獨住一間屋，幾個孩子漸漸長大後，大寶被送去旁邊村子的學堂上學，楊氏便希望單獨給他一間房，好讓他專心學習。於是小吳伊被勒令搬出來，把房間讓給大寶，她則住到後院的柴屋裡。

林氏當時反對過，可惜她的聲音太微弱，沒有人理會。

但是照林伊看來，前院的房屋並不比柴屋好上多少，因為實在太破舊。據她目測，吳家至少是吳老頭的爺爺輩修建的，外牆都在掉渣土了，但也沒有人想要翻修。

屋頂雖是青磚瓦，也殘舊不堪，整個屋子透著窮困破敗的感覺，沒有精神，幸好林氏收拾得很乾淨，還不至於邋遢。

其實吳家村緊挨著的長豐縣是個大縣，規模僅次於府城，從村裡到縣城走路都不到半個時辰，靠著這個地理優勢，村裡大多數人家的日子過得很是寬裕。

而吳家人長得不錯，遺傳的白皙皮膚高䠷身材，走出去很能哄哄人，卻是村裡最窮的幾戶人家之一。

究其原因就是他們太懶，那麼多壯勞力，家裡只有五畝田，農活輕輕鬆鬆就能完成，偏偏沒想著再去租田來種，也不去縣城幹活，或經營別的生意，都在家裡耗著，只要有口飯吃就不願意動彈。

吳老頭和吳老大的嗜好就是和村裡人打紙牌，只要不是農忙時節，一天兩場雷打不動。吳老二不曉得忙什麼，整天不在家，只有吳老三偶爾會跟村裡人去縣城打點零工，或編點筐籃拿到縣城賣，也掙不到幾個錢。

地裡的收成除去賦稅，根本不夠一家人吃喝，全靠著林氏和幾個女孩子上山挖點野菜混著糧食吃，才能勉強度日。

幸好這幾年風調雨順，日子才能過下去，要是遇上年景不好……

林伊甩甩頭，快步走進廚房，不敢往下想。

今天中午的飯菜很簡單，一鍋野菜稀粥，菜多米少，一籠玉米饃饃，和她巴掌差不多大，黃燦燦的，賣相很不錯，林伊一頓至少能吃三個。

菜是涼拌黃瓜、清炒馬鈴薯絲，還有一盤鹹菜。

林氏在灶上忙碌，林伊就在灶下燒火，這個天，廚房裡做飯是個苦差事，不一會兒兩個人就滿頭大汗，燥熱難當。

林氏擔心汗水浸濕林伊的傷口，苦勸她離開。「小伊，妳出去坐著涼快吧，別把傷口弄髒了，娘很快就能煮好！」

林伊正要拒絕，就見楊氏不情不願地走到廚房門口，遞了兩顆雞蛋給林氏。「娘說的，做蔥花炒蛋。」

她一想起昨天的事，氣就不順，斜著眼陰陽怪氣地問林氏。「我還以為妳們住後院不出來了，還是要出來啊，不等著娘來磕頭請妳嗎？」

再看到林伊好好地坐在灶下更是火大，張口就罵。「昨天不是要死了嗎？今天就這麼精神了，妳騙誰呢？沒人性的賤胚子，就會在人前作戲害人！」

林氏聽她罵林伊，想反駁又不知道該說什麼，急得本就紅通通的臉更紅了，只會重複道：「大嫂，妳怎麼這麼說……妳怎麼這麼說？」

林伊抬頭冷冷地看了楊氏一眼，便面無表情地轉過頭去，不理會她。

楊氏還想再罵，看見林伊這冷得冒寒氣的眼神和額頭上帶著血漬的棉布，尤其那青紫交加的恐怖面容，嘴裡的話突然出不了口。

「快點煮，耽誤了爹回來吃飯，小心娘撕了妳的皮。」她頓了頓，撇撇厚唇，撂下句話就搖搖擺擺地走了。

林氏小心覷著林伊的神情，怕她不高興，低聲勸她。「她那張嘴就那樣，不瞎叨幾句不舒服，妳別和她見識，和她生氣沒必要。」

林伊搖搖頭。「她還不值得我生氣。娘放心，我沒事。」

這不是寬慰林氏，是她的真實想法。

她才不跟那個無知潑婦鬥嘴，降低自己格調。

她的做事原則是要麼不動，動就要打痛！

林氏是做事做習慣的，飯菜很快就好了。

吳家雖窮，臭規矩卻多，其中一個就是男人女人要分桌吃飯。

林氏把菜分成兩份，男人那桌菜的分量要多些，那碗加了蔥花的炒蛋只放在男人的桌上，這是田氏特別交代的。

林伊看得心頭火起，這個老太婆真是自輕自賤，憑什麼這幾個懶漢就要吃得又好又多，做事的女子卻要低他們一頭！

她握緊了拳頭，又放鬆，算了，忍不了多久了，沒必要為了這個再嘔氣，氣著了不划算。

林氏想讓林伊回房去。

昨天鬧了一場，今天早上又讓田氏吃了癟，以田氏的脾氣肯定不會善罷甘休，一定會在飯桌上說些難聽的話為難小伊，她不想看著小伊受委屈。

「小伊，回屋去吧，一會兒娘把飯端過去，免得聽妳奶奶的那些閒話。」

林伊當然不肯，憑什麼要躲在小屋裡避讓田氏，她就是要在田氏面前晃，礙她的眼讓她心裡難受，最好嘔得她飯都吃不下！

她幫著林氏把飯菜往桌上擺，吳家大房的兩個女兒正好揹著背筐回來了。

兩人年紀和小吳伊差不多，可是因為比她待遇好點，吃食上剋扣得沒那麼厲害，身子看著比她好。特別是大堂姊小雲，雖然眉目清秀，但因為繼承了吳家的高䠷和楊氏的壯實，長得又高又壯，和成年人體格差不多了。

姊兒倆和小吳伊一樣，吃完早飯就要開始一天的辛勞，上山採野菜打豬草砍柴火，回家了要洗大房的衣服，農忙時還要下地做活，沒個消停的時候。

兩個女孩子不是懶的，放下東西洗了手就來幫著林氏做事。

小雲還擔心地望著林伊的臉，輕聲讓她坐下歇息，她們三個人做就好。林伊笑著拒絕了，她就願意跟在林氏身邊忙上忙下。

吳家堂屋寬敞，擺上兩張飯桌也不擁擠，幾人很快就把飯菜桌凳擺好。

這時吳家的男人們陸陸續續出現在家門口。

吳老頭和吳老大早上吃了飯都會去田裡看看，再各處轉悠遛達，要到午飯時間才會回來。

今天吳老頭心情不好，背著手一臉陰沈地進了屋。他和吳老二長得不太像，寬額凹眼的，頷下一把山羊鬍，板起臉來很有威嚴。雖然不到六十歲，可是因為人瘦，一張臉就像曬乾的橘子皮，皺皺巴巴很顯老相。

林伊見吳老頭進來，笑著上前招呼，沒想到他卻冷著臉嫌棄地瞪她一眼，罵了句。「晦氣！」甩甩手坐到了飯桌前。

昨天晚上吳家鬧嚷的時候，吳老頭在村頭打牌，並不知道家裡發生的一切，回來時戰鬥已經結束，田氏覺得丟了臉面也沒有向他彙報戰況。

今天出門，村裡人都對吳老頭指指點點，還有人當面跟他說要對孫女厚道點，不要太刻薄，搞得他莫名其妙。

待弄明白情況，他非常生氣，一邊恨田氏把家裡的事鬧到族人面前，更恨小伊不懂事，揭了家裡的短，怎麼就不能說是自己摔的，怎麼就非要爭個輸贏，丟了吳家的臉面！

這會兒他看到林伊自然沒有好臉色，對家裡嘰嘰喳喳的女人們也覺得厭煩。

林伊本來還想和他親近，見他這樣，立刻收起笑容，心裡氣憤不已。

自己的親孫女受了傷，一臉青腫，額頭還纏著白布，就算外人看了也要關心兩句，吳老頭作為爺爺問都不問，竟還口出惡言，真夠冷酷無情。看來吳老二那麼渣也是有淵源的。

吳老大神情淡漠地跟在吳老頭身後，誰都不看，眼裡只有飯桌上的炒蛋。「才這麼一點，哪夠塞牙縫，怎麼不多炒點？」

「拿個碗，分娘一點吧。」吳老三過來坐下，見女人這桌沒有炒蛋，便跟吳老頭商量。

林伊點點頭，這個家的男人就他還懂點禮儀孝道、人情世故，他看到林伊還主動打招呼，關切詢問她頭上的傷。

「我不！我們都不夠！」小寶著急了，站起身一筷子就挾了半邊走。

吳老大也跟著挾了一大筷子，用行動表明他的態度。

「不用管我，你們吃！」田氏笑咪咪地看著他們，口裡不住推讓。

她今天不得已給了林伊一顆雞蛋，覺得特別不舒坦，便賭氣拿了兩顆炒了給男人們吃，這才好受點。

現在她聽了吳老三的話心裡甜得很，還是小兒子貼心，不枉心疼他一場，哪裡還會捨得分他們的炒蛋，直後悔沒有多炒一顆。

因為吳老三的關心讓田氏很受用，所以看到林伊坐在桌前只狠狠瞪了她兩眼，並沒有發作。

不過林伊還是沒有掉以輕心，打起精神嚴陣以待，隨時準備迎接她的刁難。

按照吳家的規矩，女人這桌的飯菜由田氏分配。

林伊發現田氏舀到她和林氏碗裡的菜粥明顯比其他人的稀很多，她都在碗裡照見自己的臉，都能當鏡子用了。她忍了忍，算了，玉米饃饃吃著挺乾硬，正好可以配著吃。

吳家的玉米饃饃是按人頭做的，男的一人三個，女的一人一個。

田氏把男人那桌的饃饃挑給他們，就開始給女人這桌分發。發到林氏和林伊時，她停了手，把裝饃饃的小筐「砰」地放到桌上，冷冷地掃了林伊母女一眼。「妳們現在是矜貴人，要吃精細糧，肯定看不上這粗食劣物，我可不敢拿來糟踐妳們。」

一想到昨天小伊敢在韓氏面前告她的狀，還要每天吃雞蛋，她就氣不打一處來，心裡恨恨地想：妳有本事住到韓氏家去，只要在這個家，我就不信收拾不了妳這個死丫頭！

林伊根本不在意。妳不給我我不會自己拿嗎？自己動手豐衣足食！

# 第八章

林伊不看田氏的臭臉，笑盈盈地站起身。「奶奶怎麼能這麼說，這怎能算粗食劣物，爺爺奶奶都能吃，我們怎麼敢嫌棄。」說著彎腰把那兩個饃饃抓起來，臉上的笑容更甜。「奶奶不麻煩您了，我自己來。」

她坐下遞了一個給林氏，朝她眨眨眼，轉頭故意對著田氏大大咬了一口，嘴裡還在誇獎。「我娘做得太好吃了，真香，這一個不夠吃啊，奶奶要是嫌棄就給我吧。」

田氏一直就是這個德行，只要家裡吃點好的，端上桌她就開始罵人，小吳伊和林氏經常被她罵得抬不起頭，菜都不敢挾，等她罵完菜也沒有了，現在林伊可不吃她這套。

林氏本來以為今天只有稀粥喝，沒想到小伊居然會自己動手，她當然要給女兒撐場子，雖然心裡忐忑，還是跟著咬了一口。

田氏張著嘴，呆愣愣地看著林伊的動作，半天沒反應過來，這丫頭竟敢動手搶？想要翻天嗎？這是仗著有韓氏撐腰，完全不把她放眼裡啊。

她「啪」的一聲將筷子摔到桌上，大聲咒罵。「作死的丫頭，還有沒有規矩，竟敢來搶了，妳眼裡還有沒有老人……」

她話還沒說完，那邊吳老頭咆哮起來。「鬧啥鬧，都給我閉嘴，不吃就滾！」

這群敗家娘兒們，吃個飯都吃不清靜，就知道吵吵鬧鬧，這個家都要被她們鬧垮了。

田氏立刻把後面的話嚥下去不敢再吭聲，一來吳老頭是一家之主，她得給他面子；二來吳老頭平時不怎麼說話，發起怒來卻會下狠手，她年輕時候沒少被他打過，已經被他打服了。

雖然現在年紀大了很少動手，但是餘威仍在。

林伊不管他們，自顧自地一口饃一口粥地吃得歡，還不時給林氏挾點菜，看得田氏和楊氏又氣又不敢吭聲。

而吳家大房的兩個女兒全程隱形，只默默地吃飯。

男人那桌吳老大最先吃完，女人這桌才開始吃，他的三個饃饃兩碗粥已經下了肚，林伊不由懷疑他是不是直接倒進嘴裡的。

吃完他抹了抹嘴，把碗一推，起身催吳老頭。「爹，快點，晚了沒位置，要不饃饃拿手上吃吧！」

他和吳老頭要趕到村頭玩紙牌，因為要湊人數，必須早點去占位置。去晚了別人湊齊桌子開打，他們多餘的湊不了一桌，這一下午就只有在旁邊乾站著看別人玩，那種抓心撓肺的心慌滋味太難受。

吳老頭被他催得心急火燎，兩三口喝完粥，拿著還剩一半的饃饃急匆匆地跟著他跑了。

小寶見狀也坐不住，大聲叫著等等我，追了上去。

今天吳老二沒回家吃飯，大寶中午不在家吃，男人那桌瞬間只剩吳老三，桌上的菜卻已是吃得乾乾淨淨，菜湯都沒有剩一滴。

田氏看著心疼，端了自己這桌的菜要挾給他吃，吳老三連連拒絕。「娘，不用了，我已經吃飽了。」說完也起身走了。

男人們一走，楊氏立刻活躍起來。

剛才田氏不給林氏和小伊饃饃她很高興，以為田氏肯定會分給她，哪想到小伊竟敢自己動手，這讓她遺憾不已。而且吳老頭發脾氣嚇壞她了，大氣都不敢出，小伊居然完全不放在心上，現在她可得好好說道說道。

她邊吃邊質問林氏。「弟妹，妳怎麼教小伊的，竟敢掃娘的臉面，要不是她，爹也不會發脾氣，飯都沒有吃飽就氣走了！」

林伊想仰天大笑，這麼多雙眼睛看著呢，吳老頭那是氣走的嗎？那是急走的吧！

林氏可不敢擔這個罪名，一臉惶恐地辯解。「不是的，小伊……」

楊氏不悅地打斷，大聲呵斥。「什麼不是，我們都看著的，妳看看我家小雲小琴，不像她那樣沒規矩，就是妳沒有教好！」

田氏翻翻眼皮沒有說什麼，顯然對她的話很贊同。

楊氏馬上把頭轉向她，繼續告狀。「娘，您可得好好管教，小小年紀不學好，謊話連篇，不敬長輩，這樣下去……」越說越激動。

林伊最煩吃飯時喋喋不休的人，她很怕桌上的菜會被口水噴到，連忙給自己和林氏挾滿了菜，端著碗遠離飯桌以免被波及。

楊氏見了更是生氣，大聲抱怨。「娘，您看看，看她那副餓鬼樣，這是八輩子沒吃過飯嗎！」

林伊看著她張張合的大嘴，實在腦袋疼，要是每次吃飯都得聽她長篇大論，那可受不了，得想個法子讓她閉嘴。

林伊靈機一動，好心提醒。「大伯娘，剛才妳嘴裡的飯噴到奶奶碗裡了！」

楊氏正說得高興，林伊的話讓她一驚，抱怨聲戛然而止。

她張著嘴，無措地看了眼剛喝了口粥臉色大變的田氏，立刻指責林伊。「妳個死丫頭壞透了，瞎說啥，我怎麼可能……」

林伊認真辯解。「是真的，我沒有瞎說！我親眼看見的！」

田氏端著碗看看綠白相間的菜粥，又抬頭看看坐在對面，嘴裡還嚼著飯的楊氏，自己這位置正處在最佳噴射範圍之內啊！

她不由得皺緊眉頭。

她其實不算多講究的人，但是一想到楊氏的黃板牙，還有臭烘烘的嘴……

哎呀！不能想了！

她冷著臉把碗用力放在桌上，氣狠狠地罵林伊。「妳嘴被縫住了，怎麼不早說！」

早說我就不喝這一口了。

林伊畏縮地低下頭。「我想說，可是大伯娘一直說話，我插不進嘴。」

田氏越想越噁心，朝楊氏吼道：「飯都塞不住妳的嘴，一直叨叨叨，以後吃飯不准說話！」

楊氏委屈地看著她。「娘，那丫頭冤枉我，我真的沒有……」

「閉嘴！」田氏氣得把面前的碗往前一推。「不吃了，氣死我了！」

她瞟了眼粥盆，裡面一粒米一根菜葉也沒有，只有盆底還剩了點湯漬。

楊氏見狀，連忙把自己那碗粥遞過去。「娘，您吃我的吧。」

田氏恨恨地瞪她一眼，唰地站起身，拿著剩下的饃饃回了屋，邊走邊氣哼哼地吩咐。

「吃了飯各人找事做，不要等我來請！」

楊氏看著她的背影撇撇嘴，小聲嘟囔。「不吃算了。」

她忙不迭地把田氏剩下的菜粥倒進自己碗裡，喜笑顏開。「我不嫌棄，您最好每天都不吃！」

邊吃邊碎碎唸，無非是在這個家裡就沒有吃過一頓飽飯，還要受氣，婆婆不疼相公不理，弟妹也不賢，現在還要被個小丫頭欺負，說著瞪了林伊一眼，又瞪向女兒。「還有三棍子打不出個屁的悶蛋！養妳們有啥用，明兒都拉去賣了！」

兩個女孩不敢回話，幾口吃完放下碗下了桌，楊氏把桌上的菜湯往自己碗裡倒，邊繼續唸叨。「等我的兩個兒子出息了當了大官，我一頓要吃五個白麵饃饃，粥裡面一根菜葉也不加……」

林伊和林氏兩三下把最後的稀粥喝完，也準備離開，楊氏見了忙制止。「弟妹，把碗洗了再走。」

林伊示意林氏不用管直接走，自己回頭和她理論。「我娘做的飯，這碗就該妳洗，有句話沒聽過嗎？先吃完不管，後吃完洗碗，妳最後吃完，就該妳洗！」

楊氏把碗一放，氣呼呼地罵。「妳個死丫頭瞎說啥呢。洗碗是妳娘的活，少指派我！」

現在堂屋裡就她們倆，林伊可不怕，她壓低聲音回楊氏。「妳自己也吃了，憑什麼就不能洗？妳又蠢又笨，啥都做不好，就先把碗洗乾淨吧。」

楊氏沒想到林伊竟敢這樣說，勃然大怒，騰地站起來就要伸手抓林伊。「妳個賤丫頭，膽肥啊，敢罵老娘，妳是不想活了！」

林伊把桌上自己的飯碗拿起來退後一步，冷冷地盯著她。「既然不想洗那就不要了，弄碎扔了，下頓用新的。」

她兩手用力一掰，飯碗應聲裂成兩半。

吳家的飯碗全是粗陶製成，碗壁很厚，雖然不美觀卻很結實，不用力摔都不會碎。林伊貌似輕輕一掰就把碗掰裂了，嚇了楊氏一跳，她收回手，詫異地看看林伊又看看她手上的碗片，嘀咕一句，拿起旁邊的碗也用力一掰，碗卻完好無損。

她更驚了，指著林伊話都說不清楚。「妳怎麼把碗弄爛的？」

林伊笑了笑，既然都誠心誠意地問了，那就大發慈悲地告訴她吧。

她丟了一半碗片在地上，雙手舉起另一半在楊氏面前一掰，碗片又應聲裂成兩半。

「看，就這樣弄的。」

楊氏看得直發暈，這是什麼本事，竟比掰黃瓜還容易？

林伊見她那傻愣愣的呆蠢樣子，忍不住壞心眼地想嚇嚇她。

楊氏雖然沒有動手打過小吳伊，但一貫欺善怕惡，狐假虎威，平時沒少欺負林氏，對小吳伊也是賠錢貨賤丫頭掛在嘴邊罵，又愛搬弄是非，一張嘴聒噪得很，如果真的把她唬住了，以後少在自己面前晃悠倒是一件美事。

於是她斜著眼，擺出一臉陰狠的表情，探身去抓楊氏的手。「把手掰斷更容易，要不要試試？」

楊氏被林伊嚇得身子都變靈巧了，怪叫一聲，把手一背，往後彈開好幾步遠，心裡驚恐不已，這手要是被死丫頭抓住一掰，那還不得斷成兩截，這可不得了！

再一看林伊湊過來的那張青紫交加的臉，她頓時渾身直冒冷氣，這還是平時那個柔弱單薄任她辱罵的死丫頭嗎？不對！

她忍不住尖聲高叫。「媽呀！妳個妖怪，妳不是小伊，妳是那個女鬼！」她兩三步跑到田氏房門口扯著嗓門大嚷。「娘，娘，不得了，小伊被鬼上身了！」

此時田氏正在房裡傷懷呢。

今天吃飯時，吳老三的舉動讓她心生感觸，一方面欣慰最疼愛的小兒子懂事孝順，有點好吃的都想著自己，不枉心疼他一場；另一方面又對吳老大和小寶寒心，自己平時那麼偏心小寶，他卻連點雞蛋都捨不得，以後還能指望他什麼？吳老大更可惡，小寶那麼做，他一句話也沒有，還跟著挾，看都沒有看自己一眼。

「我是想吃那口蛋嗎？他真要給我我肯定不會吃，我就是要他一句話，一顆心。」她越想越難受，決定以後要更努力營造好名聲，給老三尋個好媳婦。「看來老了也只有我的老三能指望上了。」

思前想後間，她聽到楊氏在外面大聲鬧嚷，心裡煩躁不已，低聲暗罵。「蠢婆娘！不曉得又在鬧什麼。」

她原本看不上楊氏這個娘家外甥女，模樣長得醜不說，人還又懶又饞，奈何大兒子娶媳婦不順利，不得已才娶進門，好在楊氏肚皮爭氣，生了兩個兒子，田氏才稍微看她順眼點。

此刻楊氏竟然跑到自己門口鬼呀怪的大吼，她再也按捺不住，衝出門對著楊氏怒罵。「青天白日地叫什麼，啥鬼啊鬼啊的，我看妳才是鬼，懶鬼！」

農家對這些最是忌諱，生怕一個不小心就招到家裡來，楊氏張著嘴大吼她怎麼能忍。

楊氏滿臉驚恐地指著林伊告狀道：「娘，真的，我不騙您，小伊把碗掰碎了，樣子好嚇人，和以前不一樣了！」

聽到吼叫的林氏端著衣盆跑了進來，著急地制止。「大嫂，妳可不要亂說，小伊好好地在這裡，哪有什麼鬼，妳不要壞她名聲。」

真要是有人相信小伊被鬼上身，那可不得了，她必須把這事辯明白了。

林伊眼淚汪汪地望著田氏，滿腹委屈。「大伯娘冤枉我。我娘吃了飯要去洗我昨天換下來的衣服和床單，只好麻煩大伯娘幫忙洗碗，她不肯就罵我，還把碗摔了說是我弄的，又說我是鬼……大伯娘，妳不想洗就好好說嘛，幹麼這麼冤枉我……」

楊氏轉頭驚懼地看著林伊，這丫頭也太不要臉了吧，她指著林伊氣得直打嗝。「嗝……妳妳……嗝……」

田氏看見她這副模樣，不由想起剛才在飯桌的一幕，心裡直犯噁心，她嫌棄地瞪了楊氏一眼，又教訓林氏。「妳越來越長本事了，還會躲懶分派人做事，碗洗了再去，我看看累得死妳不！」

林氏低下頭就想要答應，林伊趕在她面前答話。「我娘洗了衣服還要整理菜園餵雞餵豬，要是耽誤了做晚飯，爺爺會不高興。」說著把林氏的衣盆往她面前一送。「奶奶您看，這麼大一盆呢。」

她故意把昨天那套染了血的衣服堆在上面，一天過去那一大灘血已經發黑，看著很是嚇人。

田氏眼神閃了閃正要說話，林伊滿臉是笑地搶著說：「奶奶，我也不閒著，我這就去山上砍柴火。」

這兩天小伊一直跟田氏頂嘴，似乎想要挑戰她的權威，讓她很是不爽，現在見小伊主動幹活，似乎在向自己服軟，田氏心裡頗為得意。

再有人撐腰又怎麼樣，這個家還是得聽我的！

她猛然想起自己要營造好名聲，得態度溫和點，於是揚起下巴，微微點頭。「去吧，就是要勤快，咱們家可不養閒人。」

林伊高高興興地答應一聲，拉著林氏快步出了堂屋。

# 第九章

田氏滿意地看著林伊母女的背影，轉頭對楊氏吩咐。「把碗洗了，妳享福享夠了，也該動動手了。」

「娘，嗝……您就真聽她們的啊？」

楊氏看著兩張桌子上散亂的碗盤，心裡一萬個不想洗，她拖長聲音想讓田氏改變主意。「那死丫頭真的有問題，嗝……和以前真的不一樣，您不知道剛才她像是要吃人……」

田氏一個眼刀甩過去。「妳少給我說些有的沒的，不就讓妳洗個碗，是要妳的命嗎？瞎編派些啥？妳給我好好洗，洗不乾淨看我怎麼收拾妳！不許再說那亂七八糟的！」說著就往房裡走，像是想起什麼又叮囑她。「要是像上次那樣洗完了，下頓拿出來菜葉子還原封不動地黏在碗上，妳就給我舔乾淨！」

楊氏眨眨眼，嘟起厚嘴唇，朝田氏擺出一副「娘怎麼這樣，您不愛我了嗎」的委屈表情。

田氏渾身一哆嗦，雞皮疙瘩掉了一地，她搓了搓手臂，大聲吼道：「快點，少磨蹭！」這蠢模樣，你就沒法和她好好說話！

轉過身就要回房裡，走到門口突然反應過來——不對啊，那死丫頭頂著那張臉去砍柴火，村裡人看到了會怎麼想？這不是明晃晃地告訴大家自己惡毒，孫女傷成這樣還要她幹活嗎？

這可不行，得攔住她！

她急忙扭頭往院門跑，邊跑邊喊：「小伊，等一下！妳別去！」

等她衝到大門口一看，門外空蕩蕩的，只有幾隻雞在悠閒漫步，見她出來還咯咯地打招呼，林氏和林伊卻早沒了蹤影。

她氣得直跺腳，這死丫頭，我的名聲又要被她壞了！

楊氏正看著兩桌碗筷發愁，見田氏叫小伊回來，以為她改變主意要讓林氏洗碗，樂呵呵地跟在田氏後面跑到院門。見門口沒人，又衝出去左右探頭找了找，還是沒看到人影。

她癟著嘴氣憤地向田氏告狀。「娘，您看看，為了躲懶跑飛快，生怕您讓她做事！」

田氏正滿肚子鬱悶，見她那傻樣更是氣不打一處來，瞪著眼怒罵。「有妳啥事，給我去洗，快點，懶貨！」

楊氏被她罵得一哆嗦，縮了縮脖子不敢吭聲，只能低聲嘀咕。「罵我幹啥，我又沒有躲懶……」

田氏厭煩地看她一眼，轉身往堂屋走去，邊走邊唸叨，希望有人問起小伊，她別說是我讓她出去的！

田氏的願望注定要落空，林伊怎麼可能放過這個繼續壞她名聲的好機會？帶傷出門就是要打造田氏惡毒心狠的刻薄形象！

人都是健忘的，昨天的事情大家雖然同情她，覺得吳氏一家太過分，但過段時間就會慢慢淡忘，她要趁大家記憶猶新的時候，不斷用自己的慘狀刺激他們，讓他們印象深刻——吳家刻薄小伊，小伊太可憐，不幫她不行。

上山砍柴是出門左轉，去河邊洗衣服則是右轉，為了讓大家都能看到自己頂著傷做活，林伊決定先陪林氏去河邊轉一轉，再去砍柴，這樣差不多能走遍大半個村子。

吳家村不算大，有一百多戶人家，吳姓占了七十多戶，羅姓有三十多戶，是吳家村的第二大姓。

吳、羅兩家表面相處和諧，暗地裡卻有點互別苗頭的意味。因為羅家族長十五歲的大孫子去年考中了秀才，這可是吳家村這麼多年出的第一個秀才，羅家人很是驕傲，覺得自家從此就是書香人家，甚至頗有點看不上吳家，人多有啥用，連個童生都沒有，拿啥和他們家比？

可惜吳家人並不服氣，暗自嘀咕——不過是運氣而已，有啥得意的？

因此兩家某些嘴碎的人時不時就要鬥幾句，雖然鬧大了族長會出面制止自家人，可是心裡卻都不太舒服。所以現在兩家的關係很微妙。

剩下的就是零散的雜姓，多是遷移過來不久的人家。

走在村中小道上，林伊睜大眼左看右看，她是在大城市長大的，從沒有在農村生活過，感覺很是新奇。

吳村長把吳家村管理得很好，家家戶戶房前種著綠樹，屋後栽著青竹，房舍井然，村道整齊，時不時有縷縷炊煙從屋舍中升起，伴著幾聲狗叫雞鳴，很是安寧溫馨。

這時有個大娘正站在家門口張望，看到兩人，眼睛立刻瞪得溜圓，大聲驚呼。「小伊，妳的臉怎麼腫成這樣？」轉頭面色難看地責問林氏。「小伊娘，怎麼不讓小伊在家歇著？」

林伊垂著眼，做出一副可憐兮兮的受氣樣，小聲答話。「奶奶讓我上山砍柴呢，我的臉熱熱脹脹的，想先去河邊用水敷敷。」

大娘心疼地打量著林伊的臉，兩步過來伸手就要拉她。「走，跟大娘回家，我去跟妳奶奶說，妳這樣不能做活得歇著，要敷臉妳家有井水，哪裡用得著去河邊！」

林伊閃身躲過，帶著哭腔說：「大娘不用了，我奶奶說家裡不養閒人，我得趕快走了。」說完拉著林氏快步跑開。

大娘看著她們倉皇的背影直搖頭。「多好的孩子，田嬸心怎麼這麼狠，往死裡糟蹋！」

林伊對自己的表演很滿意，她這兩天演技大躍進，情緒轉換毫無困難，想哭眼淚就能流下來，以前她可是沒有這個本事，看來人的潛力是無限的，只是沒逼到那步。

說起來現在並不是她表演苦情戲的最佳時間，大部分人吃了午飯都還在家收拾，出來走動的並不多，不過她為了不讓林氏洗碗，也只能勉強為之了。

林氏還在那兒操心。「也不知道妳大伯娘洗得乾不乾淨，會不會把灶臺也收拾了。」

林伊翻個白眼，娘親也太賢慧了吧，操那麼多心！

吳家村旁的這條河不寬，蜿蜒著從村邊流過，河水清亮通透，河邊粗細不一的柳樹低垂著細長的枝條，隨著河風飄來蕩去，樹下一片蔭涼。

河邊人更少，蔭涼處只有兩個吳姓家族的小媳婦在洗衣服，都是和她們相熟的，看到她倆大呼小叫。「小伊，妳怎麼出來了，揹著背筐是要去哪裡？」

林伊和她們打了招呼，跟著林氏在旁邊找塊石頭蹲下，把袖子捋到手肘處，從盆裡拿了棉布往河裡放。「我奶奶讓我上山砍柴，我的臉好熱好腫，先用涼水敷敷。」

兩人不經意地看到了林伊手上的傷痕，其中一個圓臉大眼的小媳婦停下搓洗，上前拉住她的手，吃驚地問：「小伊！妳的手是誰打的，怎麼那麼嚇人！」

林伊低著頭，兩滴眼淚落在河裡。「我奶奶和爹爹打的，我身上還有。」

小媳婦輕輕地撫著林伊的傷痕，又氣憤又心疼。「怎麼這麼心狠，下這麼毒的手，就是打小子也不能這麼打啊，還是小閨女呢。」

正好吳家的幾個大娘結伴走過來，兩人立刻招呼她們過來看。「大娘，快來看看小伊這手上的傷，這當爹當奶奶的也太捨得下手了，這是打仇人啊！」

林伊弱弱地加了一句。「他們還打我娘，我娘身上也有。」

一個大娘過來把洗衣盆一放，挽起林氏的袖子查看，果然青青紫紫新舊參雜，看得人心驚。

大家都是當媳婦的，哪裡忍得了這個，都義憤填膺地為林氏抱不平，又問她怎麼都不說，大家竟不知道田氏母子會打她。

夫妻吵架鬥嘴是常事，可把媳婦打成這樣的還是不多見，更不要說下狠手打小閨女。大家圍著母女兩人議論紛紛，又是可憐她們，又是痛罵田氏母子。

平時林氏洗衣服都是躲在一邊避著人，不願意讓人看見自己的傷痕，現在被大家圍著有點不好意思。

大家不知道她的心思，對她關切詢問，又七嘴八舌給她出主意，讓她心裡暖暖的。

林伊覺得展示的目的達到了，便揹起背筐，和她們打了招呼就上山砍柴。幾人看著瘦小的她揹著大背筐慢慢遠去，唏噓不已。

圓臉小媳婦氣哼哼地說：「要是我就和離，帶著小伊離開吳家，再怎麼著也比被他們欺負強。小伊都這個樣子還要被趕出來幹活，心黑透了！」

有人馬上支持她。「就是，這打順手了還得了，哪個不是娘生的，憑什麼要被他們這麼打！小寶被他們寵得無法無天，為點吃的差點要了小伊的命，妳不知道，村裡人都在說這件事，還以為小伊可以好好躺著休養一段時間，哪曉得這就讓她出來了，這還是人嗎？」又跟林氏保證道：「妳要是離開吳家，我們都站在妳這邊幫妳說話。」

有個大娘知道林氏娘家的事，悄悄看了林氏一眼，擔心地說：「娘家靠不住，和離了能到哪裡去？」

圓臉小媳婦揚著頭一臉倔強。「管他呢，先和離再說，反正這火坑不能待。」

大家邊洗衣服，邊痛罵打媳婦的男人不是東西，一個媳婦突然想起一件八卦，一臉神秘地問：「妳們知道隔壁村那個打媳婦的邱老三嗎？」

另一個人接道：「知道啊，他媳婦被打得受不了上吊了，他怎麼了？」

小媳婦撇撇嘴，一臉不屑地說：「他現在在託媒人說親呢！媳婦才死沒多久，他倒像沒事人一樣，又要找媳婦了，還指明要找大姑娘，成過親的不要。」

「誰敢嫁他啊，嫌命長啊！」大家聽了，對這件事都不看好。

「那不一定，他家有錢，給的聘禮高，十兩銀子呢，有哪戶人家能給這麼高，五兩就頂天了，保不準就有貪財的人家願意把閨女嫁過去。」

「我們族裡肯定不會有人願意，族長絕對不能答應。」

「不一定，如果家裡硬要嫁，人家姑娘也願意，族長能說什麼？」

「我聽說他娘得病要死了，他的親事他娘一直放不下，這是為了讓他娘安心才急著說親，一旦說定了馬上就要成親。」那人繼續傳播她的八卦消息。

「這不是挺孝順的嘛，怎會打媳婦呢？」有人不理解。

「對娘好不一定就會對媳婦好啊，這都不明白。」旁邊有人回應。

「那人的個子也不高，瘦得跟猴子似的，渾身沒有二兩肉，要是我就拿著棍子和他對打，死的還不曉得是誰呢。」

「所以啊，咱們女人就是不能太老實。男人欺負妳，妳就等著被他欺負啊，得和他打，受不了尋死了還不曉得還手，那也太沒出息了。」

「沒錯，咱們女人不能沒志氣，天天幹活還要為他們生兒育女，哪裡就比男人低一等，憑什麼要被他們呼來喝去！」有人總結道。

那個小媳婦繼續說道：「邱老三狡猾得很，說他媳婦氣性大心眼小，被他寡母罵了兩句想不開就尋死。他媳婦被打也是從來不訴苦，要不是鄰居大娘把她放下來看到她滿身是傷，說不定就真被他騙了。所以，林嫂子，妳以後再被欺負千萬別忍著，妳不說我們都不知道妳過的是啥日子，大家都是族人，有委屈就要說出來！」她轉頭看著林氏叮囑道。

林氏喃喃點頭，心裡很羨慕她們，大家都活得這麼有骨氣有尊嚴，自己卻只知道忍氣吞聲，以後再也不能這樣了。

小媳婦跟大家分享她知道的真相。「邱老三的那個寡母也不是好人，據說那媳婦身上有好多針孔，都是那惡婆娘扎的。」

「我的娘，這是壞到一窩去了，這個老太婆就該病死，還要安她的心，她有心嗎？」有人驚呼道。

「媳婦娘家人怎麼沒有找他們討說法，要是我的閨女受這個罪，我得去把他家燒了！」一個大娘拿著洗衣槌重重敲打，像是在打那兩個人渣。

「怎麼沒有，不過後來不曉得邱老三給了他們什麼好處，他們很快就不鬧了，別人問他家是不是自己閨女想不開上吊，他們也悶不吭聲。」

「真是替他媳婦不值，受了這麼多罪還要被誣衊，要是我變鬼都要回來抓他們一把。」有人憤憤不平。

「要是妳也不會被他們這麼欺負啊，所以這事還是得看人。」

眾人嘆息，總而言之一句話，女人就是不能太軟弱，該強的時候就得強起來，要不然誰都能踩妳一腳。

林氏聽了全程，雖然沒有參與議論，卻暗自擔心，這家人會不會到吳家來提親，以吳家人的脾氣，那麼高的聘禮肯定樂意把小伊嫁出去。

她咬緊牙下了狠心，如果他們敢答應，就和他們拚了，大不了豁出去這條命不要。

不過想了想又覺得不可能，這人已經二十五歲，訂了親馬上就要成親，小伊才十二歲，年齡太小，肯定不符合他的條件。想到這兒，她的心又安定了下來。

# 第十章

林伊從河邊離開，繞著村道往山裡走，一路上又遇到了不少村裡人，同族相熟的都吃驚地拉著她問長問短。她一概低著頭不回應，問急了就帶著哭腔說：「我要快去砍柴了，晚了奶奶要罵。」讓族人憐惜不已，紛紛指責田氏不慈，外姓人則同情地看著她，和身邊的人竊竊私語。

林伊相信，很快地，整個村裡的人都會知道她重傷未癒，就被田氏趕出家門幹活了。呵呵，不曉得這樣的結果田氏滿意嗎？反正林伊自己很滿意。

後山不高，坡度也很緩，不到二十分鐘就能到頂，山上雜亂地種著樟樹、松樹、杉樹和一些林伊叫不出名的樹。樹木大多高大粗壯，挨挨擠擠很是繁茂，枝葉密密交織著，火熱的陽光從縫隙中灑下點點光亮，照耀著樹下雜亂的野草藤蔓，不時有小鳥從樹枝中驚起，朝著陽光的方向飛去。

林伊很喜歡這座山，雖然沒有溪水也沒有好風景，卻非常涼爽，是躲避盛夏酷暑的好地方。可惜清靜了點，野兔野雞都沒有一隻，讓她的新本事沒有機會施展。

從山腳到山頂沒有修建山路，只有一條被村民長年走動踩出來的羊腸小徑，不過大部分的孩子並不會走那條路，而是滿山亂鑽，好在山裡沒有野物，倒是很安全。

上了山，林伊沒有順著小道走，轉身拐向左邊，村裡的孩子在山上都有自己的小地盤，會和要好的伙伴聚在一起採摘砍柴。吳家的另外兩個女孩經常待在右邊坡地上，小吳伊並不和她們一起，她有自己的小伙伴。

她邊走邊抬頭往樹上看，地上沒有獵物，可以往天上發展啊，上樹摸點鳥蛋還是很不錯的。

村裡調皮的小子們會摸鳥蛋，小吳伊以前只能一旁看著，今天她打算找個僻靜的地方試試身手。中午那點吃食根本不經餓，她得找點營養的食物，山上飛鳥數量繁多，完全可以滿足她的需求。

離山頂不遠處有個小平坡，坡上覆蓋著翠綠的野草，四周是參天的大樹和茂密的灌木，將這個小坡包圍起來，甚是隱蔽，這裡就是她和小伙伴梔子的地盤。

林伊從灌木叢中穿進去停住腳步，找了塊平時常坐的石頭坐下，等著看梔子會不會來，以前兩人如果在山上沒有遇到，就會在這裡碰面。

她把背筐從背上取下，一路上枯枝挺多，她邊走邊拿著柴刀砍，背筐已經半滿，待會兒再砍一點，今天的分量就差不多了。

不一會兒，一陣窸窸窣窣的聲音從遠處傳來，很快一個小巧的身影蹦跳著出現在眼前。

來人正是小吳伊的好朋友梔子，她也是十二歲，眉目清俊，一雙大眼睛澄澈清透，小臉蛋白裡透紅，臉上掛著無憂無慮的笑容。身上淡藍衫褲雖然半舊，但是沒有一個補丁，一看就是在家裡關愛下長大的好孩子。

「小伊！」她看見林伊，立刻停住腳，眼睛瞪得大大的，不敢置信地望著她。「妳怎麼出來了，我爹不是讓妳多歇息嗎？」

梔子的爹爹是給小吳伊看診的徐郎中。

林伊站起身，沈默地看著她。

梔子兩步跑過來，湊到林伊面前小心打量著她的臉，想用手摸摸，又忍住了。「妳來砍柴火嗎？妳奶奶不讓妳歇著嗎？」

林伊低下頭，一臉難過。

梔子看了心裡不好受，拉著她的手，眼淚汪汪地道：「我讓我爹去跟妳奶奶說說，別叫妳上山，就在家裡歇著。」

林伊馬上抬頭，滿臉驚恐地拒絕。「不用不用，我傷好了，不用歇了。」

在村裡，小吳伊只對梔子說過她爹爹和奶奶對她不好，經常打她，所以梔子很清楚她的處境。

梔子見她這樣，心裡明白，爹爹就算去說了，小伊奶奶面上滿口答應，轉過身對小伊更凶惡怎麼辦？

她嘆口氣，把林伊拉到石上坐下，輕聲寬慰道：「妳就坐著別動，我來幫妳砍柴。」

林伊當然不肯，欺騙這麼個純潔善良的小姑娘，她已經很慚愧了，怎麼好意思再煩勞人家。

可是梔子態度很堅決，兩手用力按住她的肩膀，把她按在石頭上不准動。「我們是好朋友，不許和我客氣，妳以前也經常幫我的。」

她蹲下身把自己的柴火放在林伊背筐裡，剛好裝滿，她滿意地點點頭，拿上自己的空背筐在周圍砍起柴火來。

林伊看著她忙碌的身影，心裡百感交集，俗話說遠親不如近鄰，而她卻是血親都不如近鄰。

說起來，小吳伊和梔子交好是她刻意為之。

徐郎中雖然只是鄉村大夫，可醫術非常好，不比縣城的大夫差，不僅村裡的人就連外村人病了都會找他，因此草藥的需求量很大。梔子經常幫她爹上山採藥，小吳伊知道了，便主動接近梔子和她一起採，兩人年紀差不多，性情都很溫和，很快建立了深厚的友誼。

日子一久，梔子家裡人過意不去，提出要付藥錢給小吳伊，她堅決不肯，只是央求梔子的爹爹徐郎中，如果有天自己的娘親病了，家裡不肯付藥費，徐郎中能去給她診治。

徐郎中從她口裡瞭解母女兩人的大致情況，非常同情，馬上答應。對她的孝順懂事更是大為讚賞，很支持女兒和她交朋友，還把她幫忙採的草藥都折算成錢存放起來，長久下來已經有了五百多文銅錢。

徐家也曾問過小吳伊要不要把錢拿回家，都被她拒絕。拿回家幹麼？要是被奶奶和爹爹發現就變成家裡的了，她就存在徐家，需要的時候再取出來。

林伊在心裡暗讚小吳伊，真是個會設想的好女孩，有了這筆錢，她和林氏離開的計劃也有點底了。

周圍枯枝很多，梔子的背筐很快就裝滿了，她蹦跳著跑過來，擦了把頭上的汗，放下背筐坐在林伊身邊。

她伸手摸了摸林伊頭上的白布，皺緊眉頭。「都弄髒了，一會兒去我家重新包紮一下吧，還有妳的臉，讓我爹幫妳開點活血化瘀的藥，老這麼著可不行。」

林伊今天就是到山上來找梔子的，徐郎中懂得比較多，她想向他打聽這個時代關於和離的事情，好早做準備。

於是她點點頭，接受了梔子的建議。「好，我正想問妳爹一些事情。不過，不用再給我開藥，我娘幫我冰敷了，我的臉很快就會好。」

她實在不想再喝苦苦的中藥，而且這張臉就是活招牌，隨時提醒大家吳家人的惡行，晚點消腫也挺好的。

梔子向她打聽昨晚吳家發生的事。

吳家村有個約定俗成的規矩——吳氏家族內若是起了衝突，外姓人不會去圍觀。所以，昨天吳家鬧得那麼厲害，梔子都不知情，直到今天早上聽村人議論才知道。

梔子聽到村長夫人願意為小吳伊出頭，一下就放了心，她拍著胸口高興地說：「小伊，有韓奶奶幫妳那就沒問題，妳奶奶肯定不敢惹她。」

林伊抿著嘴笑了，梔子說得沒錯！

林伊臉上雖然青紫浮腫，卻不掩其秀麗俊雅，笑起來一雙大眼睛彎成好看的月牙狀，讓人也跟著愉悅起來。

梔子難過地看著林伊，心裡就不明白，小伊這麼好，吳家人怎麼捨得打罵她？想安慰幾句卻不知道該說什麼，只能說些多休息，傷口不要沾到水之類的話。

稍坐了下，梔子在附近採了點草藥裝在背筐裡，兩人結伴朝山下走去。

在吳家村，吳姓族人住在村中心，羅姓住在村頭，雜姓人家住在村尾，而梔子家則單獨住在山腳下，離其他人家有段距離。

快到回村的小路時，兩人朝右拐上另一條小道，往下走一段就看見了梔子家。

梔子家搬過來不過十幾年，房子還很新，修得也寬敞高大，在村裡算是比較好的，加上徐郎中醫術好，能掙到錢，日子過得很寬裕。

今天林伊運氣好，徐郎中沒有出診，正在院子裡整理草藥。他三十多歲，面白無鬚，長相清秀斯文，雖然穿著粗布短褐，挽著袖子做事，但看著就是很有學問的模樣，氣質和普通村民不一樣。

徐郎中見到林伊嚇了一跳，待梔子解釋後，他嘆了口氣，把林伊帶到屋裡檢查傷口。

出乎他的意料，林伊的傷口恢復得很好，讓他嘖嘖稱奇。「真想不到，也不知道是我這藥太見效，還是妳的復原能力太好，那麼大的傷口竟然都癒合得差不多了。我再給妳上點藥，以後就不用上藥了。」

這次的換藥費林伊讓徐郎中從她寄放的草藥錢中扣除，徐郎中笑著搖頭。「不用，妳奶奶給的錢還夠給妳換次藥。」

田氏居然肯多付藥錢？這可不像她的為人，是轉性了還是暫時良心發現？林伊大為好奇。

待收拾完畢，林伊打聽起和離的事情，並透露林氏想和吳老二和離。「徐大叔，我們不能再忍了，我爹和我奶奶動不動就打我和我娘，我娘在家做最多的事，卻連飯都吃不飽，要是再這麼下去，不是被他們打死就是受不了去尋死！」

她越說越傷心，嗚嗚地哭起來。

徐郎中連忙制止。「別哭別哭，小心扯到傷口。」

這幾年林伊經常到徐家來，和梔子相處得很好，徐郎中很喜歡這個聰慧勤快的小姑娘。昨天見她滿臉是血，奄奄一息的，嚇了一大跳，待瞭解真相後，更是痛心，對她的憐惜更增了幾分。

梔子堅決支持林伊，她拉著徐郎中的手撒嬌。「爹，你知道怎麼和離嗎？你告訴小伊吧，小伊太可憐了，你告訴她吧，好不好？」

小伊和梔子都是十二歲，小伊卻比梔子瘦弱得多，一張小臉不到五指寬，下巴尖得能戳人，徐郎中看著她沈默半晌，終於點點頭，細細說明。

和離跟協議離婚差不多，雙方協議後和平分手，女方可以帶走自己的嫁妝，也可以經男方同意帶走孩子。

和離後女方能自立女戶，也可以選擇是在娘家村子落戶還是婆家村子落戶。落戶後村裡還會分給她一塊宅基地，從此以後就是自由身，再嫁也由自己選擇，不用聽從別人的安排。

聽起來對和離的女子很不錯啊，只要能成功，她和林氏的前途一片光明！

林伊臉上剛露出喜色，徐郎中一盆冷水就潑了下來。「聽起來雖好，卻不容易成功，因為能讓男方同意和離的原因不多，除了作奸犯科就是與人苟合，妳算算妳爹爹符合哪一條？」

林伊瞠目結舌，和離的標準這麼高？

從徐家出來後，林伊滿腹心事地往山上走，此時離晚飯還有一段時間，她不想回吳家，想再思考一下徐郎中告訴她的資訊。

她決定回到小地盤，那裡清靜，去的人不多，正適合思考。

現在她力氣大，滿筐柴火揹著仍毫不費力。

她邁開雙腿，飛速朝山頂奔去，很快回到了小坡地。

放下背筐，她坐在剛才的那塊石頭上對著滿目翠綠凝神思考。

徐郎中說和離的難度很大，因為這對男方的家庭名聲，甚至家族名聲的影響都很不好。一般來說，就算男方犯了事，只要情節不是特別嚴重惡劣，家族都會勸合不勸離。女方如果堅持要離開，男方也會扣住孩子不放，女方最後為了孩子大多會選擇妥協。十里八鄉沒有幾起女子成功和離的案例，更多的是被男子休棄。

而且田氏為了讓吳老三娶媳婦，一直在努力營造好名聲，要讓她答應和離肯定更難！惹急了她尋死覓活地威脅林氏，林氏還真不敢說啥，要不然就是不孝！

剛才徐郎中分析說：「要不是這次的事鬧出來，村裡人都不知道你們家這樣刻薄妳，大家都還以為妳奶奶和氣，只是妳爹脾氣不好愛打人，現在正是給妳三叔說媳婦的節骨眼上，妳奶奶肯定不會答應。」他最後建議道：「如果實在過不下去，就讓妳爹寫下休書，這也是一個辦法。」

林伊當然不幹，憑什麼！

林氏沒有犯錯，錯的是吳家人，為什麼要讓林氏承擔惡果？

被休棄對女子的名聲傷害太大，很多女子因此一生抬不起頭，只能鬱鬱而終，更別說再尋找幸福，她絕不答應！

必須和離！可是怎麼做呢？怎麼才能讓吳家答應和離？

回去痛打田氏和吳老二，只要不答應就三天兩頭打著玩，直到把他們打服，不得不答應？

可是有吳氏家族在呢，他們肯定不會看著族人被欺負。真要硬來，不僅名聲壞了，事情還辦不成，畢竟依靠暴力並不是解決問題的好手段。

那只有吳老二犯錯了。

若他犯了錯，憑藉林伊不遺餘力地揭露吳家惡毒的真面目，博取大家同情，和離應該不難。

她發愁地抬起頭長吁一口氣，吳老二天天在外面晃蕩，就算犯了事，只要沒被抓住，沒有鬧出來，自己也不知道啊，這可怎麼辦？

# 第十一章

林伊想了半天也沒有頭緒，她煩惱地揉揉臉，算了，不想了，車到山前必有路，先把今天的營養補給品解決了再說。

她站起身，從地上撿起一把碎石，往面前的樹頂用力擲去，幾隻鳥兒被石子驚起，喳喳叫著爭先恐後地飛出林去。

她選了一棵攀爬難度相對不那麼大的樹，爬了上去，離樹頂不遠處果然有一個鳥窩，窩裡靜靜躺著五顆淡褐色的蛋，個頭還不小，比鴿子蛋略大。

林伊喜出望外，哈哈！運氣真好！

她本打算把五顆蛋全部收入囊中，忍了忍，還是只撿了兩顆，她可不能因為肚子餓就把這林子裡的鳥趕盡殺絕，得給鳥媽媽留點，免得牠回來看到寶寶一個都沒有了會太傷心。

把鳥蛋小心地放到衣兜裡，她快速滑下地，揹起滿筐的柴火下山回家。

一走上小道，她便弓下腰，擺出一副搖搖晃晃很是艱難的模樣，果然獲得無數同情的目光。

剛到村口，一個面目和善的大娘出聲叫住她，林伊一看，是吳老頭的寡嫂，她虛弱地打招呼。「大奶奶……」

大奶奶看不慣吳老頭的作派，又和田氏不和，兩人鬥得跟烏眼雞似的，兩家大吵過幾次，現在已經沒來往了。

她家沒有閨女，全是兒子，所以對小吳伊三姊妹非常喜愛，常常偷著給她們好吃的。見到林伊頭上的白布和青紫的小臉，她又是疼又是氣，忍不住抹眼淚。「死老太婆怎麼這麼毒啊，可憐的小伊，大奶奶看得心裡難受啊！這家的男人都死絕了嗎？也不怕遭報應！」

林伊兩眼帶淚地看了她一眼，可憐巴巴地說：「大奶奶……」

另一名大娘往這邊過來，見到她們，詫異地張張嘴，幾步走到大奶奶身邊，低聲詢問，兩人在林伊旁邊嘀嘀咕咕，一直把她送到吳家門口才離開。

進到家門，屋裡靜悄悄，除了林氏在廚房裡忙著做飯，似乎並沒有其他人。

林伊把柴火堆到雜物間裡，柴火旁有兩個背筐放在地上，小雲姊妹已經回來了，這會兒應該去洗衣服了。

想想她們也是辛苦，一家人穿的衣服，卻全要她們洗，楊氏還天天賠錢貨、賤丫頭的掛在嘴邊，根本看不起她們。

林伊把背筐放在那兩個旁邊，回到廚房幫林氏做飯。

今天的晚飯是紅薯飯，大米沒有幾粒，都是薯塊，好在數量夠，不像午飯，女的只能吃一個饃，這是因為家裡紅薯還多，足夠吃到下個月採收紅薯。菜則是清水煮白菜絲、素炒豆莢，照例還有一盤醃菜。

林氏正在切白菜，見她頭上換了乾淨的白布，不由好奇地問：「妳去換藥了？」

林伊邊查看邊點頭。「是啊，沒想到這次奶奶很大方，連換藥的錢都先付了。」

林氏轉頭看了眼外面，見沒人才小聲道：「哪是呀，是妳三叔付的藥費，妳奶奶沒攔住心疼得很，所以氣不順。」

「我就說嘛，怎麼鐵公雞掉渣了，原來是這樣！」

林伊恍然大悟，枉她還摳了一路的腦袋，以為昨天田氏見她情況嚴重，良心發現了呢，看來真是高估了她。

林氏一個勁兒地趕她歇息。「妳上山跑了半天，去躺躺吧，晚上菜不多，不用妳在這兒。」

「沒事，我不累。」林伊不肯，她還有事情要做呢。

她把那兩顆鳥蛋埋在尚有溫度的柴灰裡，端上裝著豆莢的小筐站在林氏旁邊，邊摘邊和林氏聊天。

「今天大伯娘碗洗得如何，乾淨嗎？」

「怎麼可能乾淨，碗裡的水都沒有倒乾，就這麼疊起來擱在案板上，灶臺也不抹，鍋鏟筷子擺了一桌，地也沒掃，我回來全部重新洗過。小伊，以後別讓她洗了，她洗完了我還要再做一次。」

林氏邊把菜板切得梆梆響邊輕聲抱怨，很快菜板上堆起雪白的菜絲。

「她那是事情做少了，做得不好就不讓她做，那她永遠都做不好，懶人就是慣出來的。」

林伊很不以為然，楊氏肯定是故意的，這個懶婆娘就沒想過要把事情做好。

「算了算了，她洗的碗我可不敢拿來盛飯，碗裡的水都是髒的。」

林氏一想起今天回來看到廚房一片狼藉的混亂樣就頭疼。

這倒也是，就她那邋遢樣，搞不好越洗越髒。

「那我們洗碗，讓她餵雞餵豬打掃雞圈豬圈。」林伊建議道。

「讓她餵，只怕越餵越瘦。」林氏搖頭表示不看好。「她肯定也不願意，到時候又是一場鬧騰。」

「瘦就瘦吧，反正我們也吃不到。」林伊無所謂，豬要到過年才殺，她那時肯定已經離開了。

只是得計劃一下如何讓田氏答應這個提議。

楊氏不願意餵豬？那可由不得她，只要田氏分派了，她敢不做？至於做得好不好，那就不該她們操心了。

摘完豆莢，林伊用細枝把柴灰裡的兩顆鳥蛋撥出來用涼水沖乾淨，兩三下剝乾淨蛋殼。半透明的蛋白便顫巍巍地呈現在眼前，林伊覺得有點像果凍，小巧玲瓏，還挺可愛的。

她走到林氏身旁，悄悄地把鳥蛋塞進林氏口中，林氏不防，嚇了一跳，含糊不清地問：「什麼東西？」

「我抓的鳥蛋，妳嚐嚐好吃嗎？」

中午的吃食早就消化完了，肚子正餓得不行，這顆鳥蛋又香又嫩，比雞蛋還好吃，兩三下就進了肚。

「好吃！妳爬樹了？」林氏擔心地問。「太危險了，下次別去了，摔下來可不得了。」

「沒事，娘，我現在身手好得很，爬樹又快，以後我每天都抓給妳吃。」

林氏還要說什麼，林伊聽到外面有了動靜，是小雲姊妹回來了，她一口把鳥蛋吃進嘴裡，悄聲道：「別說了，小雲她們回來了。」

說完意猶未盡地吁口氣，這鳥蛋大小適中，正好一口一顆，再來十顆都能吃完，明天再多抓點回來。

晚飯時，桌上的菜雖然清淡得不能再清淡，但勝在新鮮，林伊吃著也覺得香甜。

只是小寶和大寶很不滿意，特別是大寶，聽說中午有蛋自己沒吃到，噘著嘴生氣，不肯吃飯。

田氏不得已，拿了兩顆蛋讓林氏現炒了端上桌。大寶才破涕為笑，並且把那碗炒蛋一個人抱著吃，誰都不給，連小寶找他要也不肯，兩人又哭又叫好一番鬧騰。吳老三在旁邊好聲好氣地相勸，根本沒有用，最後還是田氏承諾明天晚上煮肉吃，大寶才勉強分了點給小寶。

林伊看著大寶那蠻橫自私不講理的傻樣直撇嘴，這小子是家裡最大的孩子，眼看就十六歲了，比吳老三小不了多少，卻這副德行，楊氏指望他做官？下輩子都別想！

吳老頭和吳老大要趕晚上的牌局，也不管他們是牛打死馬還是馬打死牛，匆匆吃完一抹嘴就跑了。

今天吳老二也回來吃飯了，他捧著碗慢騰騰地吃著，對桌上的吵鬧視而不見，可能是嫌棄飯菜不好，沒吃幾口就下了桌，很快男人那桌就沒人了。

因為中午的事，田氏不許楊氏坐她對面，也不許她吃飯時說話，飯桌非常安靜，只有碗筷碰撞聲，如果不是楊氏進食聲音太大，簡直堪稱完美。

可能因為林伊說了最後吃完的洗碗，楊氏是女人這桌吃得最快的。她唏哩呼嚕吃完，碗一推，用手一抹嘴就下了桌，邊往門口走邊跟田氏說：「娘，我去幫人做針線了。」不等田氏答話，一溜煙跑出了門。

田氏看著她慌裡慌張的背影氣笑了出來，忍不住啐道：「腳上抹油了嗎？跑得那麼快！就她那針線活，也好意思拿出來說，哪個不長眼的會讓她幫忙，就是躲洗碗！」

待小雲兩姊妹下了桌，田氏放下碗，裝作不經意地問林伊。「今天上山，有沒有人問妳話？」

林伊心裡暗笑，真是難為她老人家，居然忍了這麼久，到底還是忍不住了。

她想了想，老實回答。「有，問我怎麼不歇著，還跑出來幹活。」

田氏臉一變，睜大眼急切地問：「妳怎麼說的？」

「我啥都沒說，直接上山了。」

林伊睜眼說瞎話，要是讓田氏知道她不僅說了，還晃了大半個村子傳播出去，肯定得氣死，就讓她保持好心情吧。

田氏長吁口氣，懸了一下午的心終於放了下來，她點點頭。「嗯，就這樣，以後不曉得怎麼說就啥都不說。」

那些長舌婦一天天就想探聽別人家的事，幸好小伊什麼都沒說，就讓她們去猜，急死她們！

她難得好臉色地吩咐林氏。「碗洗了豬餵了就歇著吧。」說罷站起身走到門口，朝著院子喊：「小雲，把雞趕回來。」

安排完任務，她回屋收拾了下，心情頗好地出去散步了，只是她的好心情並沒有維持多久……

吃完飯，林伊幫著林氏把碗收到廚房裡去，林氏已經不攔著她做事，反正攔也攔不住。

今天看吳老二的狀態，林伊覺得他和林氏跟陌生人一般，兩人完全沒有眼神和言語交流，因此她小聲問林氏。「爹怎麼不理妳？」

林氏淡淡一笑。「他這樣有好長一段時間了，看都不看我一眼，晚上也不睡在家裡，不曉得去哪兒了，正好，我也樂得清靜。」

林伊認真地看著林氏的神情，確實不是強顏歡笑，而是滿臉慶幸，看來她對吳老二真的沒有感情了。

不過情況有點不對，吳老二晚上不在家去哪兒了？難道真幹壞事去了？有沒有必要跟蹤一下？林伊邊收拾邊陷入沈思……

兩人剛洗完碗，突然聽到大門「砰」的一聲被踹了一腳，有人「咚咚咚」地從門口衝進來，林伊和林氏對視一眼，這是誰來了，這麼大動靜？

林伊跑到窗口朝外看，竟然是田氏，她陰沈著臉垮著嘴，怒氣沖沖地往屋裡走。林伊覺得奇怪，這才出去沒多久，怎麼就回來了，還氣呼呼的，難道……

正好吳老二手裡拿個包裹從屋裡出來，看樣子準備出門，見她這樣，停住腳詫異地問道：「娘，什麼事氣成這樣？」

「你屋裡兩個寶貨幹的好事，把我的臉都丟光了！」田氏咬牙切齒地回道。

「幹什麼了？您給我說，我來收拾她們！」吳老二連忙把包裹扔回屋裡，跟在田氏身後進了堂屋。

林伊退到林氏身邊，在她耳邊悄聲說：「是奶奶，好像很生氣。」

林氏瞪大眼，驚恐地看著林伊，正想詢問，就聽到吳老二在堂屋大吼。「死婆娘，給我滾出來！」

林氏一哆嗦，下意識地想出去，林伊一把拉住她，朝她搖頭。「別理他，妳又不叫死婆娘。」

「那他……」林氏猶豫地指著屋外。

「他等不了就進來唄。」林伊完全不把吳老二放心上，他今天敢動手就給他好看！這把好力氣一直沒用上，她正在遺憾呢。

林氏看到林伊一臉平靜，心也安定下來，以前自己總是想護著她，可不知不覺地，她已經把林伊當成了主心骨，只要有她在，就不再害怕，自己反而變成了被她保護的人。

見裡面半天沒動靜，田氏不耐煩了，垮著臉朝吳老二抱怨道：「你媳婦有出息了，你都叫不動。」

吳老二只覺面上無光，又大吼道：「林玉芝，給老子出來！」

林玉芝是林氏的閨名，林伊點點頭，這還差不多，知道叫人的名字，雖然態度不好，還是出去會他一會。

今天吳家除了小雲姊妹待在屋裡，其他人都不在，她們兩個膽子小，除非火燒屋子，否則外面怎麼鬧，她們都不會出來看熱鬧，正是林伊揚威立萬的好機會！

# 第十二章

林伊拉著林氏慢慢走進堂屋，田氏正急得在屋子裡走來走去，看見她們更加怒火中燒，兩人還沒站穩，她就迫不及待地質問。「作死的害人精，今天下午到底出去說了我什麼？啊？我欠了妳們？妳們要壞我名聲？」

吳老二不明所以地問：「她們說您什麼了？」

田氏氣哼哼地一指林伊。「問你的好閨女！」

不等吳老二問話就忍不住繼續說道：「我剛出門就遇到你大伯娘，二話不說指著我就罵，說我刻薄，我還沒明白怎麼回事呢，就圍了一堆人上來，都說我心黑。我哪裡心黑了，我沒給妳吃沒給妳穿了？我打妳了罵妳了，啊？啊？妳個死丫頭，妳說啊！」

她直衝到林伊跟前，口水都要濺到她臉上了，又伸手想要擰林伊，林伊一把拂開她的手，嫌棄地別開頭。「妳別亂噴口水，我沒說什麼。」

「沒說啥她們會這麼罵我？妳這個黑心爛肺的死丫頭，少跟我耍心眼，肯定是妳背地裡嚼我舌根。」田氏被她拂得退了兩步，心裡又氣又恨，對她說的話一點也不信。

「別人罵妳關我什麼事？又不是我讓他們罵的，人家要說啥我可管不了。」林伊臉上帶著淡笑，不急不躁地回看她。

妳越氣我越不著急，氣死妳！

「是不是妳跟他們說我不讓妳待在家休息，非要妳出去砍柴？」田氏緩口氣，繼續質問。

「本來就是這樣啊，妳說我們家不養閒人，要我勤快點。」林伊眨巴著大眼睛，無辜地看著她。

「剛才妳還說啥都沒說，妳個撒謊精！」

田氏想起吃飯時林伊的回答，氣不打一處來，這死丫頭太壞了，嘴裡就聽不到一句真話。而且明明是她自己要跑出去，根本拉都拉不住！

「我上山的時候是沒有說啊，我是在河邊跟她們說的。」林伊一本正經地分辯。

「河邊？妳還跑去河邊！」田氏尖叫，幾乎要暈過去。「妳砍柴跑河邊去幹啥？」她都快沒力氣說話了。

河邊就是長舌婦聚集地，就愛傳八卦，但凡在那兒說點事，很快就會傳遍十里八鄉，小伊跑那兒去說，跟挨家挨戶宣揚有啥區別！

林伊看她要死不活的樣子心裡大爽。我還能幹啥，當然是說妳壞話。嘴上卻很耐心地解釋。「我臉不舒服，用河水敷一下。」

「妳娘早上不是給妳敷了？」田氏嘶聲大叫。

「早上敷了，吃了午飯又不舒服了啊。」林伊態度很好，一點也沒不耐煩。

「妳……妳……」田氏氣得暴跳如雷，指著林伊說不出話來。

一想到林伊下午滿村子說她壞話，還跑到河邊敗壞她的名聲，連殺了林伊的心都有，但如果刻薄媳婦孫女的名聲被傳出去，她的小兒子親事黃了怎麼辦？她眼睛瞪得都要脫出眼眶，眼刀一把一把射向林伊。

吳老二站到林伊面前，眼神陰狠地問：「讓妳做點事，妳就跑外面跟人說妳奶奶刻薄妳？」

林伊也不再裝傻，沈下臉冷冷地盯著他。「我沒說，不過大家眼睛沒瞎，我今天頂著這張臉出去，大家還不明白是怎麼回事嗎？不是所有的人都冷血無情。」

嗯，我沒說我奶奶刻薄我，我說的是我奶奶打我！

吳老二像是不認識林伊似的上下打量她，突然笑了，歪著嘴說：「有本事了，啊，敢跟我這麼說話，我看妳是皮癢了，死丫頭欠揍！」揚起手用力朝林伊搧去。

一直在旁不敢吭聲的林氏見了衝上前想擋住林伊，林伊比她動作更快，她一手攔住林氏，一手抓住吳老二的手臂，使勁一拖一甩。吳老二只覺得腦袋一陣暈眩，一股大力帶著他猛地後退幾步，還沒回過神就一屁股跌坐到地上，衝力之大，連帶著壓垮了一個木凳。

他雙手撐地一臉失神，怎麼回事？他被這死丫頭打了？造反了！

他晃晃頭，怒向膽邊生，猛地挺身從地上站起，拿了根一旁的木棍，嘴裡不乾不淨地罵著，往林伊面前撲。

林伊略退幾步，面上帶笑，好心問他。「爹，你怎麼摔了，慢點啊，別傷著了！」

腳上卻不留情，右腳一抬直踢在他胸前，不僅止住了他的衝力，還把他踢得連退幾步。吳老二站立不穩再次重重摔在地上，從尾椎骨傳來的刺疼和兩隻手掌火辣辣的疼，讓他不由得齜著牙吸口冷氣。

「爹，你晚上沒有喝酒啊，怎麼站都站不住，小心點嘛。」林伊走上前去就要拉他。「我扶你起來。」

吳老二看著林伊似笑非笑的神情，嚇得連連往後退縮，他覺得事情不對，今天這丫頭有點邪門。

「妳妳妳……」他哆嗦著想質問，舌頭卻像是被絆住了，想說的話怎麼也說不出來。

見吳老二被踢倒在地，田氏有點慌，這死丫頭瘋魔了？竟敢動手！

她撲到吳老二身旁，著急地查看他的傷勢。「老二，有沒有傷到哪裡？」

吳老二不好對她說自己屁股痛，只抱怨道：「死丫頭力氣太大，摔得我起不來了！娘，您看，手全破了！」他把滲著血絲的手舉給田氏看。

田氏又心痛又氣憤，轉頭看到林伊悠閒地站在一旁，臉上還掛著無所謂的笑，她心頭轟地升起一腔怒火，衝到林伊面前劈頭蓋臉地罵。「妳個忤逆不孝的東西，沒人性的賤胚子，竟敢踢妳老子。」

林伊揚起頭懶懶地看著她。「我就踢了，妳能怎麼著？我告訴妳，他要再敢打我和我娘，我還踢！」又朝她揚了揚拳頭。「還有妳和妳的寶貝孫子，誰再敢對我動手我就揍誰，不信可以試試看！」

田氏見她這樣囂張，話裡話外對自己沒有一絲尊重之意，氣得直跳腳，嘴裡發狠。「行，妳行，妳就給我站著別動，我這就去請族長來，請妳的韓奶奶來，請族裡的老老幼幼都來，讓他們看看是哪個惡毒！」

林伊瞥她一眼，毫不在意。「去吧去吧，妳去請吧，看有沒有人相信妳。」她抬起右腿拍了拍並不存在的灰塵，嫌棄地看了眼吳老二。「髒了我的腳。」

吳老二鼻子都氣歪了，卻不敢說啥，只坐在地上低著頭暗暗發狠，他就是個膽小鬼，平時陰冷凶狠，只要遇到個強勢的，立刻啞了聲音。

田氏想到昨天鬧的那一場和今天村裡人的指責，有點明白了，她張口結舌。「妳、妳是故意的？故意壞我名聲？」

「笑話，妳的名聲很好嗎？用得著我來壞？」林伊閒閒地伸展著自己的手指，臉上仍是掛著淡笑。

你們任意欺負林氏母女，毫無良善之心，現在讓你們也嚐嚐這滋味，還要讓你們有苦無處訴！

吳老二覷著眼偷偷觀察林伊，只覺得她的作為和平時完全不一樣，臉上的笑也古怪異常，再配上青紫腫脹的面孔和矮小柔弱的身子，怎麼看怎麼詭異，面前這個小丫頭真是他那默不作聲的閨女？他一下聯想到神婆曾經提過的女鬼。一股涼氣從他腳底直竄到腦門，心也咚咚狂跳，他不由偷偷吞了口口水，把身子悄悄往門口挪，準備一個不對起身就跑。

林伊才不管他怎麼想，慢慢走到吳老二剛剛甩下的木棍處，撿起來提到田氏母子面前，晃給他們看。「看到沒有？」

兩人一臉莫名，看什麼看？不就是根木棍嗎？

林伊雙手握住木棍兩端，向他們強調。「看好了！」

說完輕輕一掰，木棍應聲斷成兩截。「看到沒有？斷了！以後打人前動腦子想想，你們的腿有這麼結實嗎？」

田氏傻了眼，指著林伊驚恐地說：「妳力氣怎麼這麼大，妳大伯娘說的是真的，妳就是……妳就是……」田氏對鬼神之事實在忌諱，女鬼兩字怎麼也不敢說出口。

林伊不耐地打斷。「我以前力氣就很大，只是你們打我我一直忍著沒還手，想著你們會對我好一點，結果你們越來越過分。現在我不忍了，再忍就被打死了！」林伊反問田氏。「妳沒有發現我每次揹的柴火都比別人多嗎？」

小吳伊為了討好田氏，每次都努力多裝點柴火，希望能得到田氏誇獎，可惜換來的只有打罵和責怪。現在她這麼問，田氏一回想，好像還真是，小伊的背筐比較大，她每次揹回來的柴火確實比別人的都要多。

一想清楚，田氏那顆撲騰亂跳的心瞬間回到了肚子裡，不由暗自慶幸，還好還好，要是小伊真是女鬼才更可怕。

吳老二平時很少和吳伊接觸，每次只要看見她，就會想到是她搶了自己兒子的位置，雖然他知道這是神婆胡說八道，還是忍不住想發脾氣動手打她，小吳伊從來都只縮成一團，連哭都不敢哭。剛才見小吳伊如此反常，他還猜測是不是被髒東西附身了，現在見田氏的神情，他明白自己誤會了，原來這丫頭是不服管教想造反！

吳老二鬆了口氣，心裡的寒意退了下去，再怎麼樣也比女鬼附身好啊！

他感覺手腳的力氣回復了些，艱難地爬起來，恨恨瞪著林氏。「妳教的好女兒，敢打老子。」

這次林氏沒有迴避他的眼神，漠然地看著他。

他又看了眼林伊，張了張嘴卻不敢吼，到底還是氣不過，扔下一句。「妳行啊，我看妳能撐到幾時。」也不招呼田氏，一瘸一拐地走了。

堂屋裡只剩田氏和林氏母女，田氏渾身不自在，止不住地心慌氣短。

她不敢看林伊，低著頭就要回屋，林伊出聲叫住她。「奶奶，等等，我還有事和您商量。」

「妳這麼厲害，還用得著和我商量！」田氏沒好氣地回道，卻停住了腳。

「您是長輩，當然要聽您的意見。」林伊笑嘻嘻道，好像剛才的事沒有發生。「家裡那麼多事，只讓我娘一個人做不太好，大房也要承擔一點吧。」

「就這事？」不曉得為啥，田氏竟然鬆了口氣。

「是啊，我想了想，大伯娘碗都洗不乾淨，菜園也整理不好，就讓她餵豬餵雞吧，您看看怎麼樣？」林伊誠心徵求田氏的意見。

田氏下意識地就答應下來。「行，一會兒我就去跟她說。」

「那太好了，奶奶安排下來，大伯娘肯定不敢反對。」林伊笑著拍手，一臉天真地對林氏說：「娘，我就說奶奶是講道理的。」

田氏看著她這模樣直發愣，剛才發生的一切是真實的嗎？她的目光掃到斷掉的木棍，立刻打個寒顫，當然是真實的！

「妳們把這裡收拾下。」她說完匆匆地回了屋子。

小意思，沒問題～～林伊心情很好地收拾起來。

田氏坐在屋裡，越想越不對勁，小伊怎麼像變了個人，難道真的有女鬼？要不要請神婆來作法？可是請神婆要花一大筆錢，她又捨不得。

「應該不會是女鬼，有人說鬼門關前走一遭都會性情大變，難道是這個原因？」她蹙著眉頭思量。

不過田氏沒來得及細想，楊氏就串門子回來了，她給田氏帶來個天大的好消息。

楊氏比平時回來得早很多，一進到堂屋，就在田氏門口大呼小叫，急著讓她出來。

田氏的屋除了吳老三，家裡的小輩不能隨便進入，就連大小寶都不例外，楊氏急得在門外直跺腳卻不敢進去。

田氏心情不好，早早上了床坐著想事情，根本不願理會楊氏，原以為她見沒人答應就會離開，哪曉得她很執著。「娘啊！娘啊！」一高一聲低一聲叫個沒完。

田氏被她煩得不行，只得低低咒罵一聲，掀開被子走出來，狠狠地瞪著楊氏。「妳叫魂啊，我還沒死呢！」

楊氏見了她立刻喜笑顏開，也不管田氏比鍋底還黑的臉，喜孜孜地湊到她耳邊，故意壓低聲音。「娘，好消息，天大的好消息。」

田氏被她口中呼出的熱氣熏得難受，嫌棄地把她推開。「離我遠點，妳那耳裡能聽到啥好消息。」

楊氏委屈地癟癟嘴，一臉受傷。「娘您怎麼不相信人呢，這次真是好消息。」不待田氏回話，她忙把田氏扶到椅子上坐下。「娘，您聽我慢慢說完，再看是不是好消息。」

楊氏帶來的這個消息，跟今天下午大家在河邊談論的邱老三有關。

「娘，您知道鄰村的邱老三吧？」

「知道，就是把老婆打得上吊的那個。」

這件事流傳很廣，基本上有點八卦之心的人都知道。

「娘，您怎麼這麼說，根本不是那麼回事。」楊氏著急了，馬上辯解。「是那個小媳婦脾氣大，邱老三的娘說了她兩句就想不開，根本沒人打她。」

「打不打跟我們沒關係，妳到底要說啥消息，有屁快點放，別說些亂七八糟的。」田氏不耐煩了，這個蠢貨，聽她說個話急死你，半天說不到重點。

楊氏不再賣關子，直接把聽到的消息說了出來。「我聽說那個邱老三託了媒婆在說親呢，聘禮銀子給了十兩。」她舉起手掌，張開十根手指在田氏面前晃。「這個數啊！」

「誰敢嫁他，皮癢了啊？」田氏不以為然，名聲這麼壞，正經人家誰敢應這婚事？

「娘，這分明是跟邱老三不對盤的人冤枉他，如果真打了，他媳婦娘家怎麼沒去告他也沒找他鬧？」楊氏耐心解釋。

田氏有點想明白了，她往後傾了傾身子，審視地看著楊氏。「怎麼？妳想應這門婚？」

# 第十三章

楊氏湊到田氏身邊興奮地說道：「把小伊嫁過去怎麼樣？她這兩天不聽話，越來越難管教，乾脆把她嫁出去，還能掙一筆銀子，跟老二說，他肯定沒意見。」

她聽到這個消息就打定主意，在她看來這樁親事簡直是為小伊量身打造，她得想盡辦法把這件事辦成了，千萬不能錯過。這死丫頭跟中了邪似的，淨和她對著幹，現在可得好好收拾。

如果是以前，田氏肯定樂意，把小伊嫁過去就能得十兩銀子。十兩啊，夠家裡花幾年了，還不說男方的其他聘禮，到時候出嫁了隨便準備幾樣嫁妝，林氏那個受氣包也不敢說什麼。

可是想到今晚這一齣，她不由得渾身一哆嗦，小腿骨也似乎隱隱作痛。而且小伊要是跑去找韓氏撐腰，韓氏肯定不會坐視不理，她可不想惹這個麻煩。

她搖頭拒絕。「不行，小伊太小了，這個男的都快三十歲了，年齡差太多。而且他家名聲這麼差，真結了親壞了名聲，妳三弟怎麼說媳婦？現在媒婆說的這兩家我滿意得很，妳要是敢弄黃我撕了妳。」

「哎呀娘，是名聲實在還是銀子實在？人家說了，到時候四處宣傳是那個小媳婦的錯，再花錢打點打點，名聲很快就能挽回。他家有的是錢，日子過得好著呢，田地就有好多畝，都雇著人種，小伊嫁過去就是享福，只要她好好的，沒上吊沒跳河，那些嚼舌根的自然沒話說。有了這筆錢，三弟娶媳婦也用得上，等您選好了媳婦，咱們把三弟的婚事辦得風風光光，那多好！」

反正小伊在家常挨打，早就打慣了，身子也結實，嫁過去正合適。

她見田氏還低頭沈思不語，不由得大急，上前就去扯田氏的衣袖。「娘，這還有啥可多想的？您得快拿主意啊，只要答應了我明天就去回話，免得被別人搶了先，惦記這門親事的人可不少。」

田氏拍開她的手，冷著臉叱責。「說話就說話，幹麼動手動腳？」

從昨天中午開始，她就特別膩煩楊氏，一見她邋裡邋遢的樣子就沒好氣。

她想了想，有了決定。「小伊不行，妳如果實在想結這門親，就讓小雲去吧。年紀也正合適，到時候聘禮妳都收著，我都不會拿。」

她盯著楊氏的臉叮囑道：「妳答應的時候，千萬記得告訴人家我不肯，是妳自己偷摸著硬要答應，聽清楚了？」

雖然錢很重要，但是她更看重名聲，以後如果有人議論起來，就說是老大家背著她應下親事，她完全不知道，反正大家都知道楊氏不靠譜。至於錢麼，先讓老大家收著，事情過了隨便找個由頭要過來就是，現在沒有分家，他們敢不給？就算分了家，她也有的是辦法叫媳婦吐出來！

楊氏沒想到田氏竟然拿的是這個主意，她一下傻了，呆愣愣地張大嘴。「啊？」

「妳要應就讓小雲去，不應就拉倒！」田氏不耐地站起身。「妳自己想好了去找老大商量，不要再來煩我。」說完不再理她，轉身回屋了。

楊氏看著田氏的背影半天沒回過神，要把小伊說給邱老三她是十二萬分願意，現在讓小雲去她卻猶豫了。

雖說平時看不上眼，整天掛在嘴上罵，可畢竟是自己的親閨女，是十月懷胎辛苦生下來的，或多或少都有點感情。在吳家看著吳老二整天把林氏打著玩似的，挨打的頓數比吃飯的頓數還多，想想小雲以後要過上這樣的日子，她還真有點不忍心。

「可是禮金有十兩銀子啊！聘禮也不會薄，加起來可是很大一筆！」一想到這兒，楊氏的心又動搖了。

她慢慢坐在田氏剛才的位子上，認真思索。

有了這筆錢，大寶可以繼續讀書，小寶也能去，讀出來家裡就有兩個當大官的，那掙的銀子數都數不過來，拿去砸都能把邱老三砸死。小雲成了大官的姊妹，邱老三只怕見著小雲就哆嗦，哪裡還敢欺負她？

至於現在麼，邱老三真要動手就讓小雲忍著點，只要熬過去，後面的日子就好了，做人媳婦的，哪個不是這麼熬的？自己剛來這個家不也是受氣挨罵過來的，受婆婆的折磨還少了嗎？到時候再生個兒子，那更是沒有問題，邱家只怕把她當成寶供起來。他家那麼有錢，讓小雲經常拿些回來貼補自家，家裡的日子也能好過點。

對，就這麼辦！

收到禮金先去做兩件衣服，她很久沒有做衣服了，連一件拜客衫都拿不出來，現在有了這麼個好女婿，她做丈母娘的也不能太邋遢。還要買點肉，家裡上次吃肉是什麼時候？她記不得了，現在饞得不行。嗯，再去縣城的全鴨店買隻烤鴨，前幾天族人嫁女，每桌擺了半隻，饒是她手快，也只搶到一塊，那香酥甜嫩的味道，讓她作夢都在想，這次她要去買一整隻，好好吃個夠。

等以後小雲在邱家站穩了腳，老三肯定也成親了，到時候鬧著把家一分，小雲拿回來的錢就全是她的了，以後想吃啥吃啥，想買啥買啥！

想到這裡，她大大地吞了口口水，暗自慶幸。「我怎麼鬼迷心竅竟想讓小伊嫁過去，幸好娘沒有同意，還是小雲嫁去吧！娘可答應了，錢全都讓我收著！二房收了錢能給我多少？以後嫁過去會拿錢給我用？想都不要想！吳老大麼，根本不用和他商量，他百事不管，只要拿點錢給他打牌，他就沒有意見，至於小雲樂不樂意，這事輪得到她說話？自古父母之命，媒妁之言，只要我答應了，她就是不樂意也得樂意！」她的心裡樂開了花。「這才是天大的好事，居然落到了我的身上！」

她眉開眼笑站起身，看看外面的天色，可惜天已經暗下來，現在再去應承顯得太急切，明天吧，明天一早就去！

第二天，吳老頭和吳老大拖拖拉拉地吃完早飯，他們要和吳老三一起去照料油菜田。

稻子收完後翻了地，吳家在田裡種上了油菜，現在長得正好，要做的事情也不多，只需要把長得密的苗挖出來補在長得空的地方，再澆水施肥，三個大男人花不了多少時間就能做完。

楊氏倒是吃得飛快，田氏見狀敲敲碗。「大寶娘，吃完飯把豬餵了雞餵了，豬圈雞圈掃乾淨。」

楊氏聞言大驚失色，一個不防竟然嗆到了，立刻拉心扯肺地咳嗽起來，同桌人很有默契地端起碗捂住碗口，身體朝後遠離飯桌，以免悲劇發生。

田氏大怒，用力把筷子朝她扔去。「妳個邋遢婆，不曉得把頭轉向外面咳？還讓不讓人吃飯了？」

楊氏反應很敏捷，她頭一偏躲開田氏射來的暗器，用手捂著嘴對田氏抗議。「娘，怎麼讓我餵豬啊？我又不太會餵！我今天還有要緊事趕著辦呢。」

「不會餵也得餵，少囉嗦！」田氏緊繃著臉，態度堅決。

「娘，以前不是弟妹做的嗎？怎麼今天要讓我餵？我真做不好啊，到時候豬吃不飽怎麼辦？」

楊氏眼淚都要下來了，餵豬雞可是個苦差事，又髒又累又臭，做完大半天就過去，她急著去應承邱老三的親事呢。

田氏翻個白眼，她還滿肚子苦水找不到人說呢，她根本不想讓楊氏做，楊氏做事拖泥帶水、懶眉懶眼的，把豬餵瘦都是好的，搞不好能讓她餵死！

可她能怎麼說？說昨天小伊拿著半截木棍威脅她，她不得不這麼安排？那肯定不行啊，她的面子往哪兒擱？

她心裡煩得不行，把碗一推，瞪著楊氏。「是不是我喊不動妳？讓妳做事還要問我為什麼，妳說為什麼？」

楊氏抖了三抖，不敢再說，她看了眼小雲，小雲馬上要出嫁，得在家養得細皮嫩肉的。她又看了眼小琴，小琴要打豬草撿柴火，也不能做。她轉眼看向林氏，嗯，還是一會兒說幾句好話，讓她幫忙，自己是大嫂，她不敢不給面子，對，就這樣！

於是她朝著田氏嘿嘿一笑。「娘，別氣了，我做就是了，您放心吧，我保證做得妥妥的。」

田氏見她態度轉換得快，一臉懷疑。「妳給我好好做事，少糊弄我！」

「弟妹要洗碗，能不能讓我先把事辦了再做，我辦完了馬上回來。」楊氏賠著小心，低聲下氣地和田氏商量。

田氏想了想點點頭。「快去快回，要是一出去大半天，妳別回來吃飯！」

楊氏連聲答應，兩口吃完飯，馬上衝出屋外。

林伊在旁邊看得嘖嘖稱奇，到底是什麼重要的事情，讓楊氏這麼急著去辦，看她的神情應該是好事。

她轉頭看向林氏以目光詢問，林氏微微搖頭表示自己不知道，林伊更是好奇，只有等等看了。

飯後，林伊正在收碗，田氏走到林伊面前，一臉和善。「小伊，今天在家歇著，別出去了，待會兒我拿顆雞蛋煮給妳吃，瞧妳瘦的，得好好補補。」又皺緊眉頭打量了林伊的臉，對正在擦桌子的林氏說：「小伊的臉還得再敷敷，妳幫她敷吧。」

林伊一哂。妳今天才發現小吳伊瘦嗎？瞧這態度變的，看來用武力對付這個老太婆還是有用。

其實過了一晚，她的臉已經消腫了，只是眼眶四周還略有些青紫，不過田氏這麼說，她還是笑著應承下來。「好，聽奶奶的。」

田氏語塞，這小鬼真有這麼聽話就好了。她握緊拳，真想一巴掌搧在這張口是心非的笑臉上，到底還是忍住了，轉身氣呼呼地走了，現在對這娘兒倆不能想打就打想罵就罵，真是讓人憋悶。

今天洗完碗沒事做，林伊想和林氏討論，能不能找個法子賺點錢，以便兩人離開吳家後，經濟能更寬裕。

正想著，就見楊氏歡天喜地回來了，拉著田氏嘰嘰咕咕，沒說幾句兩人就進了田氏的屋子，可能是商量好事。

林伊朝林氏一笑。「看來大伯娘的好事成了。」

「成就成吧，和我們無關。」林氏專心洗碗，對吳家其他人的事毫不感興趣。

不一會兒，楊氏滿臉喜色地走進廚房，挽住林氏胳膊，親熱地打招呼。「弟妹，辛苦妳了。」

林伊驚恐抬頭，一瞬間她有點懷疑楊氏是不是也被人魂穿了。

林氏的吃驚程度不亞於林伊，她不動聲色地把胳膊從楊氏的手中抽出來。「大嫂說什麼，家裡的事哪會辛苦。」

楊氏笑容更加諂媚，像個跟屁蟲般，跟在林氏身後走來走去尋求幫助。「弟妹，我很久沒有餵過豬雞了，妳能不能帶著我一起做？弟妹，妳幫幫我吧！」

林氏不知如何是好，她抬頭看向林伊尋求意見，林伊輕輕向她搖頭，這個女人真拉得下臉，搞不好多說幾句又變成林氏做了。

林氏很為難，她擔心家裡的豬和雞，雖然是不會說話的牲畜，可是餵養這麼久，還是有了感情，一想到要被楊氏禍害，她心裡就不好受。

楊氏見她猶豫，打鐵趁熱。「弟妹啊，我不是不想做，我是怕做不好餓著牠們，妳今天示範一遍給我看，我保證好好學。」

林伊知道話說到這分兒上，林氏肯定得幫了，她對楊氏道：「這樣吧，我娘在旁邊說，妳照著我娘說的做。」

楊氏不樂意，張嘴要反對，林伊搶在她前面說：「行就行，不行我們就走了，妳一個人慢慢想，又不是什麼難事，還要人教！」

楊氏無法，只得嘟著嘴照著林氏說的做，心裡直抱怨，也不曉得養這些廢物幹啥，等我兒子當了大官，把豬啊雞啊全推出去賣了，一頭不剩，想吃肉就去買，我就不受這個累！

好在林氏已經把豬圈雞圈打掃乾淨了，楊氏只需要餵食，倒是不算麻煩。

回到後院，林氏朝林伊訴苦。「唉，比我自己做還累，跟她說話好費勁，一件事都能做得好像幾百件事。」

自己做事最多費體力，教楊氏做事費精神！

林伊想起楊氏笨手笨腳的模樣，不是湯灑了就是瓢掉了也頗感頭疼，她嚴肅地給林氏打預防針。「娘，以後不管她做成怎麼樣，妳都別管，做不好自然有奶奶收拾她。」

林氏蹙著眉嘆口氣。「必須得讓她學會，要不然我們走了可怎麼辦？還有菜園她也得學著打理，不然那些菜枯死就太可惜了。」

吳家的菜園就在屋後竹林旁，林氏嫁來時比巴掌大不了多少，只種點蔥蒜苗，自從她打理後照顧得很細心，一天拓寬一點，十多年下來已經成了頗為可觀的一大片。林氏對這片菜園感情非常深厚，每天在菜園工作對她來說是最大的享受。

她們都走了還管它們死活，林伊絲毫不把這事放在心上。

她的八卦之火正熊熊燃燒，非常好奇楊氏到底有啥好事，剛才她假裝不經意地刺探一番，結果楊氏還是保密，只笑咪咪回答她，不要急，很快大家就會知道。這更讓林伊心癢難耐。

# 第十四章

林伊的好奇心沒有維持多久，答案中午就揭曉了。

午飯時，吳老頭說油菜葉子長了蟲，讓田氏安排兩個媳婦帶著孫女去捉，再把地裡的草拔了，一起弄回來餵雞。

田氏應了，跟吳老頭彙報。「小雲不去了，她明天要相看人家，相中了就得把親事定下來，以後不出去都在家裡做事。」

楊氏的好事就是這個？啥樣的男人讓楊氏如此滿意？林伊看著嘿嘿直樂的楊氏有了新的疑問。

吳老頭「唔」了一聲表示知道，忙忙地坐上桌等著開飯。吳老大對於田氏的話恍若未聞，急著吃午飯趕牌局，沒有問一句定下的男方是誰、家裡如何、性情怎樣之類的問題。

林伊心裡很不是滋味，女兒的終身大事竟比不上他的一桌牌局，吳老大論渣的程度和吳老二簡直不相上下啊，在他的世界裡，可能只有打牌吃飯睡覺三件事了吧。

倒是吳老三問了句和誰訂親？哪個村的？

楊氏故作神秘，笑嘻嘻地低聲道：「和媒婆約好了明天去縣城相看，還不一定能相看上，到時候八字有一撇了再告訴你。」

話雖這麼說，可她那副志得意滿的模樣，顯然覺得這件事十拿九穩了。

林伊看向對面坐著的小雲，只見小雲仰著頭，一臉驚恐與茫然，完全沒有一般女孩聽到這種消息的羞澀，看來楊氏連一點口風都沒有透漏給小雲，要不然也不會是這個態度。

小雲呆了片刻，驀地低下頭，眼淚大滴大滴地掉了下來。

她太瞭解自己的娘，能讓她這麼滿意的親事，男方給的禮錢肯定很豐厚，偏偏這種情況下，男方大多都有問題。她想到村裡這兩天流傳的那件事，從心裡往外發冷，她暗自祈禱。

「千萬不要是那個人啊！」

小琴坐在小雲身旁輕輕握住她的手臂，擔心地望著她，她也感覺到事情不太妙，可是能怎麼樣呢，她一點辦法也沒有。

林伊見狀，突然靈光一閃，難道相親的男人是虐妻渣男邱老三？

飯後，男人們照例飛奔著出了屋。林氏洗完碗，帶著小琴去捉蟲。田氏和楊氏為小雲準備明天相親的衣服，她們在小雲的衣箱裡翻了半天，沒有找到一件完好無損沒補丁的，兩人商量了一下，決定帶著小雲去找關係親近的族人相借。

自從知道相親的事後，小雲便眼神空洞，沒有一絲表情地枯站著，楊氏叫她幹啥就幹啥，像是沒有生氣的木偶。

這個女孩的婚姻就這麼被決定了？不知道對方是誰，不瞭解對方性情，不徵求她的意願，就憑家裡人一句話，她的一生就被定下來，重點是下決定的這個人還不靠譜！

「不，我絕不會這樣！」林伊咬著牙握緊拳。「我寧願一輩子不嫁，也絕不要這樣的婚姻！」

她匆匆回到後院，坐在角落的那塊大石上望向藍澄澄的天空，努力讓憤怒的情緒慢慢平靜，為了轉移注意力，她開始細細思考掙錢的法子，能讓她離開前賺上一筆。

她思前想後，也沒能想到好法子，畢竟她要裝可憐，就得是朵苦菜花，必須表現得窮苦無依。可她目前想到的賺錢方法動靜都太大，掙了錢肯定瞞不住人，田氏和吳老二很有理由找她索要，不給就是不孝，而族裡的人知道她有了錢，同情心會大大減弱，說不定還會倒戈偏向田氏。

林伊嘆口氣，只能繼續採藥了，雖然錢不多，卻能悄無聲息不被人發現。

她下了決心，今天在家休息一天，明天說什麼也得上山，她的時間浪費不起。

第二天，林伊臉上青腫消得差不多了。

在她再三央求下，林氏替她拆下額頭上的白色棉布。傷口已經完全癒合，只留下個略顯猙獰的紅色疤痕。這讓她驚嘆不已，非常佩服自己的復原能力，正常情況下，她這傷至少得半個月才能好個大概。

林氏將她亂蓬蓬的頭髮梳得整整齊齊，又剪了點劉海遮住疤痕，整個人看著精神了不少。再加上一雙眼睛清亮有神，靈活生動，完全不再是以前那個畏畏縮縮的小吳伊。

林伊跑到田氏面前主動要求上山，田氏猶疑地看著她。

這丫頭在耍什麼鬼心眼？又想坑我？

可現在小雲不能上山，光靠小琴一個人，家裡的三頭豬五隻雞根本不夠吃，柴火也不夠燒，這丫頭的傷又的確好了，誰也不能再碎嘴了吧？

於是她點頭應了，還和氣地叮囑。「去吧，小心點！」

看著林伊揹起背筐大步出門，她忍不住咕噥了一句。「倒越摔越精神了。」

上山後，林伊很快和梔子會合，根據梔子的八卦消息，兩人猜測小雲的相親對象就是邱老三。

「他們家只有邱老三和他娘，他娘是個老寡婦，惡毒得很，聽說邱老三欺負他媳婦，都是這個老妖婆在背後使壞。」梔子一邊採草藥，一邊把聽到的消息說給林伊聽。「他們家的錢都是賣了兩個姊姊得來的。」

「現在他的姊姊是死是活都不知道，這娘兒倆倒是靠著賣身錢買了地享清福，真是狼心狗肺！」梔子憤憤不平地從土裡挖出一大株草藥，用力甩掉上面的泥土。「小雲怎麼被她娘說到這戶人家？太可憐了，要是我絕不答應！」

「族人由著他姊姊被賣都不管？」林伊有點好奇，她現在已經明白了家族在這個時代的重要性，每個家族都有族規，會約束族人的行動，像太平年賣兒賣女的行為是絕對不允許的。

「他們家族不住在這邊，在村裡只有一家親戚，關係不好，平時不走動。」

「真是捨得啊，自己的親閨女就這麼沒了，再也見不到，也不曉得她會不會掛念。」這女人的狠毒程度跟田氏、楊氏相比，真是有過之而無不及。小雲真慘，才出火坑又入苦海。「不是說她生病要死了嗎？邱老三就是為了她的心願才到處提親的？要是她真死了說不定情況會好點。」

「死什麼啊，是想騙個媳婦生孩子。妳都不知道以前那個小媳婦有多慘，我昨天才聽他們講的。」

梔子找了塊石頭坐下，一五一十地向林伊講述昨天聽到的悲慘故事。「這是他家鄰居傳出來，可不是誰亂說。那個小媳婦脾氣好人又勤快，就是不愛說話，鄰居經常聽到這個老太婆教訓小媳婦，都是只有她罵人的聲音，聽不到媳婦哭叫。老太婆還動不動就把小媳婦關起來不給飯吃，他們家和隔壁院牆不高，鄰居大娘就看過那個小媳婦餓得偷雞飼料吃，被發現又是一頓打，小媳婦也不曉得是不是傻，就是不吭聲，後來她出來洗衣服，人家問她她也不說，問急了就哭，大家就不好問了。那個大娘可憐她，經常遞點吃的給她，那個老太婆知道了還追著人家罵，說是妨礙了她管教媳婦。」

「沒人管嗎？任由他們這樣？」林伊聽得氣死了。

「怎麼管啊，小媳婦不出來求救，她娘家又靠不住，每次來就找她要錢要東西，她肯定沒有念想了才走上絕路。她死的時候瘦得只有一把骨頭了，身上沒有一塊好肉，還有被針戳被火燒的痕跡。他家還好意思說是這個媳婦氣性大，被罵兩句就想不開，哪個會相信他們的鬼話。」梔子越說越氣憤，拿著小藥鋤用力鋤著地上的藤蔓，就像是在鋤那兩人的腦袋。「還是隔壁大娘發現那個小媳婦上吊了，翻牆進去把她放下來，可惜還是晚了。」

林伊嘆口氣，對小媳婦只能哀其不幸，怒其不爭了，妳自己都不想著反抗，誰又能幫得了妳？不過小雲也是沈默不說話的性情，娘家同樣不靠譜，萬一真說的是這戶人家，會不會步上這個小媳婦的後塵？林伊有點擔心。

「只有等相看回來才能知道，如果不行，就讓小雲去找族長，說不定還能有點用。」林伊沈吟著說。

邱家人惡名在外，只要小雲拚死不應，找到族長哭訴，族長為了名聲應該不會置之不理，就看小雲有沒有這個魄力，這種事必須她自己強硬起來，光靠別人可不行。

去縣城相親的只有楊氏和小雲，她們吃了午飯才回到村子，一到家小雲就躲回房裡，林伊從山上回來沒有見到她。

楊氏正在堂屋向眾人口沫橫飛地講述今天相親的過程，從她的話中，林伊確定了相親對象就是邱老三。

「你們不知道啊，他對我們家小雲滿意得很，一看到小雲，臉上的笑就沒有斷過，馬上請了算命先生來合八字，簡直是天造地設的一對！當場就定下了親事，又請我們去縣城最好的飯鋪吃飯，那一桌的菜喔～～有肉有魚，擺得滿滿的，把我的眼都看花了，根本吃不完，沒吃完的我都帶回來了，一會兒你們也嚐嚐，我可是從來沒有吃過那麼好吃的菜！」

她抹了把嘴角的口水，指著擺在桌上雜七雜八的東西繼續顯擺。「吃完了又帶我們去布店，給我和小雲買了布，大方得很。看到沒有？還給小雲的爺爺、奶奶和爹爹買了禮物，連大寶、小寶都有，這可都是他親自挑選的，是人家的一片心。」

吳老二忍不住走上去，滿臉豔羨地翻看，只恨這等好事沒有落到他頭上。

吳老三倒是有了疑問。「大嫂，這人名聲不好，聽說打媳婦打得狠。」

吳老二手一頓，不自在地瞥他一眼，心裡對他的話嗤之以鼻。打媳婦怎麼了，這也值得拿出來說！

楊氏大手一擺，滿不在乎地道：「老三，這話可信不得，那是有人嫉恨他，故意壞他名聲。人家邱家有錢有地，邱姑爺人又長得斯斯文文，說話客客氣氣，對人大方捨得花錢，哪個男人比得上？我上下左右地看了又看，沒看出他是會打媳婦的人，這就是有人瞎說，以後誰要是敢在我面前提這個話，我把口水吐到他臉上去。」最後，她雙手用力一拍，總結道：「這門親事，這個姑爺，我滿意！」

準備晚飯時，林伊看到了楊氏帶回來的菜，確實挺多，而且邱老三會做人，除了剩菜，還特地買了兩包新鮮滷肉。

吳家很久沒有吃肉了，見到這湯湯水水香氣四溢的一大包，林伊下意識地吞吞口水。剩菜她不想吃，但滷肉倒是可以吃點。

林伊正在查看，楊氏風風火火地衝進廚房，挽起袖子親自安排今天的飯菜。和往常一樣，男人那邊的菜肉要多些，她一邊分菜一邊唸叨。「老爺子和小寶爹肯定沒有吃過這麼好的菜，他們辛苦了一天，多裝點讓他們嚐嚐！」

吳家男人對今天的晚飯都非常滿意，吳老頭、吳老大破天荒地沒有急著去趕牌局。看完了邱老三給他們的禮物後，又興致勃勃地議論桌上的菜品，邊吃邊點評，一個勁兒說這個好、那個香，吳老大甚至對楊氏投去讚賞的目光。大小寶更是吃得高興，嚷嚷著天天都要這麼吃。

只是小雲沒有出現在飯桌上，小琴去叫也不肯來，楊氏瞭然一笑。「沒事，她害臊呢，大家吃，不用管她。」又招呼小琴。「拿碗挾點菜去房裡陪她吃，妳姊姊在家裡待不了幾天了。」

田氏一臉詫異。「什麼叫待不了幾天？」

「娘，您不知道啊，人家邱姑爺是個孝順人，他娘現在病重，最大的心願就是看到他成親，所以相好了人家馬上就得辦親事。他回去立馬請人算吉時，定下來小雲就嫁過去，十來天後有好幾個日子不錯，就那幾天。」

「太趕了，說出去可不好聽！」田氏不滿意，哪有這樣辦親事的，到時候又會惹起一通議論，傷的可都是吳家的名聲。

「娘，姑爺有孝心，咱們得全了他的心意啊，這就是拿到縣太爺面前說都是要被稱讚的，怎麼會不好聽！」楊氏給田氏挾了一塊滷肉耐心解釋，她現在覺得這樁婚事簡直十全十美，哪個要說句不好就是在眼紅她。

男人那桌的肉菜消得很快，小寶端著碗跑過來在女人這桌挑肉，聽了楊氏的話，抬起頭高興地問：「娘，姊姊成親，我們又能吃好吃的？」

楊氏滿臉寵愛地往他碗裡撥去一半肉菜。「那是自然，比今天的好吃多了。」

小寶大聲叫道：「那就明天成親！讓姊姊明天就嫁出去！」

楊氏呵呵笑出聲。「我的寶貝兒真聰明，放心，你姊姊很快就能嫁出去，到時候讓你吃個夠！」

林伊看著桌上難得豐富的菜品，想到這是用一個姑娘的未來換來的，就食不下嚥。她一邊為小雲難受，一邊又暗自慶幸，雖然沒有遇到好爹爹，更沒有兄弟姊妹，可有個願意為她付出所有的好娘親，她比小雲幸福多了。

吃完飯，楊氏前所未有地勤快，竟主動幫林氏收拾，又陪著林氏在廚房洗碗，嘴上也不停，一直滔滔不絕地炫耀。林伊被她吵得頭疼，跟林氏說了一句，就躲回房去。

她坐在房裡，看著漸漸暗下來的天色，心裡在猜測邱老三到底是個什麼樣的人，以後小雲嫁過去會面臨什麼樣的生活，小雲能堅持下來嗎？

正想著，就聽到有急促雜亂的腳步聲往後院過來，她凝神一聽，是小雲和小琴，好像有個人要過來，另一個在拚命阻攔，她不由得大為好奇，這兩姊妹幹麼？平時形影不離，好得跟一個人似的，這會兒怎麼在拉扯呢？

# 第十五章

耳聽得腳步聲離後院越來越近，阻攔的人急得追在後面低低勸解，仍阻擋不了亟欲衝來的人。這兩姊妹不僅模樣長得像，聲音也像，林伊聽了半晌竟然沒分辨出來誰是誰。

這是怎麼回事？倒像是衝著她來的……

林伊站起身，準備出去看看，剛走到門口，就有人快步衝了過來，一看見林伊便定住腳步，胸脯急促地起伏，兩眼又紅又腫，目露凶光地瞪著她，竟像要把她撕碎一般。

林伊一看，竟是小雲！

林伊莫名其妙地望著她，這是鬧哪齣？

小琴趕忙跑過來，拉住小雲的胳膊往外拽，邊拽邊向林伊陪笑臉。「二姊，我姊有點迷糊了，我這就帶她走。」又低低勸說小雲。「根本不關二姊的事啊，妳別聽娘瞎說。」

小雲用力甩開小琴的手，對著林伊惡狠狠地咒罵。「死丫頭，妳不樂意嫁那男的，為何還要推給我？妳怎麼這麼壞這麼毒，妳現在有本事，能找到人給妳撐腰就來禍害我，我跟妳拚了！」衝上來就要撕打林伊。

小雲身材高壯，氣勢太凶，小琴想要拉根本拉不住，林伊見狀沈下臉來。她真的那麼好欺負？隨便哪個氣不順都要來踩她一腳、罵她幾句？

林伊只站著不動，冷眼看姊妹兩人拉扯，待小雲甩開小琴衝到她面前，揚起手就要打向自己時，猛地抓住她的手。小雲立刻動彈不得，眉毛一豎就想發作。林伊輕輕一推，瞬間一股大力襲來，小雲被推得連退幾步，要不是小琴扶住，險險就要跌坐在地。

小雲抓住小琴的肩膀盡力穩住她，愕然地看向林伊，根本沒有想到小伊小小的個子竟有如此大的力氣。自己比她高大這麼多，她竟隨便一推，就讓人站都站不住，看來今天在她這裡掙不了一口氣了。

她滿腔的怒氣梗在胸口，上不去下不來，最終化作大滴大滴的淚水順著臉龐往下落。小琴摟著她的手臂也嗚嗚咽咽哭起來。

這個轉變太快，林伊有點轉不過來。

「妳們這是幹麼？」她狐疑地問道。

小雲突然跑到後院來大鬧，林伊覺得非常奇怪，這個大姊可不是不講道理的人啊。

「都是妳幹的好事，要不是妳，我不會嫁給那個男人！妳不想嫁為什麼要推給我？我哪裡對不起妳了？」小雲痛哭著質問林伊。

「關我什麼事？難不成妳以為這門親事最先是要找上我？」林伊明白過來了。

「不是這樣嗎？是妳聽說那個男人不好才把他推給我，枉我還一直為妳提心吊膽，生怕妳爹把妳嫁給不好的人家，還想著真有那麼一天，我一定給妳提前報信，沒想到……沒想到妳竟然這麼對我！妳不是人！」小雲緊握拳頭，怒視林伊，聲音哽咽地訴說自己的委屈。

「行，我現在就把話說清楚，妳聽著。」林伊也生氣了，她回瞪著小雲，一字一句地說道：「首先，根本沒有人向我提過這門親事。然後，就算有人向我提了，我也會明明白白地拒絕。如果有人敢勉強我，非要逼我嫁，我就和她拚命，而不是把婚事推給妳，妳聽清楚了嗎？」

她把臉湊到小雲面前，逼視著她的眼睛。「我敢這麼做，妳敢嗎？」她直起身，嘲笑她。「妳不敢，只敢到我這裡撒潑，可惜啊，妳在我這裡撒潑也討不到好！」

小雲沒想到平時軟弱可欺的小伊會說出這種話，她連連後退幾步，睜大眼，愣愣地看著林伊。「妳……妳……」

「妳不願意嫁那個男的，對嗎？」林伊問她。

小雲身體軟了下來，拚命點頭，兩行眼淚又流了下來。「我不願意，我不想嫁給他，我不想被他打，我不想死……」

「那去找妳娘啊，妳找我鬧啥，就算妳把我罵了把我打了，消了妳的心頭氣，這門親事就能改變嗎？」

「沒有用，根本沒有用。我求了她，我跟她說，我以後不要新衣服，只吃很少的飯，什麼活我都幹，只求她不要答應。可她不肯，罵我不知好歹，說這是天大的好姻緣，她已經等不得了，巴不得我明天就嫁出去，容不得我不願意。」

「去找妳爹，還有爺爺、奶奶！他們如果不同意，妳娘肯定不敢硬要妳嫁。」

「我找過奶奶，她說不管我們大房的事，都聽我娘的。至於爹和爺爺，他們平時正眼都不會看我一眼，連我幾歲都不知道，怎麼可能幫我出頭。」小雲越說越悲傷，也越來越灰心。

「那妳就來找我出氣？妳可真有出息，只會欺負比妳弱小的人，妳有本事把妳這惡狠狠的模樣對著妳爹娘來，或是對著那個男人？妳今天相親的時候就該對他說，我不嫁！我看不上你，誰敢讓我嫁我就殺了誰，就算嫁過來也把你們家鬧得天翻地覆，搞不好就能把這門親事攪黃。妳凶我是一點用處都沒有。」林伊一臉不屑。

「還可以這樣？」小雲傻了，她怎麼沒有想到？

對啊，當時就該鬧起來，而不是滿心不願地躲著哭，小雲在心裡思忖。

「是妳娘說，這門親事原先要找上我？」林伊氣不順，這個死婆娘竟然敢背地裡胡說八道。

「是，她說妳不肯，奶奶才讓我嫁過去，妳現在有韓奶奶撐腰，她們不敢惹妳，又說幸好妳不肯，要不然我們也撈不著這麼好的事。」小雲一想到回來路上，楊氏慶幸不已的模樣，就氣憤難平。

「妳娘的話妳也信？她什麼時候靠過譜？妳自己不動腦筋想想嗎？妳不知道邱老三想要早點成親嗎？妳看看我的年紀再看看妳的年紀，妳說我們哪個更合適？其實妳心裡很清楚妳娘說的都是騙人的，只是氣不過想拿我出氣吧？」林伊斜視著她。

「我、我……」小雲想辯解，卻不知道該說什麼，實不相瞞，她還真有點這種想法。

二嬸和小伊在這個家最受氣，她原以為這種倒楣事只會落到小伊身上，哪曉得倒楣的竟是自己。一時間她完全無法接受，心裡鬱忿難平，只能把滿腹的怨氣都出在小伊身上，把她當成出氣筒，誰承想這個出氣筒長本事了，變成實心木棒，打得她暈頭轉向。

「如果妳只知道哭，只會軟弱順從，這輩子就這樣了。我也不想多說什麼，但要是妳敢逞凶鬥狠，能豁出去為自己爭取，這件事倒不是沒有轉機，就看妳敢不敢了。」林伊瞇起眼，上下打量著小雲。

雖然小雲態度不好，但想想也是因為楊氏在背後亂說話，她就能理解。而且她真心想幫助這個沈默寡言、善良可憐的女孩子，如果大家一起想辦法，能改變她的命運，為什麼不試試看呢？

「什麼轉機？要怎麼做？能告訴我嗎？」小雲黯淡的眼神一下有了神采，她上前兩步急切地問道。她已經六神無主了，只要有點希望就想牢牢抓住。

林伊把姊妹倆叫到房裡，排排坐在她的小床上。

小雲沈不住氣，目光灼灼地望著林伊。「小伊，妳能跟我說說嗎？能有什麼轉機？」

林伊理了理思路，分析給小雲聽。

「很明顯，妳現在只有兩條路，妳看看想走哪條。第一條，不答應這門親事，這就要去找妳娘鬧、找奶奶鬧，如果沒用，就去找族裡找族長，大不了一條繩子吊死在祠堂門口，只要妳下定決心，寧死都不嫁，我相信沒有人能勉強妳。第二條，妳答應這門親事，嫁過去，這又有兩條路走，一條是忍著氣被他打，說不定打著打著就習慣了，慢慢也就熬出來了；另一條是妳強硬起來，他敢打妳，妳就打回去，我聽說那個邱老三個子不高，人瘦得跟猴子差不多，全身沒有二兩肉，瞧妳這體格力氣，真要動起手來，還不曉得挨打的是誰呢。當然，這需要好好計議。」

「動手打邱老三？這怎麼可以！傳出去名聲可不好。」小琴在旁邊插嘴道。

林伊嗤之以鼻。「名聲？名聲能拿來幹麼？妳姊姊被打進棺材後蓋在身上？再說了，不還手就有好名聲了嗎？妳看看他以前的媳婦，他還說是人家氣性大自己想不開呢。妳們知道那些曉得實情的人怎麼說那個小媳婦嗎？」

「說她膽小怕事，為何不敢還手，不出來跟大家說，死都不怕，為何不和他對打……」小雲低下頭，小聲說道。

這兩天因為邱老三的親事，村裡的人都議論紛紛，小雲和小琴也聽了不少，除了譴責邱老三不是人，更多的是痛心小媳婦的軟弱。

「妳看看，她得到好名聲了嗎？除了被人嘆一聲軟弱，還要被邱老三誣衊。再說了，邱老三名聲好嗎？他已經惡名在外了，只要操作得當，就關起門在家打他，出去一樣可以裝可憐。」

「就像妳一樣，妳那天在韓奶奶面前那麼弱，沒想到竟然力氣這麼大！」小雲恍然大悟。

林伊無語望天。姊姊，我是在幫妳，妳有必要把我的真相洩漏出來嗎？

小雲見她這樣，馬上醒悟過來，捂著嘴小聲保證。「我和小琴絕對不會說出去，我們可以發誓！」接著虛心請教。「小伊，妳往下說。」

「也沒什麼了，就這麼兩條路，反正離成親還有段日子，妳得自己拿定主意想想怎麼選，選好了要怎麼落實。只要妳不自輕自賤，自認為低人一等，拿出妳剛才的凶狠勁，我覺得日子不會過得太差。就怕妳只敢對我凶，對別人就軟下去了。」她認真對著小雲道。「遷怒於人是最沒有出息的行為，根本不能改變什麼，要想過上好日子，就得自己去爭取，靠的是妳自己！」

小雲連連點頭。「我明白，我剛才做錯了，我太慌太怕昏了頭。」她不好意思地拉著林伊，誠心道歉。「對不起小伊，妳不要怪我。」

「沒事，話說開了就行，誰讓我們是姊妹呢。」林伊沒有將此事放在心上，她們在吳家都是受冷落被虐待的命運。

三個同病相憐的小可憐對視一笑，彼此間親近了許多，不再像以前那麼淡漠客氣，倒有了姊妹情深的感覺。

林伊想到楊氏對邱老三的誇讚，好奇地問小雲。「妳娘不是說那個男的斯斯文文，對人客客氣氣的，她滿意得很，妳既然見了真人，怎麼還是不樂意？」

小雲不屑地哼了一聲。「哼，我娘那個人妳還不知道嗎？只要給她點好處，她就找不到東南西北，再給她點錢，她巴不得人家馬上把我牽走，才不管我樂意不樂意。邱老三倒真是個子不高，人也瘦瘦的，還有那眼神看著讓人心慌，就是……」她思索著，想找個合適的詞來描述她的感受，卻一時又說不清楚。

「很凶？」林伊問。

「也不是，我也說不上來，反正就是特別不舒服。對了，是冷嗖嗖的，笑起來也是這樣，不像平時大家笑起來都很開心的樣子，他笑起來都是冷嗖嗖的，大熱天的都覺得涼，我現在想起來還是很害怕。」小雲一下找到了那個感覺，忍不住一哆嗦。

「別怕，妳不想嫁，咱們就想辦法搞黃這件事！」林伊見她這樣，趕忙寬慰。

「我娘肯定不樂意，就算這次沒有把我賣出去，下次肯定也要把我賣了。」小雲哭喪著臉，打不起精神。

「那就只有和她鬥到底了，只要妳拚命反抗，她肯定不能如願！」林伊心裡也沒底，攤上個貪財無知又沒有良心的親娘可真是大不幸。

「我回去再想想吧。謝謝妳小伊，不管最後怎麼樣，我都會感激妳一輩子。」小雲站起來，拉著林伊的手淚眼汪汪。

林伊心裡不好受，點點頭。「行，這是妳的大事，是得好好想想，只要做了決定，咱們再一起商量接下來應該怎麼做。無論如何，妳都必須強硬起來，不能軟弱任人欺負，想想那個小媳婦，她就是妳的教訓。」

把小雲姊妹送出屋，林伊看到林氏站在院子裡，顯然她已經來了一會兒，一直等在門口沒有進來打擾。

她跟著林伊進屋，擔心地問：「這親事能退掉嗎？」她和小雲平時相處不錯，不願意小雲未來的生活和她一樣。

「事在人為，只要大姊下了決心，肯定能成。」林伊握緊了拳頭，給自己也給小雲打氣。

第二天早上，小雲仍然沒有出現在飯桌，楊氏一副很懂的樣子跟大家解釋。「不用管她，要出嫁了都這樣，小姑娘嘛，臉皮薄，得害羞好長一段時間呢。」

小琴掃了她一眼，眼神冰冷毫無感情，看來她對這個親娘也是死了心。

吃完飯，小琴幫著林氏和林伊收拾桌子，林氏怕小琴有話要和林伊說，忙趕她們走。「沒幾個碗，妳們快上山去吧，我一個人收拾得過來。」

林伊叮囑道：「洗完了就別管，讓大伯娘餵豬，要不然咱們白鬧那一場了。」

林氏看著院外有點頭疼。「碗一撂就跑了，也不曉得跑哪兒去了，等她回來豬都要餓死了。」

「那也不要管，讓奶奶收拾她，反正妳別做，洗完碗把衣服抱出去洗，做午飯的時候再回來。」

林伊猜測楊氏肯定跑到村裡大肆宣揚她的好姑爺去了，就她那性子，這會兒說不定在挨家挨戶地炫耀呢。

不過她以為結了門好親就可以不做事了嗎？門兒都沒有！

# 第十六章

林伊拿上背筐走出屋門，小琴一臉憂愁地站在門外，看她出來，立刻小跑過來。「二姊，我可以和妳一起上山嗎？」

小琴從小和小雲兩人形影不離，從來沒分開過，她非常依賴小雲，就像孩子依賴母親那樣。現在小雲有可能要出嫁離開她，她心裡非常惶恐不捨，很想跟林伊訴說一番。

林伊看著她期待的眼神，點點頭，正好問問她小雲想得怎麼樣了。

兩人結伴向山上走去，小琴邊走邊向林伊道謝。「二姊，謝謝妳，要不是妳昨天跟我姊說了那些話，我都不知道她會怎麼樣。」說著眼眶就紅了起來。「我真不想她嫁人，更不想她嫁給那個壞男人，一想到她可能會被打死，我就好害怕。」

從昨天小琴的表現來看，林伊覺得她雖然年紀小，但是腦袋很清楚，遇事也很冷靜，是個不錯的小姑娘，一想到以後她也有可能被楊氏禍害，頓時心裡不好受起來。

「二姊，妳不知道，從我娘說起這門親事開始，我姊就一直哭，飯也沒心思吃，覺也睡不著，好不容易睡著了還作惡夢，我好怕她會想不開。」小琴心有餘悸。

「她決定怎麼做了嗎？」林伊有點著急，想知道答案。

小琴搖頭。「昨天晚上回去她就睡了，說要把覺睡夠了，腦袋完全清醒了再想這件事，只要決定了她就會拚命去做。我早上起來時她還在睡。」

林伊放心了，看來小雲已經豁出去，不再是那個溫順軟弱不知道反抗的小包子了。

「換作是妳，妳會怎麼選？」林伊有點好奇。

「我也不曉得。」小琴坦白地說。「昨天晚上我就想過了，但是我真不曉得應該怎麼選。我不願意嫁那個男的，又不想繼續待在家裡，我爹娘根本不把我放在眼裡，我也沒指望過他們。其實我和姊姊都很羨慕妳，至少二嬸真的對妳好。」

小琴眼淚再也忍不住，順著臉頰流了下來。「這次姊姊已經被說給這種人了，下次輪到我還不知道是什麼樣的光景，說不定連邱老三都不如，只要給的錢夠多，我娘就會把我隨便賣掉。」

小琴的長相和俏麗明豔的小吳伊不同，雖然都有吳家家傳的白皙皮膚，但她的眼睛是細長上挑的單眼皮，鼻子挺秀、雙唇小巧，配上鵝蛋臉，看著眉清目秀，溫柔可親。這種長相在這個時代非常受歡迎，搞不好真會有人牙子見了願意高價買了她，再賣給大戶人家。

林伊沈默了，如果楊氏真的貪財把她帶出去賣了，過一段時間就算族人知道也晚了。

她只能安慰道：「妳娘可能沒那麼大的膽子，奶奶還要顧忌家裡的名聲，不會允許她這麼做。不過妳自己小心點，她要是單獨帶妳出門，妳就躲開。」

小琴抹去臉上的淚水，苦笑著點點頭，只能這樣了。

她滿腹疑問，為什麼她和姊姊的日子要過得這麼戰戰兢兢？為什麼爹娘都不把她們放在眼裡？難道真像奶奶說的，是上輩子沒有積福才託生成女人來受苦？這都是她們該受的？可是她很不甘心……

剛上山，就見梔子在路邊採草藥，她對小雲的事同情得很，見到小琴，對她也有了憐惜之心。

林伊和梔子決定先採草藥，小琴也很樂意。只是她不認識草藥，梔子便耐心地指給她看，順便說明這些草藥能醫治什麼病症。小琴沒想到，很多不起眼的尋常野草竟然就是草藥，可以用來治病，這讓她非常感興趣，學得很認真，三人邊聊天邊做事，相處得很融洽。小琴皺緊的眉頭很快就舒展開來，臉上有了笑模樣。

待背筐裝滿後，三人回了趟梔子家，把草藥放到她家。

因為梔子家沒有養豬，新採下來的草藥需要即時處理，梔子沒有再出門，姊妹倆和她告辭後，繼續上山打豬草。豬草遍山都是，很快就裝滿了背筐。

昨天晚上下了場夜雨，今天山上發出了很多野菇，村裡的孩子們散落在山上各處埋頭採摘，兩人也採摘了不少。

撫摸著那一朵朵褐色的野菇，林伊心裡暗想，要是能弄點五花肉切成丁，再切幾顆大蒜一起炒香了燒著吃，肯定鮮嫩無比，她彷彿已經聞到了那濃濃的香味，忍不住吞了吞口水。

不過也只能想想，就算真煮好了，自己在吳家也吃不了多少。她嘆口氣，把野菇放進背筐裡。這樣的鬼日子什麼時候能到頭啊，她簡直一天都不能忍了。

走在回家的山路上，迎面過來一個年輕小媳婦，手上挽了個籃子，一搖一擺地往山上走，見了她們主動打招呼。

她二十四、五歲的年紀，長得修眉鳳眼，一說話就抿嘴瞇眼衝人直笑，看著頗為溫柔俏麗。穿著雖素淨，卻把腰肢束得細細的，將豐滿苗條的身材勾勒得更加玲瓏有致，只是膚色較黑，正是羅氏家族的小寡婦劉素蘭，人送外號「黑裡俏」。

「小琴，恭喜妳姊姊啊，嫁到個好人家，我可聽說他們村裡一半的田地都是他家的，以後妳姊姊就只管等著享福了。」她滿臉帶笑地上前要拉小琴的手。

小琴本來還笑著和她招呼，聽她這麼說，立刻沈下臉，閃身躲過她的拉扯，低下頭就要走。

劉寡婦還不肯放過她。「小琴，妳姊姊嫁了人，妳也該做兩件新衣服了，瞧妳這傻模樣，不好好打扮太可惜了，打扮得漂漂亮亮的，以後也找個這樣的好女婿。」

她全程對著小琴溫柔甜笑，輕言細語，卻對旁邊的林伊不時甩個冷臉翻個白眼，嫌棄得不行，這讓林伊非常詫異。這個劉寡婦慣會做人，平時都笑咪咪的，待人很和氣，村裡對她評價也還行，怎麼對自己這麼不友善？

不過她也就略略想了想，這種不重要的路人甲對生活沒什麼影響，劉寡婦的態度根本不重要。

她快步追上匆匆前行的小琴，用小聲卻足以讓劉寡婦聽到的聲音勸她。「別理她，有的人就是不會看人臉色，為她們難受不值得。」

劉寡婦聽了氣得直冒煙，以前這死丫頭不是個悶葫蘆嗎？怎麼現在說話這麼討人厭！

午飯時間小琴仍是挾了菜躲到房裡和小雲吃，飯桌上只有田氏、楊氏和林伊母女。

今天林氏把碗洗好後，就躲了出去，沒有幫楊氏做事，這讓楊氏非常生氣，嘴裡小聲嘀嘀咕咕，但不敢放出聲音來。

林伊和林氏自是默不作聲專心吃飯，根本不理會她。

田氏卻心神恍惚，端著碗數碗裡的米粒，連饃饃都沒心思吃，楊氏見她這樣，悄悄把她的饃饃掰了一半，她都沒有發現。

前兩天小伊受傷的事還是傳了出去，今天媒婆上門告訴田氏，那戶她最看好的人家婚事告吹了。儘管她百般辯解發誓，媒婆卻不肯鬆口，說那戶人家表示不能保證自己的女兒只生兒子，萬一生個女兒被她嫌棄，他們可不忍心，在他們眼裡，女兒更是寶貝。

田氏現在後悔不已，早知道那天就不該讓楊氏出來鬧，壞了自家名聲，毀了小兒子的好姻緣。幸好還有一戶人家沒有說話，千萬不能再黃了。

思及此，她又擔心起小雲和邱老三的親事，想要楊氏讓親事作罷，可又捨不得邱老三許下的禮金，心裡煩躁得很。一會兒恨楊氏搞出這樁事，一會兒又恨林伊在族人面前告她黑狀，以至於看誰都不順眼，又沒精神多說，只時不時瞪眾人一眼，弄得林伊母女莫名其妙，楊氏膽戰心驚，以為自己偷吃她的饃饃被發現了。

唯一沒有變化的只有吳家男人，吃完飯一個溜得比一個快，完全不受影響。

飯後，林伊拿著背筐準備上山打柴，楊氏在院子裡追上她，昂著頭斜著眼吩咐道：「妳姊姊現在每天晚上都要泡澡，妳多砍點柴回來。」

林伊並不答話，冷面以對，楊氏也不在意，繼續朝林伊嚷道：「瞪我幹麼，妳那麼大力氣別浪費了，多幫家裡做點事，又累不死妳。」

林伊在心裡翻了白眼。這楊氏有了好姑爺的加持越來越囂張，不僅敢偷田氏的饃饃，還敢對著自己大呼小叫。那天給她露了一手，她可是走路都躲著自己，現在居然不怕了，這會兒還安排她做事，是想找回場子嗎？休想！

「叫小寶去，我只能打這麼多。」林伊不肯多說，轉身要走。

楊氏急了，一把抓住林伊的背筐，噼哩啪啦指責道：「小寶才多大，妳這個當姊姊的怎麼這麼心狠，竟然指使妳弟弟，還有沒有當姊姊的樣子！」

林伊拍開她的手，冷冰冰地看著她。「他個子比我還高呢，怎麼就不能做事，整天到處玩，到處欺負人，妳自己上山看看，比小寶年紀小的多了。」

楊氏得意地一揚頭。「他們怎能和小寶比，小寶可是要進學堂，以後當大官的。」

林伊氣笑了，她甩開楊氏，不客氣地嘲笑。「天還沒黑呢，妳怎麼站著就在說夢話了。想多要柴火自己去打，少指派我，我愛打多少打多少。」

說完不理她轉身走了，氣得楊氏直跳腳，死丫頭賤骨頭地罵個不停。

林伊一出門，見小琴在院牆外等著，看她出來，一臉羞愧地道歉。「二姊，對不起，我娘就那樣，妳不要生氣啊。」

林伊無所謂地笑了笑。「沒事，她是什麼人我不知道嗎？和她生氣就是和自己過不去。」又心癢難耐地問她。「妳姊姊還沒有想好？」

小琴不好意思地說：「她還在想呢，不過我看她精神好多了，可能快想好了吧。」小琴也很好奇，可是小雲不說，她也沒辦法。

「這是終身大事，是得好好想。」林伊雖然著急，但還是很支持小雲深思熟慮多想想。

得利於楊氏的大肆傳播，村裡人都知道吳家應下了邱老三的婚事。一路上遇到的吳家小媳婦大娘們都叫住小琴想問個清楚，因為楊氏只顧著吹噓邱老三有多麼多麼好，大家還沒有弄明白是怎麼回事，她又忙忙地跑到下一個地方炫耀了，弄得大家有點茫然不敢相信。

對於她們的問題，林伊和小琴的態度就是一臉難受，沈默無語，大家也知道這兩個是不愛說話的，根本問不出任何事，便放過她們，聚在一起議論紛紛，都覺得臉上無光。

有個大娘看著姊妹倆的背影感嘆道：「真沒想到竟然是我們族裡的人家應了這門親事……唉，外面的人問起來，我都不好意思說。」

另一個大娘倒是覺得正常，她分析給大家聽。「還真是他們家才最可能。咱們村就那幾家窮，別的人家窮，不是家裡有病人，就是孩子多負擔重，沒有壯丁。只有他們家，除了幾個女的做點事，男的是一窩懶人，又想有錢用，又不願幹活，那可不是得搞點旁門左道。」

一個媳婦擔心地說：「下面還有兩個小姑娘呢，這次是小雲，下次說不定就輪到她們了，咱們得跟族長說說，讓他管管，可不能隨便就把我們吳家的姑娘給禍害了。」

大家都覺得她說得有道理，幾人商量著朝族長家走去，想讓族長出來主持正義。

林伊和小琴不知道族人已經去幫助她們尋求支持了，兩人繼續往山上走，路上的旁姓人都用同情探究的眼神看著她倆。對於這樣的目光，小琴很不自在，林伊倒無所謂，自家做出這種事，就要承受異樣的眼光。

今天山上人不多，林伊和小琴邊砍著枯枝，邊走到小地盤，等了半天，梔子也沒有出現，林伊猜測她今天不會出來了。於是兩人把背筐裝滿後，林伊使出一招飛身上高樹，把小琴看得驚呼不斷。「二姊，妳太厲害了，爬樹爬得這麼快，比那些小子強多了！」

林伊忍住得意的笑，把手上兩顆鳥蛋交給小琴，故作謙虛地說：「這不算什麼，妳先拿著，我再掏兩顆。」

說完又爬上了另一棵高樹，掏了兩顆鳥蛋下來。「拿回去煮了跟妳姊我娘分著吃。」

小琴仰頭看看那兩棵高樹，一臉羨慕地說：「要是我也有這本事就好了，妳是怎麼練成的啊？」

「我沒有練啊，天生的！」林伊毫無負擔地吹牛，又叮囑小琴。「保密啊，可不能說出去，以後我們每天都來掏。」

小琴吸口口水，重重點頭。「好，我絕不會說。」

有了鳥蛋墊底，再加上林氏用林伊姊妹採的野菇加上豬油燒了道湯做晚飯，雖然沒有肉，卻也鮮香無比，讓林伊非常滿意。

楊氏也很滿意，她在飯桌上向大家高聲宣佈，下午媒婆到家裡說好了三天後要送聘禮來，婚期也定在十二天後。「那可是好得不能再好的黃道吉日，諸事皆宜，最宜嫁娶，那天成親的新人會一輩子和和美美，還會發財富貴。錯過了這個日子，得等好幾年才能遇上！」

楊氏雖然情緒高漲，可惜眾人都不太捧場，各自想著心事，只有大小寶大聲歡呼。「太好了，有好吃的了！」

吃完飯林伊還沒從飯桌下來，小琴就不住朝她使眼色，林氏悄悄推林伊。「快去吧，小琴找妳有事呢。」

林伊猜想是小雲下好決定了，她立刻沈不住氣，朝林氏微微點頭，跟在小琴後面，匆匆跑到東廂姊妹倆的房間。

# 第十七章

姊妹倆的房間不大，東西也不多，收拾得很乾淨，看著清清爽爽。

小雲坐在靠牆的床上，正舉著一塊紅布仔細查看。見林伊來了，連忙放下紅布起身，把她讓到床上坐，於是三姊妹又排排坐在一起。

林伊看著她欲言又止，想問又有點不好意思開口。

小雲倒是一點也不含糊，直截了當地告訴林伊。「我想好了，應了這門親，嫁給邱老三。」

林伊大吃一驚，不敢置信地瞪著小雲。

這完全出乎意料，她滿以為小雲會拒絕這門親事，為此她還想好了要怎麼幫她謀劃，拚盡全力攪黃，沒想到竟會是這個結果。

小琴顯然已經知道了，她低著頭，一點也不意外。

「妳想好了？這可是妳的終身大事，妳願意嫁給這個男人？」林伊再次確認。

小雲態度很堅決。「是！」

「妳完全可以找族長幫忙拒了這門親，再慢慢尋個厚道勤快人品好的後生，肯定比嫁給這個人強。」林伊還想勸。

「呵呵……」小雲苦笑，眼淚無聲無息地滴落下來。「在我娘這裡，能讓她滿意肯點頭的只有一個條件，那就是有錢，有錢人品又好，妳覺得這樣的人輪得到我嗎？這次如果鬧黃了，我娘只會不甘心，下次更會比著這次的條件來。在我們這裡，能給出這麼多銀錢的會是啥好人家，肯定有問題，既然這樣，我還不如嫁給邱老三。」

她抹了把臉上的淚接著說：「我想得很清楚，邱老三不就是愛打人嗎？他那麼點雞仔身材，我真和他對打，誰輸誰贏還不一定呢。而且他家裡人丁單薄，就他和他老娘，要是遇上那種家裡一堆人，名聲還不錯，卻關著門壞的才更可怕。」她定定看著林伊，眼神決絕。「我對我爹娘已經死了心，一刻都不想待在這個家裡，我巴不得趕快成親，離開這個家，就是真死在外面也願意。」

最後，她泣不成聲地捂住臉。「小伊，就算再壞，能壞過我們現在的光景嗎？永遠有做不完的事，永遠有挨不完的罵，吃得比豬食好不到哪裡去，還要擔驚受怕被我娘賣掉，我嫁出去拚命搏一搏或許還能有出路，可是在家裡，一點盼頭也沒有。我再也不想忍下去了！」

林伊心裡酸澀難當，眼裡的淚也止不住流了出來，她環住小雲安慰道：「行，只要妳想清楚就行，我們好好打算打算，一定不能讓妳受苦。」

待小雲痛哭一場平靜下來，三人圍在一起討論。

林伊先向兩人分析這樁親事的優劣。「我們先說說優勢，邱家有錢，人少，名聲很壞，邱老三個子不高身材很瘦，戰鬥力不強，他娘雖然惡毒，可是年紀大身體不好。劣勢麼，我覺得很重要的一點是，就算妳把他降服了，以後都有可能在算計和爭鬥中生活，這樣的日子妳能過下去嗎？不是一天兩天，很有可能是一輩子，還很有可能反被他們算計了，屆時妳會死得很慘。」林伊認真地看著小雲，她還想爭取一下，希望小雲再考慮。

小雲點點頭，眼裡閃著光芒。「我明白，世上就沒有十全十美的事情，這是我選的路，不管怎麼著我都會走下去，如果鬥輸了，我認！」

「行吧，那我們現在想想看，邱老三要是動手，妳肯定得和他對打，但是怎麼個打法呢？」林伊問小雲。

「就對打唄，還能怎麼打？」小雲有點迷糊。

「首先，妳得保證自己的安全，做好這一點才能做其他的。畢竟邱老三是男人，天生力氣就比女人大，而且我們只看到他瘦，萬一他那是結實有肉呢？說不定妳和他打，他一巴掌就能把妳甩一邊去。」

「那怎麼辦？」小琴聽得直哆嗦，不知不覺抓緊了小雲的衣袖，她已經在替姊姊擔心了。

「實在打不過就跑唄，不管怎麼樣，安全最重要。如果妳覺得可以和他一戰，就先得在氣勢上壓住他，光腳的不怕穿鞋的，只要妳拿橫拚命，他說不定反而縮了，就跟我爹一樣。對付這種人，必須豁得出去！」林伊雖然在給小雲出主意，心裡卻不住問自己，這真的是要成親嗎？真的是要成為一家人過一輩子嗎？真的必須這樣嗎？

在現代社會，她是個對感情要求很高的人，想要尋找的是志同道合、心靈契合的伴侶，秉持著寧缺勿濫的原則。可是在這裡，卻只能選擇對自己傷害最小的對象，還要費盡心機保護自己，實在是太可悲了。

小雲卻覺得林伊說得很有道理，連連點頭，林伊整理了思緒繼續說：「最好能找個稱手的兵器，可以隨身攜帶又不被他發現，他敢動手妳就直接來一下，第一時間把他打矇，接下來就好辦了。要是能在這段時間學點近身搏鬥之類的更好，可惜我不會拳腳，要不然還能教教妳。」

小琴眼睛一亮，輕聲嚷道：「族長的大孫子小海哥會啊，他不是在縣上的武館學藝，打架很厲害的，我們可不可以找他教？」

「應該可以吧，翠孏子不是針線好嗎？妳跟妳娘說找她學針線，再求她幫忙讓小海哥教妳，翠孏子人很好，一定願意幫忙！」

小雲也覺得可行，怎麼收拾邱老三有了計劃，現在就得想好怎麼收拾了他而不被外面的人發現。

「這就得妳自己想了，畢竟妳要和他一起生活，不能全都讓人替妳謀劃，接下來的路得妳自己走，事情是會變化的，妳需要根據現況來做出對策。」

「我知道，反正不管關上門在家裡怎麼打，出來我就裝可憐，邱老三惡名在外，他說啥人家都不會信，只會同情我。」

「對，在外人面前要給足他面子，做出什麼都聽他的受氣小媳婦樣子。」林伊補充道。

林伊又想到一件很重要的事，那就是，得讓楊氏把禮錢吐出來！

楊氏把小雲嫁到那樣的人家受苦，自己卻在家裡笑著數錢，哪有那麼好的事？

「還有妳的嫁妝！讓妳娘把禮錢拿出來給妳置辦嫁妝。」

「這怕是難了，想從我娘手裡要出錢來，比要她命都難。」小雲搖搖頭。

「不試試怎麼知道不行，咱們好好謀劃。」林伊鼓勵道，要是讓楊氏嘗到了甜頭，賣女兒賣順手了那可不得了。

「要怎麼做？」小雲完全不知道該怎麼辦。

「她還說這筆錢要給小寶大寶讀書，等他們出息了做大官，我就是大官的姊妹，就沒人敢欺負我了。」

「她在說啥夢話呢！」林伊輕蔑地冷哼一聲，這女的才是癩蝦蟆打呵欠，好大的口氣。

林伊突然想到自己正在謀劃的事情，小雲說不定能用上。「對了，還有一條路。我打聽過，只要男方犯錯，女方就可以申請和離，和離後能自立女戶，村裡會劃宅基地給妳，以後婚嫁都憑自己意願，不用再聽妳爹娘的。如果實在搞不定邱老三，妳就要求和離，他的名聲那麼差，大家肯定偏向妳，和離絕對沒問題。只要把嫁妝拿到手，不管在邱家還是自己過日子就要容易很多。」

小雲拿到錢日子會過得好點，是她的保障，給這兩個寶，連扔進水裡都不如，扔水裡還能聽個響聲呢。先不說他們能不能當上大官，就算當上了，他們會關照小雲嗎？

看看兩人搶雞蛋搶肉吃的蠻橫樣，沒有一點關愛禮讓之心，對常玩在一起的自家兄弟和家中父老尚且如此，還能指望其他？

林伊問小雲。「妳相信妳這兩個兄弟能當上大官？就算當上了會對妳好為妳出頭嗎？」

小雲堅決搖頭。「不信！大寶讀了這麼久的書，就沒背出段完整的句子，他天天唸叨的那幾句，我在旁邊聽都聽會了，他還不會背。就只知道吃和睡，動不動用鼻孔看人，他要能當上官，只要上了學堂的都能當。至於小寶，對著我們就會賤丫頭懶骨頭的罵，急了還用腳踹我，就算他當上了，我也不指望他對我好。」

「妳看得明白就好，咱們得想個法子，非得把銀子從妳娘手裡摳出來。妳最瞭解她，想想看她最怕什麼，咱們就從這方面入手。」

「我娘怕我爹和爺爺奶奶，還怕我不肯答應婚事，讓她錢財落空。」小雲下意識地絞著手指，沈思著說。「那就要從爺爺、奶奶這裡想辦法。」

她猛地抬頭，兩眼亮晶晶地看著林伊。「我知道該怎麼辦了。小伊，妳放心，我這次絕對不會軟弱，一定把我該得的都爭過來。」

林伊正想問她想到了什麼辦法，卻聽到有紛亂的腳步聲和嘰嘰喳喳的說話聲從吳家院外傳來，聲音越來越近，似乎是一群婦人走進前院。

林伊忙向小雲做了個噓聲的手勢，凝神細聽。

她認真分辨了半晌，在雜亂的人聲中聽出了翠嬸子和韓氏的聲音，她高興地對小雲說：「韓奶奶來了，肯定是來替妳作主的。妳要不再想想，現在反悔還來得及。」

小雲搖搖頭。「不用了，我已經想清楚，不想改變主意。」

既然這樣，林伊不再多說，今天就借韓奶奶的勢為小雲多爭取點利益吧。

「一會兒肯定要叫妳過去，到時候妳當著妳娘的面，說要跟翠嬸子學針線，把事情定下來。」

小雲覺得可行，只是嫁妝的事不方便說，畢竟就算是族長也不能干涉人家嫁女兒陪多少嫁妝，只能靠自己爭取。

林伊聽到那群人走到院中停下來，似乎在商量什麼。接著就分成兩撥，一撥只有兩個人，朝小雲的房間走來，餘下的人朝堂屋走去，林伊還聽到楊氏、田氏急急忙忙出來迎接的聲音。

很快，小雲的房門就被敲響，一個溫柔的女聲輕輕喚道：「小雲，我是翠嬸子，開開門！」

小琴跑去把門打開，翠嬸子和那天在水邊的圓臉大眼小媳婦站在門外。

林伊和小雲忙起身，把她們迎了進來。

翠嬸子還沒有說話，那個小媳婦就對著小雲大聲嚷嚷開了。「呀，小雲，妳怎麼眼睛都哭腫了？我知道，妳肯定不樂意這事，放心，我們就是來替妳出頭的，只要妳不願意，鬧翻了天也要把這事扯黃了，絕不能讓妳娘就把妳賣掉。」

翠嬸子扯扯她。「小聲點，妳想全村人都聽到嗎？」扭頭拉著小雲的手，溫聲說：「小雲，我娘今天過來就是來處理這樁事的，我們族裡都商量了，這事必須是妳自己願意，誰都不能勉強。我娘擔心一會兒叫妳過去，妳會害怕妳娘，不敢說實話，所以讓我先過來問問。妳別怕，怎麼想的就怎麼對我說，我娘替妳作主。」

小雲剛擦乾淨的眼淚又流了下來，她嗚咽著對翠嬸子說：「謝謝韓奶奶，謝謝兩位嬸子，妳們的好意我心領了，不過我自己願意嫁過去。」

翠嬸子和那個小媳婦大吃一驚，兩人疑惑地對望一眼，顯然沒有想到是這個結果。

小媳婦著急地勸小雲。「妳這丫頭糊塗啊，怎麼會願意這門婚事，妳不知道邱老三不是個好東西嗎？妳可不能犯傻啊，是不是妳娘逼妳了？」

小雲搖搖頭，把自己的想法告訴了她們，兩人頓時沈默了，以楊氏為人，要是小雲拒絕了這門婚事，下次還是有可能為了錢財把女兒嫁給更惡毒的人家。族裡不可能每樁婚事都來指手畫腳，到時候小雲嫁過去了，才是哭都哭不出來。

小媳婦咬牙切齒地咒罵。「妳娘這樣也配當人母，當初怎麼沒讓她嫁到這種人家，讓她也受受這種罪。」

林伊暗暗撇嘴，吳家也好不到哪裡去，不就屬於關上門惡的那種嗎？林氏在這家裡受盡了折磨屈辱，楊氏也吃了不少苦，在吳家毫無尊嚴地位可言，她自己就是受害者，卻自輕自賤，現在還要把這種傷害延續到女兒身上，讓女兒陷入痛苦的生活中。後面還有個小琴，到時候不知道又會是什麼樣的局面。

林伊把三人的打算跟翠嬸子說了，翠嬸子聽得很認真，眼裡滿是讚賞。「這個法子不錯。沒問題，包在我身上，我去跟小海說，讓他幫著想點最實用最好學的拳腳，那個男的只要敢動手就把他打成豬頭。」

她看向小雲，給她出主意。「實在不行就和離歸家，族裡肯定接納妳。妳放心，我娘說了，我們吳氏家族不是那等無情無義的人家。」

幾人妳一言我一語，商量起小雲以後面對邱家要怎麼做。

圓臉小媳婦性格潑辣敢想敢說，很有點天不怕地不怕的味道，眼珠一轉就是一個主意，翠嬸子在旁邊補充細節，兩人噼哩啪啦提出一堆辦法。雖然有些法子太過異想天開，可有的卻很有用，是林伊和小雲從來沒有考慮到的，讓姊妹三人佩服不已。

正討論得熱烈，一個小媳婦來請她們過去說話。眾人簇擁著小雲朝堂屋走去。

# 第十八章

堂屋裡，韓氏一臉肅穆地坐在主位上，嚴厲地訓斥楊氏，看著很是威嚴。田氏和幾個大娘坐在她旁邊，身邊圍著幾個小媳婦，楊氏呆立在幾人面前，一臉惴惴地看著韓氏，不住地點頭應是。

原來韓氏正在警告楊氏，不能為了錢財賣女兒，壞了家族的名聲。

見到小雲進來，楊氏像是回了神，兩眼死死瞪著她，拚命暗示小雲不要瞎說。

小雲眼角都不瞄她一眼，朝著韓氏盈盈下拜，感謝族裡為她出頭。「謝謝族裡各位大娘嬸子，我已經想好了，應下這門親事，嫁到邱家。」

此話一出，眾人皆滿臉驚詫。

韓氏倒不是特別意外，她掃了眼楊氏，轉頭對小雲說：「不用管妳娘怎麼想，妳只管說出自己的想法，只要妳不願意，誰都不能勉強妳。」

小雲雖眼中含淚，態度卻很堅決。「是我自己願意，沒人勉強我。」

眾人立刻譁然，聚在一起小聲議論，楊氏明顯鬆了口氣，臉上露出得意的笑容。

韓氏沈思著打量了小雲幾眼，又把目光投向翠嬸子，翠嬸子輕輕點了頭。

韓氏嘆口氣。「好孩子，妳自己想清楚就好，只是妳要記得，就算妳嫁出去了，也是我們吳家的女兒，如果在外面受了委屈被苛待了，儘量回來說，族裡一定替妳出頭。妳現在還需要族裡的大娘嬸子幫什麼忙，也儘管說。」

小雲望著韓奶奶不住點頭，嘴裡喃喃地說著感激的話，有了家族做後盾，還給她留了退路，她的心裡安穩下來，對未來的日子也更有了信心。

還不等她開口，翠嬸子搶先提議讓小雲跟著她學做針線，韓氏滿口答應，又看向一旁的田氏。「讓小雲每天早上過來學針線，妳們沒意見吧？」

田氏怎麼敢有意見，而且婚期太緊，小雲確實又不擅女紅，有了翠嬸子幫助，嫁衣也不至於太難看。

她滿臉堆笑。「沒意見，就是太麻煩妳們了。」

韓氏不和她客氣，板著臉道：「小雲是妳們的親骨肉，從小養到大這麼多年，現在要嫁出去，行事不要太刻薄。嫁妝儘量多準備點，讓她在夫家能抬得起頭，妳們也是女人，多體諒她的難處。」

田氏兩人點頭哈腰，連聲稱是。

話已說完，韓氏不想久留，帶著一眾媳婦大娘浩浩蕩蕩地離開了。

人一走，楊氏便跌坐在凳子上，撫著胸口喘大氣。「我的娘！嚇死我了，韓嬸子把臉板起來太嚇人了！」

田氏白她一眼。「就那點出息，妳沒有做虧心事怕她板臉？」想到今天的陣仗，也是一陣後怕，她擔心地自言自語。「希望不要影響到老三的婚事。」

有時候真的是好的不靈壞的靈，田氏的擔心很快變成了現實。

第二天吃完午飯不久，楊氏端著飼料餵雞。

昨天晚上那一齣嚇到她了，今天沒敢往外跑，老老實實地待在家裡認真做事，看得田氏不住納悶。「今天日頭從西邊出來了，怎麼像變了個人，這是平時嚇少了？」

正嘀咕著，就聽到一陣急促的腳步聲由遠而近，很快一個打扮得光鮮亮麗、臉上搽得紅紅白白的大娘撐著小花傘，邁著碎步走了進來，看到田氏，親熱地招呼。「田嫂子，吃飽沒？」

她雖然春風滿面笑容可親，田氏心裡還是一驚，原來此人正是十里八鄉名聲最好的方媒婆，手裡撮合成功過無數對新人，日子都過得美美滿滿，吳老三的親事就是託她張羅。

田氏強自鎮定，忍不住對自己信心喊話。「沒事，肯定是那家姑娘回話了，這是要約定相看的時間。」

雖然心裡慌張，她卻面上不顯，挽住方媒婆往屋裡走，又叫楊氏洗了手趕快給媒婆泡一杯糖水。「方嫂子，快坐快坐，這麼大的日頭難為妳專門跑一趟。」

媒婆笑咪咪地止住她。「田嫂子，妳別忙了，我就兩句話，說完就走。」

「那怎麼行，老遠來一趟怎麼也得多坐會兒。」田氏態度非常誠懇，又對停住腳的楊氏呵斥。「站著幹麼，快去泡糖水！」

方媒婆把手搭在田氏手上，語氣很堅決。「真不用了，田嫂子，妳知道我的，事情多得很，真沒功夫多坐，我就是來傳個話。」

田氏小心翼翼地看著她，緊張地問：「那邊是要約相看時間？」

方媒婆見她這副神情，心裡一哂，面上卻笑意不減。

這麼緊張，何必應下那樁婚事壞自家名聲？可惜老三這麼好的人才！

「田嫂，妳不知道啊，人家姑娘找個大師算了算，說是不宜和姓吳的人家結親，若硬要結親，對自家和婆家都很不利。這個大師準得很，從來就沒有算錯過，人家聽了深怕連累你們，馬上讓我過來說一聲，這門婚事作罷！」

方媒婆的話如一記悶雷打得田氏呆立當場，半天反應不過來。這是什麼意思？不只自己家，連吳姓人都怪上了？一時間她乾張著嘴，連辯解的話都說不出來。

話已帶到，方媒婆不肯耽擱，起身要走，田氏緊緊拽著她的衣袖不放，她哆哆嗦嗦，眼淚都要掉下來了。

「方嫂，我家老三是個好孩子啊，這妳可是知道的。」

方媒婆嘆口氣，瞅了瞅在旁邊聽傻了的楊氏，輕輕拍拍田氏。「我知道我知道，這次真不行了，下次吧，我再給妳多尋尋。」又推心置腹地對田氏道：「嫂子，不是我多嘴，有些事你們還是得有點顧忌，不能做得太過。只要待人處事心腸仁厚，以你們家老三的人才，自然有好姑娘願意嫁過來。」說完不顧田氏的再三挽留，飛快地跑走了。

田氏看著方媒婆的背影，兩行老淚終於落了下來，她揪著發疼的胸口不斷問自己，這才幾天，怎麼兩門親事都黃了？她家老三這麼好的孩子啊，怎麼還會有人看不上，這些人眼瞎了嗎？

楊氏見她面色難看，深恐會遷怒自己，躡手躡腳地躲出門去。

田氏在堂屋裡呆立半晌，長嘆一聲，頹然地回到屋裡，望著窗外燦爛的陽光，身上一陣陣發冷。她有種不好的預感，不僅是自己好不容易維護的名聲被破壞，小兒子的婚事變得艱難，而且很可能還連累了族裡。

想到族人的冷眼和韓氏的責怪，田氏心裡惶恐，嘴裡卻發狠。「楊氏妳個死婆娘，給我搞出這麼大一攤事來，看我怎麼收拾妳！」

她這時候早已忘記，如果沒有她的同意，楊氏怎麼可能會答應這門親事。

第二天，田氏就病了，連床都起不來，吳老三特意請了徐郎中來給她看病，幾個和她要好的大娘聽說了也相約來看她。很快外面就傳出話來，說田氏不同意小雲的婚事，是楊氏一意孤行，瞞著她應下的，於是她就被氣病了。

林伊聽了心下暗想，田氏這是發現情況不對想撇清關係，把責任都推到楊氏身上？

不過她認為這法子不大有效，畢竟吳家沒有分家，外面的人才不管你是大房還是三房，出點事都得算在吳家身上。

林伊猜測田氏肯定心裡後悔到不行，在痛罵楊氏吧，也難怪楊氏一改前幾日的得意猖狂，低眉垂眼地走進走出侍候婆婆。

是的，自從田氏躺下後，楊氏就被叫到她床前侍疾。

於是屋裡經常傳出田氏的罵聲，抑揚頓挫，中氣十足，一點也不像起不了床的病人。責罵的內容更是花樣百出，從走路的姿勢到說話語氣，再到一杯水的溫度，沒有一樣不能被她拿來罵。那惡毒刻薄的語言，就連楊氏那般皮厚的人也招架不住，林伊有次竟看到她抹著眼淚出來了。

不過就算如此，楊氏也不敢出門找要好的媳婦訴苦，因為這樁婚事影響到吳家村的聲譽，她怕出去會被族人指責。

這兩天，很多外村人都來打聽是怎麼回事，不明白最注重名聲的吳氏家族，怎麼會允許名聲那麼壞的人做自家女婿？好在大家都只是探聽消息，還沒有出現族人婚事被拒、生意破裂的嚴重後果。

有幾戶族人特地請韓氏出面說明，這讓她頗為費神，只得跟人家解釋，是這兩個年輕人自己看對了眼，非要在一起，族裡也不能拆散人家有情人啊！

說這些話時，韓氏又心虛又惱怒。

「一顆老鼠屎壞了一鍋粥！」她恨恨地想。

經此一事，在吳家村，除了對小雲姊妹的處境深為同情憐惜外，對吳家人的印象也變得更加惡劣。

小雲卻沒有受這些影響，她一點也不想浪費時間，第二天一大早就到村長家找小海學拳腳。

昨天晚上韓氏和翠嬸子回到家，跟家人說了這件事，翠嬸子還把小雲的苦衷解釋給大家聽，大家都願意幫她。小海當天晚上就為小雲想了一套適合她學習的近身搏鬥拳法。

雖然小雲平時一直在做體力活，但是跟著小海練習半天下來，全身每塊肌肉還是痠疼無比，連走路都歪歪斜斜的。

這倒在林伊的意料之中，初次鍛鍊難免如此，明天痠痛的情況還會更嚴重，只要多休息按摩，多練幾次就會緩解。

不過小雲沒有歇著，晚飯後就和小琴一起來到後院，把今天學到的拳腳演示給林伊看。

林伊發現這套拳腳和現代的女子防身術很相似。她回憶了一下，又補充了幾個招數，仔細講解給小雲聽。

由此她想到了防狼噴霧，雖然現在還沒有這種好東西，但是有辣椒粉啊。她建議小雲準備一包，如果邱老三敢動手，先摸出來撒在他臉上，再迎頭給他一棍，敲得他暈頭轉向，然後就是拳打腳踢，把他打得毫無還手之力，整套下來，搞定邱老三絕對萬無一失。

小雲興奮得連連點頭。「這法子好！小伊，我就照妳說的做。」她按著胸口，不好意思地笑道：「怎麼辦，我都有點期待了呢。」

林伊和小琴想像著邱老三被小雲暴打的畫面，笑成一團，這幾日籠罩在她們頭上的愁雲慘霧終於消散。

小雲比劃了下林伊說的招數流程，拉著兩人一起練習，學會這些招數，若以後遇到歹人也能與之一搏，就算不能打敗對方，也能爭取到呼救的機會，總比坐以待斃好。

林伊馬上跳起來跟著比劃，她現在有了大力氣，如果再會點拳腳豈不是如虎添翼？

接下來的日子過得很快，親事也如火如荼進行中。

讓楊氏很不滿意的是，邱老三送來的聘禮雖然品種齊全，禮餅、三牲、米茶、布疋等等在聘禮單子上長長的列了一串，實物卻非常敷衍，和村子裡一般人家沒什麼區別，完全不符合楊氏的期盼，好在禮金倒是實打實的十兩銀子，一文沒有少給。

她把銀子捧在手裡，用貪婪的目光一遍遍仔細打量，只恨不能看一眼長一堆出來。

要知道，活了幾十年，她是第一次見到這麼多銀子，現在居然還捧在手裡，心裡得意驕傲得不行，恨不能讓所有人來看看，這些銀子都是她的！

只是她沒高興多久，小雲就來找她討要嫁妝了。

按照林伊的想法，小雲討要嫁妝時，自己和小琴要在旁邊陪著，以便在必要的時候幫她說話。

小雲卻拒絕了，這是她自己的事，得靠自己解決。

如果面對熟悉的親人都不能成功，以後對上陌生的邱家人又怎麼鬥得贏？她現在就用這件事練練手，增強信心。

# 第十九章

第二天早上吃完飯，小雲對家裡長輩說有要事相商，林伊忙和小琴拿著背筐避了開去。兩人沒有心思做事，隨便砍了點枯枝，便漫無目的地滿山亂晃，好不容易熬到午飯時間，就急匆匆地奔回吳家。

吳家靜悄悄地，廚房裡只有林氏在忙碌，其餘諸人皆不見蹤影，彷彿沒有事情發生。

林伊按捺不住，幾步來到廚房裡，著急地問林氏。「戰況如何？」

「贏了！」林氏滿臉是笑，兩個字先寬了林伊的心。

「怎麼贏的？小雲能得到多少嫁妝？」林伊鬆口氣，好奇地追問。小琴也眉眼帶笑地等著林氏答話。

林氏抿嘴一笑，也不賣關子，立刻轉播。

林伊和小琴離開後，小雲委屈地看著吳家長輩，一開口就哭訴邱老三惡名在外——

「村裡人都在傳，他媳婦被打得身上沒有一塊好肉，實在受不了才上吊。娘妳明明知道，卻騙我說人家小媳婦氣性大想不開，硬逼我答應。大夥兒還說了，若真要嫁過去，只有我的嫁妝豐厚，邱家才會高看我一眼，日子才會好過，要不然下場和那小媳婦一樣，真要那樣，我還不如此刻就吊死在祠堂門口，還能少受點罪，保個清白之身！」

小雲一把鼻涕一把眼淚哭得傷心。

吳老頭、田氏嚇壞了，連忙制止，這麼多年還沒有哪家敢鬧到祠堂，小雲真要這麼做了，一家人的脊梁骨都要被戳穿，也沒法在吳家村待下去。

只有楊氏不吃小雲這套，凶巴巴地吼道：「妳個死丫頭嚇唬誰呢，有本事就去，妳知道祠堂在哪裡？要不要我帶妳去？」衝上去要擰小雲。

小雲轉身就跑，嘴裡還發狠。「去就去，不就是死嘛！」說著又捂臉痛哭。「我不怕死，就怕死了會連累三叔，連累爺爺、爹爹出去不能見人。也怕大哥、小寶以後有出息了，擔了姊姊被逼死的名聲不能做官！」她越說越傷心，哭得話都說不出來。

林伊聽了暗暗點頭。「這是在威脅他們！」

「妳爺爺氣得臉都紫了，指著妳大伯娘話都說不出來，又要踹妳奶奶，說她們幹的好事，讓他在外面抬不起頭。」林氏接著轉播。

從吳老頭的怒罵聲中，大家才知道他這幾天的日子不好過。

村裡的牌友雖然和他們一樣熱愛紙牌，但也會關心村裡的大情小事，吳家連著爆出刻薄吳伊和小雲嫁人的事，讓他們很不以為然。

而且吳老頭愛計較，在牌桌上一釐一毫算得清清楚楚，不吃一點虧，難免和人起爭執，有人就借著這個機會惡言相對。

有個老頭就一直癟著嘴嘮叨。「我是做不出來這種事，把自家孫女當牛使，養大了就提去賣，還好意思拿著賣孫女的錢來打牌。」

還有人附和。「那是，有錢就打，沒錢就在家裡待著，賣孫女打牌還心安理得。」

老頭嘴碎起來一點也不比老太婆差，一上桌就嘰嘰咕咕，又不指名點姓。吳老頭只是摸張牌他要唸，胡了牌也要唸，偏偏詞彙又貧乏，翻來覆去就那幾句，搞得吳老頭都會背了，他說上句吳老頭能接下句。

吳老頭實在氣不過，辯解說他不知情，都是家裡女人搞出來的事，結果人家翻個白眼。「又不是說你，心虛什麼？」旁邊的人也幫他說話，弄得吳老頭煩悶不已。

如果是吳老大倒無所謂，他坐在牌桌上只看得到手裡的紙牌，別人說什麼他完全不進耳，眼裡就沒有妻子兒女。

可吳老頭一把年紀的人了，他要臉啊，老頭唸叨的那些話讓他無比難堪，連著幾次，他就不好意思再去打牌，但一天玩不到又心裡難受，只得每天到了玩牌的時間，遠遠找個能看到牌局的地方，一個人坐著生悶氣。

偏昨天晚上族長還特意讓人帶話給他，讓他對孫子、孫女要一視同仁，都是自家骨肉，不能太過無情，這讓他更沒臉了。

他早就憋著一肚子火，聽了小雲的話越發怒不可遏。

在他看來，家裡的女人做事不靠譜，矇騙了他，卻要他承擔後果。

他迫切希望能快點妥善解決此事，收到的聘禮全讓小雲帶走都可以。只要沒人再來指責他，能讓他重新理直氣壯地坐在牌桌前！

田氏原本對小雲的要求嗤之以鼻，因為這樁婚事她失去了那麼多，不就是為了聘禮嗎？如果全讓小雲帶走，那老三的親事不就白白犧牲了？

可是一想到韓氏和方媒婆的話，她又猶豫了。

這時候小雲又說話了。「我不是要全部帶走，我沒那麼貪，還想著要拿一部分出來孝敬爺爺、奶奶呢。可也不能像我娘說的，因為邱家有錢就隨便裝幾疋布、做幾個盆子就行了。至少面上要過得去，讓他家看看，我是有娘家撐著，不能隨便欺負。等我在邱家站穩腳跟日子好過了，想辦法拿到邱家的掌家權，到時候肯定不會忘了家裡的好，畢竟您們才是我的親血脈。以後大哥、小寶的讀書束脩都是小意思，三叔成親的費用也沒有問題，還能經常拿點東西回來孝敬，幫著家裡修建房屋、買田買地也不是不行。您們想想看，是不是只有我好了，才是長長久久的好？」

林伊暗讚。「這是利誘！」

小丫頭不錯啊，先來硬的再來軟的，一根棒子一顆糖，如果再有個人幫著她說話，那就完全沒有問題了。

吳老三及時表態。「小雲的聘禮都帶走我沒有意見，如果那家人確實惡毒，日子過不下去，小雲妳就帶著嫁妝歸家，嫁妝多些日子會好過些。至於我的婚事，妳不用擔心，我自己心裡有數。」

他轉向吳老頭和田氏。「爹，娘，小雲是我們家孫子輩第一個成親的，一定要辦得風風光光，正好讓村裡對我們家有意見的人看看，我們家不是貪圖錢財賣女兒的人。把嫁妝擺出來，比我們出去解釋一百遍都強。」

田氏一聽猛然驚醒，對啊，這個方法好啊！

到時候大家看到小雲豐厚的嫁妝，自然就明白冤枉他們了，那他們的名聲是不是就能挽回呢？說不定那家姑娘還會後悔錯怪他們，主動要結親呢！

而且現在讓小雲帶走銀錢，她感念他們的好，以後能拿更多的銀錢回來，豈不是更美！

於是大家很快就達成共識，當然不包括楊氏，她噘著嘴、氣鼓鼓地站著那兒不說話，不過沒人理她。

最後的方案是，邱老三送來的聘禮全讓小雲帶走，反正值不了多少錢，但勝在數量多，品種雜，還是很能唬人。

十兩禮金拿出六兩給小雲做壓箱錢，再拿二兩置辦箱籠雜物。至於另外二兩，小雲主動說要留給家裡，一部分用來招待參加喜宴的親朋好友，另一部分則讓爺爺打牌喝酒，給田氏買布做新衣裳，這讓吳老頭和田氏欣慰不已，直誇小雲懂事孝順。

說實話，小雲原本以為能爭取到五兩銀子就很不錯了，沒想到竟然拿到了八兩，這讓她喜出望外，心滿意足。

關於誰來置辦嫁妝這個問題，小雲提出建議。「我們請翠嬸子吧，她的娘家在縣城開雜貨鋪，咱們正好可以照顧她家生意，也讓大家看看我們是實打實的拿了銀子出來，免得花了錢還有人以為我們又在騙人做面子活。還可以乘機和韓奶奶搞好關係，只要韓奶奶對我們家的印象改觀，村裡的人肯定也會跟著改觀，相信你們是真心疼愛我。」

田氏大力支持。「沒錯，就讓那些嚼舌根的看看，我們家是不是他們說的那樣貪圖錢財不顧孩子死活的人家。」

既然花了錢，當然要花在明處，讓大家看到。如果這事是由族長家親自證明，那就更沒有人能質疑了。

「就這麼定下來了？」林伊心裡樂開了花，真是大獲全勝啊。

「是啊，妳爺爺、奶奶還誇小雲想得周到。」林氏也替小雲高興。

「那家裡的其他人去哪裡了？怎麼一個都沒見到？」

「妳爺爺和妳大伯、三叔去田裡了，妳奶奶帶著小雲去韓奶奶家了。妳大伯娘麼，可能在屋裡哭吧。」林氏難得幸災樂禍了一回。

楊氏心裡在淌血吧，費心謀劃半天，惡名也擔了，罵也挨了，最後啥都沒落下，不過這是她咎由自取，不值得人同情。

「我娘沒有鬧嗎？」小琴擔心地問。

「鬧什麼，妳爺爺發怒說她把家裡攪得亂七八糟，要休了她，她嚇得直求饒，大氣都不敢出。後來又叫她把銀子拿出來，跑得飛快。」

林伊不屑，這個吳老頭也是沒擔待，出點事就把責任往別人身上推，他可能忘了當初相看回來，他吃著楊氏帶回來的肉菜那副高興樣，恨不得再有個孫女可以拿去換。

田氏自認為解決了困擾多日的難題，難得開恩摸了六顆雞蛋出來，讓林氏都做成大家最愛吃的蔥花炒蛋，還特別說明，女人這桌也要分點。這讓林伊差點驚掉下巴，她還從沒見過田氏這麼大手筆，看來今天確實心情大好啊。

很快蔥香蛋香和著油香從廚房中傳到院子裡，讓玩耍回來的小寶垂涎三尺，衝進廚房又跳又鬧，硬是守著炒蛋起鍋，讓林氏挾了一大塊給他吃才肯甘休。

不一會兒家裡的人都回來了，大家心情都很好，特別是吳老頭，一臉如釋重負，連聲叫著快開飯，等不及要重上牌桌一雪前恥。

小雲跟田氏一起回來的，她的精神面貌和以前大為不同，就像是有束光打在她的身上，瞬間亮了不少，整個人神采奕奕的。

林伊甚至有種錯覺，她似乎長高了點。

小雲見到林伊和小琴，笑著向她們點點頭，便幫著擺桌盛飯。

林伊心癢難忍，很想採訪小雲獲勝後的心得感想，可惜現在忙著吃飯，不太方便。

最讓林伊不敢相信的是飯菜剛擺好，楊氏居然喜笑顏開地出來了，看著桌上的炒蛋，忍不住吞口水。「呵，我說怎麼這麼香，原來有這麼大一碗炒蛋！」

說完坐下拿起筷子，挾了一大塊，邊吃邊不住點頭。「真好吃，弟妹就是會做菜。」又嘿嘿看向田氏。「娘，以後每天都炒點就好了。」

沒心沒肺的樣子完全看不出才遭受巨大打擊，這心態調整能力驚人啊，比林伊傷口的復原能力都強。

田氏只是瞪了她一眼，並沒有罵人，她正志得意滿呢。

她稍早去了族長家，韓氏知道吳家要為小雲準備豐厚嫁妝，對她大為讚賞，並答應婚禮那天會親自前來觀禮，這叫田氏喜出望外。

韓氏如果願意來，村裡好多人家都會跟著來，婚禮就不會冷清，場面也不會太難看。

要知道送聘禮那天淒涼得不行，只有幾個小孩來看熱鬧，族人都沒有來，連和她要好的幾家也沒有出現。大家都怕和這件事扯上關係，讓田氏頗覺沒有臉面，好幾天不敢出門。

這次她一定要打起精神好好操辦起來，借這樁婚事洗洗家裡的衰氣。

於是她向大家宣佈了她的安排，從今天開始，小琴上午上山，下午留在家裡，幫小雲做針線、趕嫁衣。林氏也只用上午做事，午飯後不僅要幫小雲做針線，還要教她做飯做菜。小雲以前很少上灶臺，現在要嫁人了，廚藝一竅不通可不行。

楊氏也要幹活，以前林氏做的事被她接管了。

「小伊娘要幫小雲，以後妳洗碗，我守著妳做，一個碗沒洗乾淨妳都給我舔了！」田氏警告楊氏。

楊氏沒有意見，笑嘻嘻地保證。「我保證洗得乾乾淨淨，娘放心。」

林伊詫異，楊氏怎麼變得這麼乖了，溫順得不像話，難道真的是挫折能讓人成長？

田氏又安排林伊。「小伊，小琴不能上山打柴，家裡柴火怕不夠用，妳多打點柴回來。」

柴火不夠用，為何家裡的男人不能去？為何不能叫小寶去？小寶壯得跟頭小牛犢似的，快趕上兩個小吳伊了，卻啥事不做，就拿來供著，看看以後能養出怎麼樣的寶貝吧。

林伊暗自腹誹，臉上卻一點也不露，甜笑著答應。「好的！」

田氏以為被婚事破壞的名聲挽回了嗎？行，那就在刻薄孫女上給她加把火，到時候吃力地揹著滿筐柴火在村裡晃一圈，讓大家看看，吳家身強力壯的男人不幹活，卻逼瘦弱的小孫女來做。

不過，吳老二昨晚又沒在家，今天也沒回來，連早上那麼重要的家庭會議都沒有參加，他到底在做什麼？會不會真在做什麼見不得人的勾當，如果抓住他的把柄，是不是就能提出和離？

林伊有種強烈的預感，她馬上就要抓住吳老二的把柄，和娘親一起離開吳家的日子不遠了。現在博取大家的同情對她來說尤為重要，田氏主動送來的這個機會可要好好把握住。

# 第二十章

一吃完飯，田氏就讓林伊幾人趕快離開，各做各事，她則留下盯著楊氏。

林伊跟著小雲姊妹跑到她們房裡，關上房門後，她迫不及待地問：「小雲，今天感覺怎麼樣，緊張嗎？怕不怕？」

小雲搖頭。「最開始有點緊張，可話一說出來就不緊張了，反正已經這樣了，再差又能差到哪裡去，能爭取多少是多少。就像妳說的，只要豁得出去，就沒什麼好怕的。」

此時的她臉上滿是笑容，雙頰染著紅暈，兩眼亮晶晶地看著林伊。「謝謝妳，如果不是妳跟我說的那些話，我根本想不到，也不敢這麼做。我今天有了經驗，下次對上邱家也不會怕了！」

她從褲腰上解下一條白色的細繩，繩子略長，能在小雲腰上纏兩圈，雖然看起來很細，但是拿著卻沈甸甸的，林伊接過來時沒有防備，差點沒拿住。

林伊揮了揮，不由驚嘆。「打在身上肯定很疼！」

這段時間她一直在山上尋找適合小雲用的棍子，可惜沒有找到，沒想到小雲居然自己找了條鞭子。

她把鞭子握在手上細細查看，原來鞭子本身並不是白色，白色是纏在上面的線，非絲也非麻，看不出材質。

小琴也很好奇，拿過去上下打量，對著空氣猛抽幾下，屋裡頓時響起了咻咻聲。「這是什麼？」

小雲接過來解釋。「是小海哥專門託人幫我找的，他說用這個打人特別疼，但不會留下痕跡，也不會傷人性命，正適合我用。」她抿著嘴笑得開心，又纏在褲腰上撩起衣襬。「妳們看，看不出來是鞭子吧。」

林伊和小琴凝神看了看，確實不容易發現，平時還能當褲腰帶，不過話說回來，誰會沒事瞅著人家姑娘的褲腰帶看呢？

「妳還得找條褲腰帶，要不然妳解下來褲子就要掉了。」小琴研究半天後下了結論。

小雲嗔她一眼。「這是抽人的兵器，怎麼會真當成褲腰帶。」

「太神了，這個很貴吧？」小琴也不在意，摸著鞭子喃喃自語。

「應該吧，小海哥不肯說，只說他在武行有個好朋友特別喜歡做些不一樣的小玩意兒，小海哥看了覺得我很合適，跟那朋友說明了我的情況，他才肯拿出來。」

「小玩意兒？這小玩意兒也太猛了吧！」林伊覺得每個女孩都應該人手一條，這樣就不怕那些暴力渣男了。

小雲得意地揮動著鞭子。「有了這個，邱老三何時動手我都能抽得他下不了床。」

看著小雲一臉自信，林伊也替她高興，經此一役，小雲不再是以前那個低著頭畏畏縮縮的小女孩了，相信以後的生活也能掌控在自己手中。

「小海哥說，我要多花時間練習怎麼上手，要練到一伸手就能從腰上解下來握住，抬手就能抽人，要不然被邱老三搶過去就麻煩了。」

林伊有了新的想法。「我們可以這麼做，把妳成親後可能遇到的狀況列出來，我和小琴扮演邱老三母子刁難妳，妳自己想法子應付，我們再一起研究哪句話不夠強硬、哪裡應該更乾脆，妳看怎麼樣？」

小雲完全沒有意見。「好！我都沒有想到呢，假如這些場面我都心裡有了底，他們真要為難我，我也不怕了。小伊，還有什麼？妳再想想。」

林伊摸著下巴苦苦思索，還有什麼呢？

她眼睛一亮，抬起頭甩了個響指。「對了，我們還應該想想如果邱老三動手，首先會怎麼做？例如搧巴掌還是用腳踢？這段時間正好練習怎麼應付，到時候等他一動手就把他制伏，讓他翻不了身。辣椒粉暫時別用，萬一被邱老三學去，哪天撒妳一臉就麻煩了，留著最後關頭脫身時再用。」

小雲、小琴大大贊同，小雲佩服地望著她。「小伊，以前妳都是低著頭不吭聲，奶奶和妳爹打妳、罵妳也不反抗，沒想到妳這麼有本事，主意這麼多，要是沒有妳，我都不知道該怎麼辦，妳是怎麼變得這麼厲害的？」

林伊不自在地抿抿唇，反將了她一軍。「妳以前也不吭聲呢，沒想到那麼凶，嚇得我差點拔腿就跑。」

小雲不好意思地笑了。「哪有妳說的那麼厲害。」

林伊又幽幽地說：「妳知道差點死掉是什麼感覺嗎？妳知道我有多不甘心嗎？那天我躺在地上爬不起來的時候就想，如果還能活過來，絕不再自以為低人一等，忍氣吞聲讓人欺負。以後誰敢欺負我，我一定鬥到底，反正都死過一回了，也沒什麼好怕的。」

小雲難過地摟住林伊的肩膀，用溫暖的擁抱安慰她。「還好都過去了。以後我們都會過得很好。」

林伊忙轉移話題。「我沒事了，現在妳的事情最重要，想想怎麼收拾邱老三吧。」

三人討論半天，最後搧巴掌高票當選，最有可能是邱老三的第一個動作，接下來是卡脖子、踢肚子和扯頭髮，她們把化解的招數演練了一遍，小雲接下來得練熟這些動作。

「妳要練的東西太多了，這兩天會很辛苦。」林伊同情地看著小雲。

小雲不在意地擺擺手，完全沒放在心上，現在辛苦點哪有關係，只要以後的日子不苦就行。

除了這些，她還要繡嫁妝練廚藝，行程安排得非常緊密，就沒有停下來的時候。

不只是她，吳家女人也忙得不可開交。

婚禮前，田氏也忙了起來。雖說置辦嫁妝交給了翠嬸子，但翠嬸子為了表示對田氏的尊重，經常徵求她的意見，這讓田氏很有面子，越發覺得讓翠嬸子置辦嫁妝的主意非常不錯。

不僅如此，她還要忙著收拾楊氏。

楊氏這個懶婆娘做事情不能讓田氏放心，她眼不眨地盯著，楊氏都能闖出禍來。

讓楊氏餵豬，她能把豬食撒一地，豬還沒餵先得去拿掃帚掃地；洗個碗，不是摔盆就是摔碗，要不就是把水灑在地上，害田氏不小心摔一大跤，幸好沒有扭到腰。

總而言之，人家做事是一件一件往下做，楊氏卻是事情越做越多，就沒有理順過，令田氏頭疼不已。

田氏可不是個有耐心好脾氣的人，於是廚房裡經常響起她的咆哮聲。

「妳手長刺了，碗放那兒惹妳了，妳非要扯下來！」

「妳給我小心點！唉呀，我的鍋，妳個蠢貨，我看妳把鍋摔了吃啥！」

「筷子怎麼越洗越少？妳邊洗邊嚼著吃了？妳今天別用筷子了，就給我用手抓！」

「洗碗水往哪兒倒，妳眼瞎了，我站在這裡妳看不到，倒我這一身。不對，我才是眼瞎了，當初怎麼把妳這笨得傷心的蠢貨娶進門！」

「說了幾百遍，洗完了要把灶檯抹乾淨，妳是耳朵裡長繭了聽不進去還是要留給我做？我教豬都教會了！」

楊氏快哭了，她已經很久沒有做過這些事了，以前每天吃完飯碗一丟，就跑出去找人聊天，享福得很。可那天吳老頭威脅要把她休回家，她被嚇壞了，生怕惹公婆生氣。田氏叫她做什麼就做什麼，忙得暈頭轉向，卻得不到一句好，還動不動被田氏罵。

田氏越罵她越害怕，越害怕就越做不好，越做不好就更要被罵，田氏聲音又大，震得她耳朵痛，整個人被罵得暈乎乎。

如果田氏光是動嘴，楊氏還能承受，畢竟她皮厚，把臉面往兜裡一揣，左耳朵進右耳朵出，就當田氏在放屁。

可田氏還動手啊，兩句話不對就往身上招呼，擰得她吱哇亂叫，這才多久，楊氏身上、手上已經是青一片紫一片，看著猙獰可怖。

至於吳家的男人，吳家三兄弟的作息沒有太多改變。那一老兩小卻忙得很，吳老頭忙著和鄰居死老頭鬥嘴，還要到處顯擺孫女嫁妝；兩個寶則四處炫耀未來姊夫家裡多有錢，姊姊相看那天吃了多少好吃的，成親那天還會有更多，你們想都想不到，哼！說得小伙伴們口水直流，回家也找爹娘鬧著要吃。

眼看婚期一天天臨近，林氏和小琴開始煩惱了，她們的問題相同，想給小雲添箱，卻沒有錢。

小琴的問題好解決，這段時間她每天早上都幫梔子採藥，數量不少，梔子跟林伊說了要給小琴算錢的。只是最初林伊不太瞭解她，沒有讓梔子告訴小琴這件事，畢竟這是林伊目前唯一的生財之道，她得小心又小心。但經過這些日子的相處，她已經完全相信小琴的人品。

林伊告訴小琴，她存在梔子那兒的草藥錢已經有八文了，如果她要用可以直接拿走。

小琴愣住了，完全不敢相信。「真的嗎？幫忙採點草藥還有錢拿？」

梔子看她一臉震驚，忍不住笑著說：「是真的，只是這些草藥不太值錢，所以錢不多。本來想著多存點再跟妳說，現在既然妳有用，就先拿去用吧。」說著數了錢要遞給小琴。

小琴堅決不肯收藥錢，她紅著臉把梔子的手推開。「不用不用，我只是順手做的，哪能收錢。」

梔子不跟她拉扯，直接把銅板硬塞在她手中。「妳只管拿著，妳不採，我爹也要花錢去收，麻煩得很，有妳幫忙，我們家也輕鬆些。」

林伊也幫著勸。「是真的，徐郎中也給我了的，不過我都沒動，全存在他們家裡，等以後有需要再拿出來用。」又叮囑小琴道：「這是我們的秘密，妳可千萬不能跟人說。」

小琴這才接過錢，捧著銅板，兩眼放光地傻笑。「我從來沒有拿過這麼多錢，還挺沈呢！這銅錢的聲音響噹噹的，真好聽！謝謝梔子和徐郎中，我保證不會說出去。」她忐忑地問梔子。「我以後還能幫忙採嗎？」

「當然，我就想妳們一直幫忙呢，只是錢太少，看妳願不願意？」

「我願意我願意！」小琴忙不迭地點頭。「這次的錢我先拿去送給姊姊，以後也不拿了，就放妳那兒。」

解決了小琴的難題，現在該解決林氏的。

林伊本想從自己存在梔子這裡的錢拿出一百文，讓林氏用來做添箱禮，轉念一想又覺得不妥。

第一，這是吳家二房送給小雲的，怎麼能用自己的私房錢？第二，大家都知道林氏身上一文錢也沒有，現在林氏突然拿出錢來，吳家那些人會怎麼想？搞不好被她們發現了自己的小金庫，硬逼著交出那才糟糕。

「就得讓爹拿錢出來。」林伊對一籌莫展的林氏說。

「可是他會拿嗎？」林氏沒有信心。

「不試試怎麼知道？如果他不拿，妳就嚷出來，讓大家都知道他連自己的姪女出嫁都不肯給錢，看看是誰沒臉。」她給林氏出主意。「妳到時候端一碗辣椒水進去，如果他敢動手妳就潑他臉上，潑完了馬上跑出來，我在屋外守著，他敢追出來動手，我就收拾他。事後問起來，就說是他動手打妳，妳被嚇到手滑了，不是故意要潑他。」

林伊認為必須鍛鍊林氏的膽量，要不然真到了需要她站出來提出和離的時候，她膽怯退縮可就完蛋了。

林氏沈思片刻搖搖頭，她看著林伊眼神堅定。「不用辣椒水，我就這麼去找他，這本來就是理所應當的事，他不能動手，要真動手我就跟他對打。」

林伊大樂，挽著林氏的手讚道：「娘，妳現在真厲害。就是要這樣，妳占著理，有啥可害怕的。」

林氏抿著嘴笑，看到小雲都能豁出去，努力爭取自己的利益，她也有了勇氣。

# 第二十一章

快吃晚飯時，吳老二回了家，不曉得是不是家裡要辦喜事的原因，他心情還不錯，一改平時的陰鬱模樣，人也溫和了許多。林氏見狀，打算吃了晚飯就去找他要錢。

這幾天家裡的菜品豐富了不少，今天桌上有一盤林伊很喜歡吃的清炒空心菜，看著翠綠鮮嫩，讓林伊一下懷念起那清脆的口感，忍不住挾了許多放進嘴裡。連嚼幾下竟發現不對，味道是很好，就是沒有摘掉空心菜的老梗老葉，嚼都嚼不動，她不由脫口而出。「啊，好老！」

田氏聽了翻個白眼，連聲訓斥。「有多老？妳是幫它慶了幾回生嗎？有吃的就不錯了，叫化子還嫌稀飯餿！」

林伊差點嗆住，這個老太婆是人逢喜事精神爽啊，又開始瘋狂罵人了，前兩天可是愁眉苦臉，連話都不想多說。

她還沒有來得及說些什麼，那桌的吳老三聽到了立刻替她解圍。「娘，是有點老，嚼都嚼不動。」

滿嘴菜葉的小寶也直抱怨。「奶奶，嚼不動！」

田氏一聽，緊張地看著小寶。「快吐出來，嚼不動就不要嚼了，可別噎住了。」又囑咐那桌的男人們。「老的掐掉別吃，就吃嫩葉。」

她面對那桌男人滿臉慈愛，轉過來就變得凶神惡煞，對著楊氏大吼。「妳連摘菜都不會嗎？笨得傷心！」原來今天的菜是楊氏摘的。

楊氏嘴裡含著飯，眼睛瞪得溜圓，驚恐地看著她，心裡直嘀咕：是妳不讓我摘的啊，我要摘妳還罵我山豬還想吃細糠，現在又是我的錯了？想歸想卻沒有膽辯解。

田氏還氣不過，繼續吼道：「妳眼睛瞪那麼大幹麼？我說不得嗎？下次再不好好做看我怎麼收拾妳！」

楊氏連連點頭，吞下口中的飯，拚命保證。「我一定好好做，娘放心吧。」

吳老頭在另一桌看得滿意極了，樂呵呵地想，家裡就是要這麼熱熱鬧鬧，這才是旺家之相啊。

一吃完飯，吳家父子就趕赴戰場，吳老二獨自回到西廂房，林氏跟在他身後走了進去。林伊待在院子裡，嚴密關注房裡的動靜，只要吳老二鬧起來，就要衝進去解救林氏。

出乎意料的是，屋裡很安靜，只聽到林氏的低聲細語，吳老二全程沒怎麼吭聲。不一會兒，林氏推開門走了出來。

林伊連忙迎上前去，輕聲問道：「怎麼樣？」

林氏笑吟吟地舉起手上的錢袋。「拿到了！」

拿到了？這麼容易？這完全不像吳老二平時的為人嘛，林伊簡直不敢相信。難道他轉性了？

林伊盯著錢袋，吃驚地問：「他怎麼這麼好說話？」

林氏看了眼正在堂屋裡忙碌的田氏婆媳，悄聲說：「這裡不方便說話，回妳屋裡去。」

兩人匆匆回到後院，一進屋，林伊迫不及待地問林氏。「娘，爹給了妳多少錢？」

林氏把錢袋打開看了看。「兩百文。我都沒想到，我以為最多能給一百文就不錯了。」

「怎麼回事？妳一說他就給了？沒發脾氣？」林伊覺得事有蹊蹺。

「是啊，臉上笑嘻嘻的，還連說應該的，直接就把錢袋給我了。」林氏回憶起剛才的情景，猜測著說：「可能是遇到什麼好事了，我很少見到他這個樣子。」

吳老二遇到的會是什麼好事？

林伊想了想，肯定和小雲的婚事沒關係。吳老二連自己的女兒都不關心，對姪女更是毫不在意，不可能因為這件事就出手大方。

要知道，吳老二雖然常在外面晃蕩，卻不曾拿錢回來，就連田氏也對他很有意見，曾抱怨過這個二兒子連粒米都沒有帶回來。

肯定是他自己遇到好事……

林氏猜測了半天也猜不出來，吳老二什麼都不會跟她說，這段時間更是經常連家都不回，根本不知道他在做些什麼。

林伊不想再為這個大渣男傷腦筋，他就算有天大的好事，林伊母女也得不到好處。

「管他的，只要拿出來就行。娘，妳打算給小雲姊姊什麼禮？」林伊數著銅錢，瞇著眼聽響聲，這銅錢撞擊的聲音真好聽啊！

其實林伊很想直接把錢送給小雲，這樣她拿著想買什麼就買什麼，最是實用。她和小琴就商量著一人送了十二文給小雲，取個月月紅的兆頭。小琴錢不夠，林伊還借了四文錢給她。

林氏搖搖頭表示不能這麼做，她代表的是吳家二房，兩百文銅錢說起來沒多少，可要是買成布疋之類的，擺出來才有面子。

「我想請妳翠嬸子幫著買幾尺布，再請她買點布頭，我給小雲趕幾條手帕、做雙鞋。」林氏心裡早有打算，現在有錢了，布可以買好點、多點。

林氏做事細心，針線活很不錯，她也跟著親娘學過一點繡工，雖然技術平平，不過繡點小花在手帕上還是看得過去。現在時間緊迫，她得趕著做出來了。

在大家的忙碌中，婚禮終於如期而至。

成親這天，吳家裡裡外外打掃得乾乾淨淨，窗上牆上貼著大紅囍字，屋簷下掛了幾盞小紅燈籠，門楣上也懸著紅紙花球。偌大的院子被小雲的嫁妝擺了個半滿，披紅掛彩的，看著很是喜慶，一掃往日的頹廢之氣。

一大早，田氏和楊氏娘家那邊的親戚就來了。楊氏的親娘大田氏，也就是田氏的堂姊帶著三個兒子、三個兒媳和七個孫子、孫女來得最早，這堆人一進院子就把吳家鬧翻了天。亂哄哄地道了喜後，男人們和吳老大湊在一起討論打牌的心得，說說笑笑氣氛很是和樂。大田氏和三個媳婦則把楊氏揪到院子裡，七嘴八舌向她詢問小雲的嫁妝。

看著院裡的那一堆東西，她們有點不敢相信，嫁個閨女怎麼陪送這麼多，這是發財了嗎？

楊氏的大嫂酸溜溜地問：「你們家這不挺有錢嗎？平時怎麼對著我們哭窮，是怕找妳借錢？」

二嫂乾脆得多，直接指責。「妳太不厚道了，有錢也不幫扶我們一把，我們境況好了，妳的腰桿才硬得起來，這個道理妳不懂嗎？」

三嫂則自怨自艾，嘆口氣。「別人家的小姑有點好東西都往娘家搬，哪像我們家的這位，唉，只怪我們命不好！」

三人圍著楊氏妳一言我一語，一個比一個尖酸刻薄，楊氏木著一張臉，隨便她們說，就是不吭聲。這種場面她經歷得太多，早就放棄抵抗。

大田氏像是沒有聽到她們的對話，一直打量嫁妝，兩眼放光在上面掃射，就像是要把箱子戳個洞，好看清楚裡面。

幾個小孩在院子裡東竄西跳，見屋子就進，進去就翻東西。大小寶屋裡的東西他們最感興趣，不少小玩意兒都被他們翻了出來，拿在手上玩。小寶大哭著追在後面，院子裡不時響起刺耳的尖叫和震耳的哭嚎。

林伊聽著只覺得腦袋都炸了，她從來不知道一堆小孩在一起會這麼可怕。這家人一天天是怎麼過的。不過看著人家爹娘恍若未聞的樣子，好像又明白了。

沒多久，村裡的人陸續來了，其中就有翠嬸子和家裡的幾個媳婦孫子，韓氏稍後也會過來。

因為她們的出現，村裡又跟著來了不少人，比送聘禮那天熱鬧多了。吵吵嚷嚷、人來人往的，到處都是嘻嘻哈哈的說笑聲，再加上小孩子們跑上跑下地大呼小叫，院子裡喧鬧無比，很有辦喜事的氣氛。

看到院子裡滿滿當當的嫁妝，大家瞪大雙眼感到意外，圍在一起指指點點，驚詫羨慕之聲此起彼落。

一個婦人不解地問旁邊的人。「這嫁妝不薄啊，看著也不像刻薄女兒的人家，找個忠厚老實的小伙子好好過日子不行嗎？非要把小雲嫁給那種惡毒人家，讓她受苦。」

那人也一臉茫然。「誰曉得他們怎麼想的，前兩天在外面說要陪嫁多少多少，我們還以為是吹牛皮，沒想到真有這麼多，就憑這份嫁妝，嫁哪家不好，非要嫁給邱老三。」

另一個人知道點內情，接過話來小聲說：「他家也是沒法子。你們不知道，因為這門親事，吳老三正在相看的媳婦都跑了，知道這事的人哪個不在罵他們家賣女兒，現在只有靠多準備嫁妝挽回名聲了。」

旁人恍然大悟。「我就說，這段時間天天看到小伊揹著大筐一個人撿柴，這種對女兒不好的人家怎麼可能轉性嘛。」

「是啊，外面倒是做得好看，關上門不曉得有多刻薄，反正我有女兒的話是怎麼也不能嫁給這種人家。」

大家紛紛附和。

也有人奉承站在旁邊笑得開懷的吳老頭。「大爺豪氣啊，嫁個孫女都這麼捨得，陪嫁這麼多！」

吳老頭喜得臉上千朵萬朵菊花開，眼睛瞇成一條縫，嘴裡不住謙虛。「哪裡哪裡，這不算什麼。」

心裡卻很遺憾，可惜族長有要事在身不能參加，要不然村裡來的人會更多，場面會更熱鬧，自己也更有面子。花了大把銀子準備的豐厚嫁妝，還辦了這麼豐盛的宴席，卻只有這點人來看，他覺得遠遠不夠，根本沒達到他最初的預期，連那個天天和他作對的死老頭都沒有出現，讓他很不舒服。

田氏這會兒也在難受，她站在堂屋門口看著小雲那一地的嫁妝，再想想她壓箱底的六兩銀子，心裡直滴血。

當初嘴上說要多準備嫁妝時她還很淡定，覺得只要名聲能挽回，花多少錢都能接受，可現在眼看東西就要一件件被抬走，她卻後悔了。

她憤憤地想，要是這些東西都給三兒子拿去當彩禮該多有面子，只要彩禮單子一拿出來，那些好人家的閨女肯定爭著搶著嫁給她的寶貝兒子。

她越想越難受，只覺一顆心被千百把利刃使勁亂戳，痛得她快喘不過氣來，她甚至想去找小雲哭鬧，讓她主動提出不要這麼多陪嫁，都留在家裡。可是她知道她不能，如果這麼做了，這麼多天的努力就白費，她苦心挽回的名聲也全毀了。

「名聲要緊，只要有了好名聲，三兒肯定能找到好媳婦。到時候等這死丫頭在邱家掌了權，多的錢都讓她吐出來，要是敢說個『不』字，我就上門去鬧，讓她在婆家過不下去！」她咬緊牙關強迫自己冷靜下來。

偏偏有個人完全不體諒她的心情，嘰嘰咕咕在她耳邊埋怨個不停。「妳怎麼這麼糊塗，不過是個賠錢貨，竟然捨得陪嫁這麼多東西，這得要多少錢？這些錢留著給妳的兩個大孫子不好嗎？妳腦袋是被驢踢了還是被牛踩了？」

這人正是大田氏。她和田氏長得很像，也是瘦臉綠豆眼，說起話來眼白一翻一翻，看著就是搬弄是非的模樣。

田氏正有氣沒處撒，恨恨地轉過頭瞪她。「我想陪嫁多少就陪嫁多少，妳以為都像妳嫁女兒，幾塊破布幾個爛盆子就打發了。」

大田氏被她吼得愣了一下，隨即又理直氣壯起來。「妳倒有臉說我，不看看妳家給的是啥聘禮，提著兩塊臭肉就來了，茶葉都沒捨得買一包，害得村裡人都在看我家笑話。我沒拿棒子把妳家打跑，還肯給妳陪嫁東西已經很不錯了，妳竟然敢嫌棄。」又氣哼哼地說：「人家嫁女兒，多多少少都能得點錢財，我倒好，這女兒純粹白送！」

「妳那草包女兒白送都沒人要，又懶又饞又蠢，才叫她做了幾次事，就打爛了我多少東西，再這麼下去我的家都要被她敗光了。我這是迎了個活祖宗只能供著！要不是我家肯娶她，只怕現在都沒人要！」田氏也不甘示弱，她和這個堂姊從小鬥到大，不吵說不了話。

「她再怎麼沒用也給妳生了兩個孫子！」自己的女兒自己知道，大田氏也沒辦法辯解，立馬放出了殺手鐧。

提到孫子，田氏語氣軟了下來。「要不是看在大寶小寶分上，我早把她趕回家了。」

大田氏見她態度鬆動，忙問道：「能不能想個法子把嫁妝挪點下來？」

田氏聞言，翻個白眼不理她，這大田氏腦袋裡也不曉得在想什麼，都寫上嫁妝單子了，怎麼挪？要是能挪，自己早挪了，輪得到她在這裡說東說西，指手畫腳？

# 第二十二章

大田氏看她不說話以為還沒有想通，繼續苦口婆心地勸說道：「妳怎麼著也得給兩個孫子留點啊，妳小兒子還沒說親，這些東西給他做聘禮也行嘛。怎能把錢都花在個賤丫頭身上，這抬出去可都成人家的了，妳快點拿個主意啊。」

田氏被她觸到痛處，想到沒成親的小兒子，心又開始滴血，頓時暴躁起來，朝大田氏吼道：「關妳屁事，老娘樂意！」

大田氏根本不怕她，瞪大眼吼回去。「妳凶啥？這麼有錢怎麼還一天到晚對著我哭窮，大老遠來妳家一趟，肉都捨不得割一斤，雞蛋也不願意炒一顆！」

田氏指著熱氣蒸騰油煙直冒的廚房。「今天又有肉又有蛋，妳去給我吃個夠！」

「我今天肯定要吃個夠，再想吃妳家的肉，怕要等到妳家下次辦喜事了，等不等得到還不曉得！」

田氏氣得把手舉到她面前。「我的肉妳吃不吃？我給妳留著，妳要吃我就割給妳！」

大田氏拍開她的手，不屑地癟癟嘴。「妳以為妳那是神仙肉？誰稀罕！請我吃我都不吃，又老又乾，我怕磕掉我的牙！」

不等田氏答話，快步朝廚房走去，田氏的話提醒了她，她倒要去瞅瞅今天到底有啥好吃的。

田氏瞪著她的背影，嘴裡直發狠。「妳個死老太婆，敢罵我老，看我怎麼收拾妳閨女！」

轉頭瞥見滿臉紅光，正被幾個老頭圍著誇讚的吳老頭，更是氣不順。「死老頭子，一點正事也不做，就知道張著嘴說，現在倒成了他的功勞了。」

不同於院裡的喧囂，此時小雲房裡靜悄悄，林伊、小琴還有翠嬸子和兩個媳婦在陪小雲說話。

小雲已經收拾停當，穿上了大紅嫁衣，頭上戴著紅色絹花和一根銀簪子。臉上被細細描畫過，兩頰抹上了桃紅胭脂，淡白的雙嘴也抿得紅紅的，為她清純素淡的容顏增添了幾分豔色，看著青春嬌美，讓人捨不得挪眼。

翠嬸子忍不住讚嘆。「小雲真好看！」

「是啊，平時灰撲撲的，這一打扮倒顯出十分顏色了。」

「以後也要多打扮，都看著精神多了。」

小雲羞澀地垂下頭，抿著嘴不說話。

對著這樣光彩照人的小雲，想到她即將面對的不是甜蜜幸福的新婚生活，而是充滿了算計防備、看不到盡頭的日子，林伊心裡難受得很，眼淚湧了上來。她拉著小雲的手，再一次叮囑道：「大姊，妳一定要記得，如果打不過那家人，就趕快出來求救，保護好自己最重要。」

小琴也拉著小雲哭。「姊，妳一定要小心啊，千萬不要被那個人欺負了。」

小雲淚眼婆娑，哽咽著使勁點頭。「我知道，我們不是各種情況都想到都練熟了嗎？妳們放心吧。」

其實她也忐忑不安，雖然做了充足的準備，可事到臨頭她還是害怕。

翠孀子見狀，忙摟住林伊肩膀，寬大家的心。「沒事，這次送嫁，我娘和我嫂子都要去，到時候我娘會在邱家放話，讓他們看清楚妳有吳氏家族這幾百號人在撐腰，保管他們不敢胡亂動手。」

依這裡的婚嫁習俗，娘家要選八個兒女雙全、夫妻和睦、家庭富足的媳婦大娘，和新娘的叔伯兄弟一起組成送嫁隊伍，以後新娘如果被欺負了，這些人就是替她討公道要說法的主力軍。

林伊給小雲出主意請韓氏加入進來，本來不抱希望只是一提，沒想到韓氏竟滿口答應，還叫上她的幾個兒媳婦一起。這在族裡還是第一回，不僅讓吳家人非常得意，覺得很有面子，更讓小雲心裡有了底氣。

大家紛紛說著安慰鼓勁的話，小琴依依不捨地看著小雲。「姊，我捨不得妳，妳不出嫁就在家裡多好啊！」

小雲眼裡的淚再也忍不住。

翠嬸子連忙把手帕遞給小雲。「快擦擦，妳可得忍住了，千萬別再掉淚。」又輕嗔小琴。「小琴乖，別去招妳姊姊，她今天要漂漂亮亮地出嫁，不能把妝弄花了。」

這時，外面有人大叫。「擺席了！大家請入席！」

林伊湊到窗前一看，小雲的嫁妝被擺到院子一角，院裡擺了六張大圓桌，院外還有兩桌，桌上裝著一盤盤的魚肉蔬菜，看著很是豐盛。

媒婆在院子裡穿梭，扯著嗓門招呼眾人落坐，除了主桌幾個長輩在互相推讓主位，其他桌子很快坐滿了。還有幾個人沒有位子，於是又挪位子又加凳子，這個要挨著那個，那個又喊另一個，伴隨著媒婆「大家不要講禮，隨便吃，挾不到手伸長點」的叫聲，院裡嗡聲四起，熱鬧無比。

林伊趕忙叫翠嬸子和兩個媳婦去吃飯，翠嬸子搖頭。「不用管我，我吃不下，就陪著小雲多坐坐。」這段時間小雲跟著她學繡花，兩人相處頗好，現在小雲出嫁，她心裡還真捨不得。

那兩個媳婦家境富裕不缺吃穿，不願意湊外面的熱鬧，也表示在屋裡坐著就好。

不一會兒，房門被敲響，林氏和一個媳婦用托盤端來飯菜，招呼幾人吃東西。

這次吳老頭頗捨得花錢，特意請了專做酒席的族人來幫忙，林氏和幾個關係親近的小媳婦只要幫幫忙就可以了。

那位廚子做慣了宴席，成親用的桌凳碗盤都由他帶來，不用吳家費心去借。還因為族人的關係，收費很便宜，只收了點食材費。

不僅如此，他還為小雲做了幾個比銅錢大一點的小點心，用紙袋裝了，讓林氏拿給小雲揣在身上，餓了就拿出來吃，考慮得非常周到。

草草吃過飯，翠孀子和兩個媳婦繼續給小雲講她們成親時發生的一些趣事和糗事，順便告訴她有哪些地方需要注意，逗得幾人不時輕笑出聲，倒是將離別的悲苦沖淡了不少。

不知不覺間，吉時已到，外面響起震天鑼鼓聲和鞭炮聲。媒婆匆匆敲開房門報信。「快蓋上蓋頭，新郎官來迎親了。」

小琴頓時慌了，一把抓住小雲的手不肯撒開，嘴裡一迭連聲叫著。「姊！咱們不嫁了，妳不要走，我不要妳走！」眼淚大滴大滴地落在小雲的手上。

林伊趕緊拉她。「小琴別這樣，大姊會難過的。」

小琴放開小雲，轉身抱住林伊，哭得嗚嗚咽咽。「二姊，二姊，我不想我姊去受苦。」

小雲眼裡含著淚，背挺得筆直，柔潤光潔的下巴微微揚起，輕聲但堅決地保證道：「小琴，妳放心，我絕不會受苦。」說完拍了拍腰，那裡藏著她的鞭子。

翠孀子上前用手帕替小雲按了按眼角的淚，輕輕地把蓋頭蓋在她的頭上。

蓋頭剛蓋好，新郎就到了門外，懾於他的威名，吳家根本沒有人為難他，所以這一路暢通無阻。

林伊也終於見到了傳說中的虐妻渣男邱老三。

他個子不高，林伊目測也就一六五公分，確如大家所說瘦得跟猴子似的，一身新郎禮服穿在身上空空蕩蕩。模樣倒是不醜，細眉細目的，可能因為今天是大喜日子，他的臉上樂呵呵地帶著笑，眼神也不像小雲說的看著讓人發冷，光從這初印象看，倒不像是心腸惡毒之人。

他手裡拿著一疊紅包，笑嘻嘻地發給遠遠站著看他的孩子們，可惜沒有幾個人敢上去接，有膽大的衝上去一把抓過，馬上一溜煙地跑了。他也不尷尬，對著堆在院子裡的嫁妝愣了愣，心下尋思——還以為是貪財賣女兒的人家，看著怎麼不像？

轉頭看到蓋著蓋頭被媒婆扶出來的小雲，他重展笑顏趕緊迎上前。

此時燦爛的陽光照射在小雲的紅嫁衣上，似反射出一圈光暈，將她玲瓏的身軀包裹起來，竟有種神聖的感覺。她身姿挺拔，緩緩走在邱老三的身旁，一步步邁向光線昏暗的堂屋，他們要在這裡奉茶拜別家中父老。

行禮完畢，在喧天的鑼鼓聲和歡快的嗩吶聲中，大寶把小雲揹上了大紅花轎。在整個過程中，小雲沒有看一眼家裡的這幾位長輩，除了行禮要說的話，再無更多的言語，她就這樣離開了生活十四年的家，沒有一絲不捨。

小琴追出門去，看著花轎哭得抬不起頭，楊氏厲聲呵斥。「哭啥哭，妳姊這是去享福，以後過的都是好日子，妳還是哭妳自己吧，看以後有沒有這麼好命。」

大田氏也嘖嘖出聲。「那是，光那些嫁妝就夠她吃好幾年了，你們也真捨得。」她還在對小雲的嫁妝念念不忘。

梔子站到林伊身邊，對這兩人的表現目瞪口呆，她同情地看著小琴，輕輕挽起她的手，靜靜陪她。

一直到送親的隊伍從眼前消失，鼓樂聲也聽不見了，林伊幾人才回到院裡。

和村裡賀喜的眾人道別後，吳家女人開始收拾清掃院子。

林伊見小琴的眼睛都哭腫了，精神也很不好，收拾完便讓她回屋裡躺著休息，自己跟林氏回廚房洗碗整理。

一進廚房，就見田氏陰沈著臉在碗盤裡翻翻揀揀。

今天的宴席可是準備了不少菜，田氏以為怎麼著也會剩點，晚上還能再吃一頓，哪曉得每桌都是盤乾碗淨，連點菜湯都沒有留下。「這些人八輩子沒吃過飽飯嗎？就奔著這頓飯來了，怎麼吃得這麼乾淨？」

大田氏也在旁邊抱怨。「還想說能帶點菜回去呢，竟一點也沒留。你們也真是，有那麼多錢給小雲陪嫁，就捨不得多做點菜，摳門到家了。」

田氏不理會，只看著碗盤默默計算今天這頓花了多少錢，越算心就越痛。要知道，這花的都是小雲給他們老兩口的那二兩銀子，是她的私房錢，吳老頭硬是讓她全拿出來做了這場喜宴。

「還要請廚子，還要有魚有肉，怎麼不要龍肉呢？你倒是吃飽喝足去睡大覺了，最後收拾的還不得是我！死老頭，怎麼不撐死你！」她咬牙切齒地咒罵，一不留神把一個碗碰到地上摔得粉碎。

「哎呀呀不得了啊娘，這是大廚的碗，摔壞了要賠的，他的碗可不便宜！」楊氏在旁邊見了立刻大聲嚷起來。今天做飯的時候，大廚就一再提醒她們小心，他的碗是專門燒製的，比平常人家的要貴點。

「這又是錢啊，這錢還不如拿給我買肉吃！」大田氏幫著田氏心疼。

田氏心痛地看著碎片，惡狠狠地瞪了楊氏一眼，想罵她幾句，又覺得和她說話浪費口水，轉身氣哼哼地就要出廚房。大田氏追在她身後，讓她不管怎樣也要弄點東西給自己帶回去。

田氏毫不留情地嗆道：「就拿了塊爛布，一家十幾口人扛著嘴來吃，還好意思要提東西回去。」

大田氏也不惱，笑嘻嘻地回道：「妳家那麼有錢還在乎這個，給小雲陪嫁都捨得，給妳姊就捨不得了。」她算是和小雲的嫁妝槓上了，隨時掛在嘴上刺田氏。

田氏果然又急了，大聲叱罵，兩人爭辯著走出門去。

楊氏看著她們的背影咧著嘴直笑，她這會兒心情好得很。

大廚一到吳家，楊氏就借幫忙之名，躲在廚房裡偷吃。喜宴開了，她更是大吃特吃，今天的她就一直處於瘋狂進食中，都這會兒了還撐得難受。

可是她覺得她還能吃，一是飯菜味道太好，她就沒吃過這麼好吃的，二是這些花的都是自家的錢，當然要拚命吃，儘量吃回本。不僅是她自己，她還叮囑大寶、小寶也要使勁吃，不滿到喉嚨口不罷手，特別是晚上在邱家那頓，不只是吃，如果能打包回來最好！

「不曉得小雲回門的時候，會不會也有這麼多好吃的？」她瞇起眼，開始盼望著小雲的回門宴了。

林伊和小琴也焦急盼著小雲回門的日子，她們迫切想知道她的新婚生活。

她們對邱家毫不瞭解，據送親回來的吳老三說，這家人確實有錢，住的是裡外兩進的院落，後院還栽了花花草草，不像普通莊戶人家都種的是菜蔬。因為成親，特意翻修了屋子，青磚紅瓦的，很有氣勢，家具擺設也是新置辦的，看著就很值錢。特別是院牆修得又高又厚，從外面根本看不到屋裡情形。林伊嚴重懷疑，是因為上次鄰居大娘翻牆而入的關係。

「院牆那麼高，要是真被邱老三打了，鄰居都不知道，也不曉得能不能跑出來求救。」小琴憂心忡忡地說。

林伊倒不擔心，那天小雲和邱老三並肩走在一起時，個子幾乎差不多高，小雲看著比邱老三還壯實，真打起來，就算沒有武器，小雲也不一定會落下風。

「妳別多想了，大姊肯定沒事。咱們做了那麼多準備，方方面面都想到了，邱老三絕對討不了好，妳要對大姊有信心嘛。」

小琴嘆口氣，雙手合十默默祈禱。「菩薩保佑，我姊一定要好好的啊。」

不過楊氏卻有點不好了。

# 第二十三章

因為平時少見油葷，楊氏成親那天吃得太油太猛，傷了腸胃，吃完喜宴不久就上吐下瀉，經常是剛從茅廁捧著肚子哎喲哎喲地出來，還沒有走到屋裡又慌慌張張地跑回去，都快住在裡面了。

楊氏這種霸占茅廁的行為給吳家人帶來極大不便，讓大家非常不滿，抱怨不休。卻根本沒人管她的死活，問問她是不是不舒服，要不要吃點藥。就連以前會關心她的小琴，也因為小雲的婚事對她寒了心，見她受苦，竟有種莫名的快意，連水都沒有給她端一杯。

不出幾日，楊氏的臉色就灰敗下來，人也變得無精打采，走路更是東倒西歪。

她實在受不住，告訴田氏想要請郎中，卻被田氏毫不留情地罵了回去。「妳還有臉請郎中，十里八村去問問，有哪個當娘的在自己閨女的喜宴上吃得撐壞肚子？妳好意思說我還不好意思聽呢。吳家的臉面都被妳丟盡了！」

楊氏被她罵得灰頭土臉，不敢再吭聲，只得繼續茅廁屋裡兩頭跑。

還是林氏看不過去，給她兌了淡鹽水讓她喝，她才稍微好受點，喝完了還對林氏說：「妳說養女兒是幹啥用的，我這麼難受，那個死丫頭都沒過來看我一眼，問也不問一句！這狼心狗肺的東西，等我好了就把她提去賣了！」

林氏並不接她的話，回到屋裡對林伊發牢騷。「她平時萬般看不上女兒，天天掛在嘴上罵，現在生病就想起來了，她男人和兩個寶貝兒子也沒管她，她怎麼不說。」

林伊聽得直點頭，娘親不錯啊，敢發表意見了，以前可都是悶在心裡的。

不過楊氏倒下了，林氏只好接過她的日常工作，加上還要為小雲的回門做準備，就算有林伊幫著，也忙得團團轉。於是回門前一天，田氏讓小琴下午不要上山，留在家裡幫林氏，砍柴火的活又都交給了林伊。

午飯後，林伊一個人揹著大背筐往山上走。剛上山就見梔子和一個虎頭虎腦的小少年立在通往山頂的小路旁，朝山下張望，見到林伊立刻向她招手。「小伊！小伊！」又探頭往後看。「小琴沒來？」

「她留在家裡幫我娘做事。」林伊回答梔子，又好奇地問那個少年。「小虎，你今天也和我們上山？」

這個少年名叫羅小虎，正是上次林伊遇到的劉寡婦婆家大哥羅老大的兒子。

羅小虎比小吳伊大一歲，長得圓臉大眼的，收拾得整整齊齊，看著很是精神。

幾年前，小吳伊被村裡的幾個頑童欺負，是小虎替她出頭打跑了那幾個小子，從那以後，兩人就玩在一起，相處很是愉快。後來小吳伊和梔子交好，三人就成了好朋友，經常相約著一起上山。只是隨著年歲漸大，那些碎嘴的丫頭、小子只要看見他們在一起就起鬨，說小虎一人帶兩個媳婦，搞得他們很不好意思，便慢慢疏遠了。林伊到這裡以後，還從來沒和小虎碰過面。這次他居然出現了，林伊很是意外。

小虎眼神閃爍，支支吾吾地回答。「是啊，我們一起去砍柴吧。」說完當先朝山上走去。

林伊懷疑地看向梔子，悄悄指著小虎的背影問她。「他怎麼來了？」

梔子也莫名其妙，壓低聲音說：「不知道，一早就在這裡等著，我來了他說要等著妳一起。」

「有點奇怪啊，他是有什麼事嗎？」林伊覺得這事不簡單。

梔子搖頭聳肩，毫不知情。

一路上小虎都心事重重，皺著眉頭噘著嘴，砍柴也有一搭沒一搭，讓林伊非常擔心他會砍到自己的手。

這小子感覺像是裝了滿肚子的話，不過他不肯說，林伊也不好追著問，畢竟這麼久沒有在一起相處，說話不像以前隨意了。

三人邊砍著枯枝，邊朝小地盤走去，在小虎又一次差點砍到手後，林伊忍不住了，一把拉住他追問。「你在幹麼啊？是有什麼為難事嗎？」

小虎抬起頭勉強笑了笑，又低下頭揮著柴刀亂舞。梔子在旁邊看不下去，搶過他的柴刀，白了他一眼。「別砍了，手都要被你當成柴火砍掉了。你就撿我們砍下來的吧。」

小虎不吭聲，跟在兩人身後默默地撿著枯枝，到了小地盤，他取下背筐，一屁股坐在石頭上，托著腮陷入沈思。

林伊、梔子不理他，自顧自把背筐裝滿柴火，坐到他旁邊休息。

梔子向林伊打聽明天小雲回門的事情，兩人說得熱鬧，小虎卻在旁邊苦著臉，一言不發。林伊不由心生懷疑，難道他暗戀小雲？今天是專門來詢問小雲的事？只是以前也沒有發現他有這方面的想法呢。

她邊和梔子說話，邊觀察小虎的神情，卻發現他兩眼定定地看著一片葉子，似乎神遊天外，並不關心兩人談論的話題。

這不像對小雲感興趣啊，真要對小雲有意，早就豎起耳朵生怕聽漏了一個字吧。這小子事事處處都透著古怪。

林伊想不明白就不再管他，只專心回答梔子的問題。

聊了一會兒，梔子和林伊準備下山了，問小虎要不要一起走，小虎像是猛地驚醒，霍地站起身，猶豫了一下，便對梔子說：「梔子，妳先走吧，我有事想和小伊說。」

「和我？」林伊吃驚地看著他，原來折騰大半天他是想找她呢，到底是何事讓他為難至此？

梔子是個很體貼的女孩，聽到小虎這麼說，也不多問，立刻跟林伊道別。「小伊，那我先走了，你們慢慢說。」

待梔子走後，兩人重新坐回大石上。

林伊好奇了這麼久也不耽擱，轉頭直接問：「你有什麼事要單獨跟我說？」

小虎咬著牙憋著氣說不出話，只拿著片樹葉亂扯，林伊看他一臉糾結，心裡更是大奇。「是很為難的事？和我有關？」

她心癢難耐，卻又不敢使勁催他，萬一把他催急了一扭頭就跑，那才是麻煩。

小虎垮下肩膀，將樹葉碎渣扔在地上，又垂著腦袋思考了半天，抬起眼可憐巴巴對她說：「小伊，怎麼辦，我不曉得該不該跟妳說。」

林伊扶額，這不是想了半天嗎？還沒有拿定主意？到底是什麼天大的為難事啊？

她坐直身體，端正神色鼓勵他。「如果和我有關，不管好的壞的，你都該告訴我，我自己來決定怎麼做。」

小虎低下頭，艱難地回答。「不是妳，是妳爹的事。」

「我爹？你更得告訴我，這對我很重要。」林伊這下是真著急了，說話的音量都大了幾分。

這兩天忙著小雲的親事，她都沒空關心吳老二的動靜，小虎這時跑來找她，神情還這麼為難，說不定真知道什麼事。

小虎苦惱地抓了把頭髮，又抬起頭吐出一口長氣，終於下了決定，他湊到林伊耳邊小聲說道：「我看到妳爹晚上進到我三嬸家了。」說完像怕林伊不信，又用力朝她點頭。「真的，我不騙妳，是我親眼看到的。」

「你三嬸？劉寡婦？」林伊脫口而出。

小虎面色一窘，有點難堪地回答。「就是她，前兩天我和族裡幾個兄弟約著晚上抓鱔魚，回來的時候正好看見妳爹朝我三嬸家走，剛到門口，我三嬸就打開門把你爹拉進去了。」

小虎家就住在劉寡婦家旁邊，兩家人只隔了道院牆。

林伊恍然大悟，這段時間她不止一次遇過劉寡婦，她的態度都很古怪，有時像寒冬似的冰冷無情，有時又像春天般溫暖和煦，令林伊莫名其妙，嚴重懷疑這人是不是有神經病。

原來有這麼段故事啊，看來她自己也很糾結吧。

「起初妳爹走在我前面，我還直納悶，他怎麼朝我們家這邊來了，是不是喝了酒走錯道，後來才知道是這麼回事。當時我嚇壞了，站那兒半天不敢回家，生怕被他們發現，這段時間晚上也不敢出門，怕再遇到。」他憂傷地嘆口氣。「我這兩天心裡憋得難受，不曉得要不要告訴家裡人，就想和妳商量一下。」

林伊看著小虎緊鎖的眉頭，非常明白他的煩惱，這些孩子平時雖然調皮搗蛋，但心思單純，遇到這種窘事還真不知道怎麼辦才好。

「那就先別說，你只遇過一次，萬一屋裡不止他們兩人，他們只是在裡面打牌之類的，這可是關係兩人名聲的大事，千萬錯不得。要不你再多觀察一下，如果真有這麼回事，再告訴家裡人不遲。」林伊心在狂跳，血在沸騰，身子都在微微顫抖，面上卻一派淡定。

她猜測這兩人就是有私情，吳老二天天晚上不回家就是去了劉寡婦家。她要好好謀劃怎麼利用這件事情，小虎如果貿然告訴家裡人，打草驚蛇了可不好，得讓他先穩穩。

小虎有點遲疑，他覺得這兩人不對勁，肯定在做不好的事，可又覺得林伊說的話有道理，這是關係到名聲的大事，得慎重又慎重。不然要是弄錯了，自己以後怎麼有臉見三嬸，三嬸又怎麼在村裡生活？他決定接受林伊的意見，再看看。

把困擾自己的秘密說出來，小虎就像卸下了大包袱，心情好了很多，臉上也有了笑容。他細細回答了林伊提出的問題後，紅著臉看向林伊，眼裡滿是關切。「小伊，妳的傷好了嗎？我聽到妳摔了想來看妳，又不好意思，妳現在沒事了吧？」

林伊把劉海撩起來。「沒事了，你看，傷口都結疤了。」

小虎湊近查看，確實不紅不腫，只有條淡淡的疤痕，只是橫在林伊白淨光滑的額頭上還是略顯猙獰，他難過地問林伊。「當時很疼吧？這麼長一條疤呢。」

林伊見他眼眶都紅了，便放下劉海，輕鬆地笑道：「都過去好久了，記不得痛不痛了，應該不是很痛吧。」事情已經過去了，就別讓這個善良的小少年傷心了。

小虎卻很不開心，他皺著一張小臉，咬牙發狠。「我已經叫我們族裡的兄弟不跟小寶玩了，他再敢欺負妳，妳就告訴我，我使勁揍他，保證把他揍得滿地爬。」

林伊笑著答應。「行，他要再對我凶，我就跟他說要告訴你，他肯定就不敢了。」她必須給這個小少年面子啊。

小虎滿意地點點頭，從兜裡拿出一包芝麻糖遞給林伊。「這是我爹買給我的，太甜了，我吃不慣，都給妳吃。」

林伊看著那包糖，再看著小虎亮晶晶的大眼睛，心裡很是溫暖，不論如何，在這個村子裡，真正關心小吳伊的人還是有那麼幾個。

她從包裡拿出一個糖放進嘴裡，把其他的推回給他。「我要一個就好，拿回去被家裡人看見了又是一場麻煩。」

這糖真好吃，沾滿了芝麻，嚼著又香脆又清甜，這種糖只有縣城賣，價格還不便宜，普通人家的小孩過年才能吃到，是最受孩子們歡迎的零食之一。以前梔子給她吃過一個，那味道讓她回味了好久，小虎怎麼可能不愛吃，他是故意這麼說，想讓她收下。

小虎猶豫了一下，又拿了兩個給林伊。「妳再吃兩個。」待林伊接過，他才開心地把小包揣回去。「這個糖可香可好吃了，我最愛吃了，可惜我爹很少買給我吃。」

林伊雖然心裡亂糟糟的，卻忍不住暗笑，這小子說漏嘴了。

小虎卻沒發現，眼看時間不早，便揹起背筐，要和林伊一起下山。

林伊並不想下山，她想一個人待會兒。

她一直想抓吳老二的錯處，為此還做了種種設想和應對之法，現在把柄突然送到眼前，她又忐忑不安，怕計劃不好，錯過了這次難得的良機。她要好好理理，看看下一步怎麼做。

她對小虎說：「小虎，你先走吧，我在這兒坐一會兒，好好想想這件事。」

小虎完全理解她的心情。當初他看到時整個人都傻了，關在家裡瞎想了好幾天，這還只是他的三嬸，現在關係到小伊的親爹，她受的打擊肯定更大，是得一個人待著多想想。

他輕聲對林伊說：「那好，我先走了。妳有要我幫忙的再跟我說。」

待小虎的身影消失不見，林伊找了兩片樹葉擦拭乾淨，把芝麻糖分別包起來，放進兜裡，打算拿回去分給林氏和小琴吃，她們吃到這種糖的機會更少。

她重新坐回山石上，雙手交握，不斷地深呼吸，努力將激動紛亂的心情平復下來，她看著一片樹葉凝神思索，很快便理出了頭緒。

徐郎中上次和她說過，已婚男女私通，在當朝是觸犯律法的，只是很少有人會報官，幾乎都是私下解決，儘量將事情遮掩下來。林伊也不打算報官，她只想儘快離開吳家，不願多生枝節，不過倒是可以充分利用，達到目的。

只要這兩人私通被抓，林氏咬定要告上衙門，這不僅對吳家，對整個吳家村都茲事體大。因為事涉男女私情，事情若是傳出去，村裡的名聲就壞了，吳、羅兩個家族一個都跑不掉。吳家村的未婚男女談婚論嫁都會受到牽連，到時候村長一定會極力勸說林氏不要報官，林氏就可以乘機提出，不報官就帶著女兒和離，吳家人和村長權衡利弊，肯定會同意。

林伊目前要做的是，確認吳老二和劉寡婦的私情，雖然她覺得是真的，但還是要親眼看到才放心。

吳老二都是什麼時候去的？據小虎回想，他們那天抓完鱔魚又去河裡洗了澡，回家時天色很晚，村裡的人都入睡了。

林伊決定等小雲回門後，就到劉寡婦家門口蹲守，把這件事弄清楚了再進一步打算。

計劃已定，林伊站起身，揹上背筐朝山下衝去。她現在心情激盪，夢想已久的幸福生活觸手可得，讓她有種想大聲呼喊的衝動，又迫不及待地想告訴林氏，分享這個好消息。

跑上那條山間小路時，林伊穩住身形，一再提醒自己，冷靜冷靜，眼下這活蹦亂跳、興高采烈的行為可不符合自己小可憐的人設，得沈住氣。

於是，她放慢腳步，低下頭，緩緩朝山下走，邊走邊尋思。暫時還是不要告訴林氏吧，等自己打探清楚，有了具體計劃再和她仔細商量，免得白高興一場。

正想得入神，突然聽到前面有人親切打招呼。「小伊，妳怎麼還在山上啊，妳姊姊不是明天回門嗎？」

林伊抬起頭望向來人，心裡不由冷笑，真是說曹操曹操到，這人還真經不住唸叨！

# 第二十四章

來人正是劉寡婦，看她手上提著籃子，估計是來採野菜。

今天劉寡婦是屬春天的，臉上掛著溫柔的笑，態度很親切。

她穿了身水色衫褲，頭髮梳得一絲不亂，在腦後綰了個髻，鬢邊簪著朵淡黃絹花，耳上的銀墜子垂在臉旁晃晃悠悠，襯得精心描畫過的臉蛋很是俏麗，即便在這山間小路上也走得一步一搖，頗有風情，確實比只知勞作、不擅打扮的普通村婦有魅力得多。

林伊心裡煩，根本不想搭理，瞄了她一眼便繼續往山下走。

劉寡婦卻不肯放過，錯身而過時，一把抓住林伊的手臂，親親熱熱地說道：「小伊，真是越長越俊俏了，快讓嬸子看看！唉喲……瞧這小身板，哪裡能做這苦活計？我看著都心疼，趕明兒嬸子給妳尋個富貴人家去享福，保管比小雲的瘦猴子男人強。」

林伊被她噁心得起了一身雞皮疙瘩，用力甩開她的手，徑直往前走去，心裡卻在奇怪：這人真的瘋了嗎？怎麼莫名其妙說這些話，難不成想讓吳老二也給她找個有錢的變態？

林伊力氣多大啊，她這一甩，毫無防備的劉寡婦踉蹌幾步，差點坐到地上。她沒想到林伊如此不給面子，惱羞成怒脫口罵道：「妳個賤丫頭，趕著去投胎啊！」

林伊停下腳步，她可不想慣著這女的，既然她想找罵，那就成全她。反正她現在是個小孩，就用小學生的方式攻擊她。

她轉頭淡笑地回望劉寡婦。「我幹麼要趕著去投胎？我看妳倒是應該去重新投個胎，把妳這身黑皮膚換一下，要不然天黑出來站在那裡，人家打著燈籠都看不到妳，一不小心撞到妳了還要亂怪人。」又嫌棄地打量著她。「說真的，我家母豬都比妳長得白。妳還是跑快點去投胎吧，要不慢了白皮膚被人搶完了，妳再投胎一次還是黑皮膚！」

劉寡婦最恨別人說她黑，吳家村的人都知道，林伊自然要猛戳她的痛處。

其實劉寡婦嚴格來說並不算多黑，放在現代就是最受歡迎的小麥色。而且鄉間女子常在陽光下勞動，大部分都是她這樣的膚色，還有很多人比她更黑，不過只有她特別在意。

劉寡婦自認頗有姿色，略黑的膚色是她的椎心之痛，生平大忌。她想盡一切辦法變白，為此下花了不少錢，可惜效果甚微，這讓她憤恨不已。因此對於膚色非常敏感，要是誰在她面前不小心提到烏鴉、黑豬之類，都會懷疑在影射她，村人給她取了「黑裡俏」的外號，更是讓她氣得跳腳，誰敢提起，她就會大失常態追著人罵。

劉寡婦勃然大怒，熊熊怒火將理智燒了個乾乾淨淨。

她一把扔掉手上的籃子，朝林伊衝過來，抬手就要搧她巴掌，嘴裡咬牙切齒地大罵。「妳個死丫頭，敢罵老娘，我打死妳！」

林伊哪裡會怕，嘴角含笑地睨著她，待她衝到面前，伸手抓住她的手臂往前一拖一放，右腳快速踢在她的膝蓋上，劉寡婦還沒明白怎麼回事，就兩手撐地跪在林伊面前。

小道上滿是碎石爛泥，這猛地一跪，磨得她的膝蓋鑽心地疼，手掌也磨破了，糊了一手草泥。

林伊往後連退幾步，嘴裡繼續嘲笑。「哎喲，這還沒過年呢，劉嬸妳怎麼就給我跪上了，不過妳跪也白跪，我可沒紅包給妳。」

劉寡婦是個脾氣猛的，也不想想自己是怎麼摔倒的，立馬爬起來又張牙舞爪地朝林伊撲過去。「敢踢老娘，老娘撕了妳！」

林伊正要上手收拾她，突然聽到後面有人聲傳來，她後退幾步躲開劉寡婦的進攻。凝神細聽，好像是翠嬸子和那個圓臉媳婦，還有個人她不太熟悉，依稀是劉寡婦的大嫂，羅小虎的親娘羅大嬸。

劉寡婦見她閃避，以為她怕了，精神大振，兩步衝上來就要撕打，林伊左躲右閃，待人聲近了，突然倒在地上，大聲哭喊起來。「不要打我！劉嬸子不要打我！」

劉寡婦嚇了一跳，愣了愣隨即心頭大喜。好啊，妳個死丫頭自己摔倒了，看我怎麼收拾妳！

她彎下身抓住林伊的衣襟就要呼巴掌。妳竟然敢罵我黑，老娘不狠狠打妳一頓出不了這口氣！

林伊抬起手臂死死擋住她的進攻，劉寡婦連打幾下都沒有得逞，更加怒不可遏，兩眼通紅狀似瘋魔，恨不得用牙咬碎地上的林伊。

正糾纏間就聽一聲怒吼從前面傳來。「住手！劉素蘭妳在幹麼！」這聲怒吼像一道霹靂驀地將劉寡婦從震怒中喚醒，她呆了呆，停住手，直起身朝前望去。只見三個媳婦快步朝她們跑來，除了吳家的兩個小媳婦，另一個正是她的婆家大嫂。

她望著憤怒的三人，再看看躺在地上哭得傷心的林伊，想到之前林伊的反應，猛然意會過來自己被算計了。

她頓時慌了，這下被吳家人逮個正著啊，自己這麼大一個人欺負吳家小姑娘，真要鬧起來可不得了，這可是兩個家族的事了。

她趕忙鬆開手站起來，語無倫次地辯解。「我沒有打她，是她打我，她自己躺地上的。」

她說的全是實話，可惜沒人相信。

翠嬸子沒理她，朝林伊跑去。

林伊斜躺在地上，驚恐地睜大眼睛，身上的背筐杵在地上，柴火灑了一地，衣服上也沾染了草泥，見她過來，帶著哭音喚她。「翠嬸子！」

翠嬸子看得心疼，連忙把背筐取下來放在地上，又小心地扶起她，仔細查看她的傷情。

圓臉媳婦衝到劉寡婦面前，大聲呵斥。「妳在說什麼鬼話，這麼多人看到妳把小伊壓在地上打，妳好意思說小伊打妳？妳當我們眼睛還是人傻？幸好有你們家的人在這裡，要不然還真說不清楚。」

翠嬸子朝羅大嬸道：「嫂子，這事妳得給我們個說法，你們家大人怎麼打我家小孩的，妳可是親眼看到了。」

羅大嬸走到劉寡婦面前，皺著眉打量她。只見她頭髮散亂，兩頰緋紅，一身衣服皺巴巴，兩個膝蓋上沾滿了泥土，兩隻手也髒兮兮，和平時的光鮮亮麗判若兩人。

羅大嬸詫異地問：「妳這是在幹麼，到底怎麼回事？」

要知道劉寡婦雖然愛打扮講吃穿，卻從不惹事生非，待誰都和和氣氣，要不是她親眼所見，任誰說都不會相信。

難道真是這丫頭說了啥氣人的話，把她惹急了？可就算這樣也不能打人啊！

再說了，村裡誰不知道小吳伊最老實不過，平時只曉得埋頭做事，不多言不多語，話都沒有幾句，要說她惹到劉寡婦，根本沒人信。

劉寡婦委屈得不得了，眼裡頓時泛起淚光。「她罵我、她罵我……」支吾半天，那個「黑」字在她舌尖打轉，就是說不出來。

羅大嬸急得跺腳，連聲追問道：「她罵妳什麼？妳倒是說啊？」

劉寡婦心念電轉，瞬間明白無論如何自己都討不到好。大人打小孩總是不對，而且因為被說皮膚黑就打人，傳出去更會惹人恥笑。

至於說被這丫頭打，不要說別人，就是她自己都不敢相信。

這丫頭這麼瘦弱，看著就不是打人的樣子！

她現在都有點迷糊，剛才莫非是自己摔的？

再加上她心裡有鬼，就算占理，也不敢鬧騰了。

她是個拿得起放得下的，一想清楚，立刻低下頭小聲對羅大嬸說：「是我自己沒看路摔了，以為是小伊絆倒我，她向我解釋，我以為她要賴就急得動了手，是我豬油糊了心，是我不對！」

羅大嬸不敢置信地瞪著她，用力拍打著她的手臂。「妳怎麼這樣啊！小伊這麼好的小閨女妳竟下得了手！我不管，妳自己去跟人家賠禮。」

劉寡婦一咬牙，幾步走到小伊面前，低下頭。

「小伊，對不住了，剛才是嬸子誤會，一時昏頭對妳動手，妳不要怪嬸子好不好？」

說完臉上流下兩行熱淚，是氣的！

林伊不答話，轉眼看向翠嬸子，翠嬸子小聲問她。「小伊怎麼樣？妳哪裡被打到了？」

林伊搖搖頭，微微顫抖著道：「沒事，我沒事。」

她往翠嬸子身旁靠了靠，一臉害怕，那副柔弱無助的樣子看得劉寡婦牙癢癢。

翠嬸子嘆口氣，摸摸她的頭髮，轉頭對劉寡婦說道：「妳光說對不住就算了？小伊身上有沒有傷現在也不方便查看，待會兒得帶她到郎中那裡瞧瞧。」

羅大嬸走過來，臉上帶著笑跟翠嬸子商量。「妳也知道我這弟妹，平時不是這樣的性子，今天不曉得衝撞了啥昏了頭。她現在賠了不是，就饒了她這次吧，她一個寡婦日子也不好過，可以嗎？」想了想又說：「我再叫她拿點錢出來，小伊收著買點好吃的補補，這事就別鬧大了行嗎？給嫂子面子吧。」

她心裡很怕，先不說吳氏族人追不追究，光是傳出羅家媳婦把別家小孩按地上打，就夠讓自家沒臉了，她無論如何要把這件事壓下來。

翠嬸子聞言看向林伊，林伊想著要給翠嬸子面子，反正今天她沒吃虧，打了劉寡婦讓她說不出話來還有錢拿。

她乖巧地說道：「我聽嬸子的。」

翠嬸子和羅大嬸關係不錯，加上吳伊看起來沒有大礙，羅大嬸態度又很誠懇，話說到這個分上，她不好太過強硬，把局面弄得太僵。

翠嬸子心裡拿定主意，便對羅大嬸說道：「我們不是得理不饒人的人家，今天確實是妳弟妹太過分，既然她誠心道歉了，我就賣這個人情給妳，妳們自己商量一下怎麼辦吧。下次可沒這麼好的事了，只能找族長來。」

羅大嬸連聲答應，拉了垮著一張臉的劉寡婦走到一邊，嘰嘰咕咕商量了一會兒，兩人各從兜裡掏了錢出來數了數，重新回到林伊面前。

劉寡婦把手帕包著的銅錢遞給翠嬸子。「這裡是五十文，小伊拿去買藥吃吧！」「買藥吃」三個字被她咬著牙關說得重重的，羅大嬸瞪她一眼，她連忙又賠上笑。「再買點好吃的補補身子壓壓驚，妳就別怪嬸子了。」

翠嬸子接過掂了掂，便將銅錢遞給林伊，林伊小心翼翼地捧在手裡，心裡樂呵呵的。出了氣還有錢拿，要是每天都有這等好事就好了。

圓臉媳婦還不肯甘休，對著劉寡婦又是諷刺又是挖苦，劉寡婦也不辯白，扭過頭一瘸一拐地衝下山，連籃子都沒有拿。

羅大嬸無奈地搖搖頭，將她扔在一邊的籃子撿起來，一再向林伊道歉。林伊見她這樣誠懇，倒有點過意不去，畢竟這根本不關她的事。

翠嬸子和圓臉媳婦拾起散落在地上的柴火，裝進林伊的背筐裡。「走，小伊，嬸子送妳回家。」

林伊感動不已，翠嬸子人真好，又溫柔又肯為她出面，自己怎麼好意思再麻煩她？她忙去接背筐，口裡推辭道：「不用了不用了，我自己就行，妳們還有事呢。」

圓臉媳婦上前挽住她。「我和妳翠嬸子就是沒事上來瞎逛，走吧，我們送妳回去。」

羅大嬸也要和她們一起回村，剛才的事情太衝擊，她沒有心思再上山。

翠嬸子一直將林伊送到家門口才離開，臨走時愛憐地摸摸她的頭髮。「以後別砍那麼多柴了，瞧這重的，小心壓狠了長不高。」

林伊點頭答應，快步走進了吳家。

一進院子就聞到酸苦的草藥味中混著葉子煙嗆人的煙味，她抬頭朝堂屋門口望去，頓時嚇了一跳，平時這個時間應該在外面轉悠的吳老頭，居然坐在房簷下舉著煙桿抽旱煙。

他陰沈著臉，山羊鬍子一翹一翹的，不知想啥想得入神，林伊進來都沒抬頭看她一眼。

林伊狐疑地盯著他，突然發現吳老頭手上臉上有幾道深深淺淺的紅色抓痕，右手背上那道特別明顯，看著還挺嚇人。

這是怎麼了，吳老頭和人打架了？怎麼臉都被抓爛了？難怪這麼早回來。林伊邊暗自思忖，邊輕手輕腳地從他身旁飄過。

剛進堂屋，就聽到田氏屋裡隱約有哭聲傳來，邊哭還邊在唸叨。她細聽了一下，是田氏在哭，嘴裡含含糊糊的，聽不清說什麼。

林伊吃了一驚，難道和吳老頭打架的是田氏？

從吳老頭披紅掛彩的狀態來看，戰況肯定很激烈，田氏應該也好不到哪裡去，說不定更慘。想想當時的畫面，林伊幸災樂禍地笑了起來。

正在廚房裡摘菜的小琴聽到動靜，從門口探出頭來，見是林伊，急忙朝她招手，示意她快點過去。

林伊樂顛顛地跑到雜物間，把背筐放下，連柴火都沒撿出來就衝到小琴面前，小聲問道：「我娘呢？爺爺、奶奶怎麼回事？」

小琴邊摘菜邊回答。「二嬸把菜摘回來就去村裡買肉和魚了，還沒回來。」

這是為明天回門宴採購的，通常這種涉及金錢的事都是田氏親自出面，可她今天有要緊事辦，就把錢交給林氏讓她去買，反正都是族裡相熟的人家，不怕林氏貪了錢財。

自從田氏打心裡厭惡起楊氏後，看林氏順眼許多，也願意交代她辦些事了。

林伊把芝麻糖拿出來，悄悄遞到小琴嘴邊，小琴低頭一看，眼睛頓時亮了。「芝麻糖！」一也不及再說別的，張開口就咬了一口，含糊說道：「好香，二姊，妳也吃吧。」

林伊把剩下的全塞進她嘴裡。「妳吃吧，我已經吃了一個，還有一個給我娘留著。」

小琴點點頭，甜滋滋吃完，滿臉是笑。「真好吃啊，我以後有錢了天天買來吃。」說完又湊到林伊耳邊，用幾不可聞的聲音告訴她。「爺爺、奶奶打起來了！」

# 第二十五章

聞言，林伊睜大眼睛。「真的？為了什麼？」

雖然和她的推測差不多，但還是有點不敢相信。

要知道，吳老頭平時雖然不理事，可田氏卻很怕他，凡事只要他開了口，田氏都不會反對。今天她是吃了熊心豹子膽嗎？

「因為我姊的親事，兩人說沒幾句就吵起來，然後就動手了。」

「妳沒有上去勸勸？」林伊看著笑嘻嘻的小琴問。

小琴往後縮了縮脖子。「我可不敢，他們都忘了我在家，打得可厲害了，我就躲在廚房窗口偷看。二姊，妳不知道，奶奶的樣子好嚇人，跟瘋了一樣，跳起來亂抓爺爺的臉，把爺爺抓得嗷嗷叫。不過奶奶也沒討到好，爺爺揪著她的頭髮搧她巴掌，聲音可響了，聽得我臉都痛了。」

聽了小琴繪聲繪影的講述，林伊深恨自己為什麼不早點回來，錯過了這場夫妻大戰。不過要是早回來就遇不到劉寡婦，不能坑她一大把，這麼想想，心理也就平衡了。

可是給小雲陪嫁了那麼多東西，喜宴雖說準備得倉促，也辦得有模有樣，不是已經挽回名聲了嗎？怎麼吳老頭還在說他沒臉，難道這場喜宴並沒有得到村裡人的認可？

變。

林伊沒有猜錯，村裡人對小雲的親事有自己的看法，並不是陪點嫁妝辦場喜宴就能改

吳老頭也是完全沒有想到。

吳老頭這兩天心情非常好，小雲喜宴上眾人的誇讚奉承讓他飄飄然，以為已經扭轉局面，自己堪稱整個吳家村最疼愛孫女的爺爺，走到外面都趾高氣揚。

萬萬沒想到的是，今天打牌時那個死老頭見要和他一桌，竟然扭頭就走，放話寧願不打牌，也不和沒良心的人坐一起。

吳老頭正沾沾自喜，當即把準備好的說辭回敬過去，那老頭卻質問他。「你說你為孫女置辦了多少嫁妝，那裡面有你一文錢嗎？」

吳老頭頓時愣了神，這親事真沒花他一文錢，從小雲的嫁妝到辦喜宴都是用邱家禮金，而且成親時賓客送的禮金還是自己家收著，這會兒他兜裡就揣著幾十文呢。

「我孫女嫁妝是沒你家多，可那是從她小時候就一點點攢起來的，每一樣我都記得清清楚楚，你能說出孫女的嫁妝有哪些嗎？拿人家的錢給自己充面子，這種事我可做不出來。我家是沒錢，可我有良心！」那老頭抬頭挺胸，一臉義正辭嚴，惹得旁人不斷叫好。

吳老頭被問得啞口無語，心裡卻惱怒不已。沒錢就沒錢，找這些藉口。

而且準備嫁妝這種事，難道不是該家裡的女人們操心嗎？他一天到晚這麼忙，哪裡有時間想這些。

死老頭話說得好聽，還不就是自家喜宴辦得好堵了他的嘴，讓他沒臉了。

至於旁邊一個個附和他的人，就是看不得自己孫女嫁了好人家，沒見族長家的人都誇讚他們嗎？韓嫂子和她媳婦還親自把小雲送到邱家，她們不比這些人有眼光？

沒錯！這些人就是眼紅自己，瞧這窮酸樣，你們不樂意和我待在一起，我還看不上你們！

想到這裡，他霍地起身，招呼坐在一旁的吳老大。「走，不打了，我看我不打牌會不會死！」

這時牌局還沒有開始，吳老大沒有摸到牌，周圍人說的話他還能聽到，那些指責讓他也不太自在，可隨即他就理直氣壯起來。關我啥事？這樁親事定下來之前沒人問過我，置辦嫁妝喜宴也沒人和我商量，我一點好處也沒撈到，誰有意見可別找我。

再說他這桌人已經湊夠了，有兩個從來沒有贏過他，另一個對上他也是輸多贏少，這樣的牌搭子他才捨不得離開。

吳老大把牌抓到手上開始發牌，嘴上答應吳老頭。「爹，我們這桌人夠了，我走了不是就拆臺子了，你先走吧。」說著兩下發好牌，把自己的牌翻開，認真查看起來，不再管站在旁邊的吳老頭。

吳老頭遙遙看他抓了一副好牌，想罵他把他扯走，又覺得這麼好的牌丟了可惜。他有心湊上去看看，轉眼瞥見旁邊眾人不屑地盯著他，想想才說的話，臉上頓時掛不住，氣得一跺腳走了。

他不願意回家，想找個人訴訴苦，眼見前面走著兩個人，正是在喜宴上奉承自己的，他想上前打招呼，卻聽到他們正在談論自己家的親事。他忙放輕腳步，想再聽聽他們的誇讚，好安撫他那顆受傷的心。

只聽其中一個說道：「田婆子可得意了，到處吹噓小雲嫁得好，以後大把大把的銀子拿回來，他們家就等著享福了。」

另一個恍然道：「難怪這麼捨得，原來是想著放長線釣大魚。邱老三家那樣，能活著出來就不錯了，還想這些，太不把孫女當人了。」又疑惑道：「族長家怎麼這麼支持他們，還親自送親。」

「那是支持他們嗎？那是給小雲撐腰！讓邱老三看清楚，小雲是有族人支持的，動手前得多想想。要不是為了這個，你看族長家會不會理他們。」

另一個取笑道：「那你昨天還一個勁兒吹捧吳老頭，我還以為你羨慕他。」

「要不然呢？我在他家喜宴上罵他賣孫女不是人？沒這個道理嘛。你不是也在誇他？」

「我和你一樣，既然去了，面子上總要過得去，當面打臉我可做不出來。不過以後還是離遠點吧，賣孫女的人心腸能好到哪兒去。」

「就是這麼說的，你瞧瞧他家那幾個男的，不是到處晃蕩就是坐著打牌。小伊那麼個小丫頭天天上山砍柴，那背筐壓得我看了都心疼，這家男人也好意思，用著這些柴火不心虛嗎？」

「是啊，都是心狠的人，吳老頭還好意思說他愛孫女，簡直笑死人！」

兩人達成一致意見，以後少和這家人打交道。

吳老頭在後面聽了氣得手腳冰涼。老子下了這麼大本錢，花了這麼多心血，這些人來了吃得滿嘴流油，背後卻這麼說我！死老婆子，妳應的好親事，把老子的臉都丟光了，還敢跟人說小雲要拿錢回來！

他停住腳，聽著兩人繼續說著他家壞話越走越遠，幾乎站立不住，呆立半晌，再沒心思找人傾訴，顫顫巍巍地回家了。

一進院子，他就大叫田氏，想痛罵她幾句出出氣，結果沒人答應。

「這死婆子果然又出去顯擺了，她的腦袋裡裝的都是屎嗎？這種事能滿世界嚷嚷嗎？我花了那麼多錢好不容易挽回點名聲，全讓她敗完了！」

他越想越氣，只覺得滿腔憤恨整間屋子都裝不下，便端了椅子坐到屋簷下惡狠狠地對著院門口運氣，準備田氏一回來就衝上去收拾她。

他沒等多久田氏就回來了。只是臉色不太好，見了他也不在意，招呼一聲就想進屋。

吳老頭站起來大喝一聲。「妳個死老婆子幹的好事，把老子坑苦了！」

他把自己在外面遭受的不公正待遇痛訴一遍，越說越怒，揮起拳頭就要揍田氏。

田氏起初嚇了一跳，待弄清楚是怎麼回事後也來了氣，朝吳老頭大吼。「事情好了都是你的功勞，不好了就是別人的錯，你作啥夢呢！這件親事你是親自點頭的，休想把責任推給我！就是你貪圖邱家的銀子！就是你賣孫女！」

若是平時，田氏斷不敢對抗吳老頭，偏她今天事情辦得不順，滿肚子怒火沒處發，再加上吳老頭很久沒有對她動過手，她心裡的「怕」字淡了許多。

她火冒三丈，高聲叫嚷。「你打！有種你打死我！」

見吳老頭真的揮起拳頭，田氏毫不示弱，祭出抓撓大法，撲身朝吳老頭臉上手上拚命抓去，一時間兩人糾纏在一起打得不可開交。

「幸好三叔回來了，要不然都不知道如何收場。」小琴把整個戰況詳細說給林伊聽後，一臉慶幸地感嘆。

「三叔看見了？那他去哪裡了？」林伊回來的時候沒有看到吳老三，以他的脾氣，不可能放著才打了架的爹娘不管，自己跑出去溜達。

「三叔把他們拉開時，我聽到他慘叫了幾聲，可能也被打到了。他把奶奶勸進屋就跑出去了，說是找徐郎中要治傷的藥。」

「希望我姊也能這麼痛打邱老三，把他打服貼了，可別被他打了。」她的聲音低沈下來，滿是擔心和不安。

這兩天小琴天天唸叨這件事，不管說什麼都能拐到這上面來，林伊對她的心情很能理解，只能不厭其煩地寬慰她。

「大姊絕對沒事，妳看奶奶比爺爺瘦小那麼多，還不是把爺爺劃成了大花臉，大姊比邱老三壯實多了，又經常做體力活，力氣大著，邱老三不是她對手，肯定被大姊打得滿地找牙。」

小琴悶悶地嘆口氣。「希望是這樣。」

林伊勸道：「等明天回來就知道了，妳就放寬心吧。」

明天，明天就知道小雲的新婚生活到底怎麼樣了。

吳老三一回來就進到田氏屋裡查看她的傷勢。

田氏已經止住了哭聲，眼睛定定地望著屋頂一處出神。

她現在的形象非常糟糕，花白的頭髮被吳老頭扯得七零八亂，亂糟糟的蓬在頭上。乾瘦的臉紅通通的，上面印著幾個隱約可見的掌印，右眼眶還有塊青紫印跡，想必是吳老頭的拳頭留下的。

這場戰爭可算是兩敗俱傷，誰也沒比誰好上多少。

見吳老三進來，田氏眼裡的淚又湧了上來。我的三兒啊，多好的孩子啊，親事怎麼就這麼不順呢？

原來她今天去找方媒婆了。

她也以為小雲的婚事辦得很體面，名聲已經挽回了。以自己三兒的人才，再說門好媳婦根本沒有問題，她越想越覺得有道理，吃完午飯便急急地去了方媒婆家。

她運氣不錯，方媒婆竟然沒有出門，聽了她的來意態度很敷衍，答應會替她留意。

田氏很不滿，要知道，方媒婆手裡有不少好姑娘，怎麼就不能讓她當場挑幾個？

她還沒來得及說話，就聽方媒婆狀似無意地道：「我這兒的姑娘都是家裡爹娘捧在手裡寵大的，定要說給真心疼愛閨女的人家，可不能讓她們嫁到那些只會做面子活，實際上卻刻薄心狠的人家受苦。真要這麼做了，我覺都睡不著，門都不敢出，怕被人罵！」

田氏頓時心頭不安，嚴重懷疑方媒婆在諷刺自己，卻又沒有證據，想辯解幾句，又有點作賊心虛的嫌疑，只得隨聲附和，和她一起聲討。

兩人隨便地聊了幾句，方媒婆就下了逐客令。「對不住了田嫂子，我和人約了，現在得出去，不方便留妳。」

田氏雖心有不甘，卻也只得起身告辭，臨出門前聽到方媒婆在背後嘀咕。「那麼看不上閨女，還找什麼媳婦，就讓兒子一個人過唄！」

這是明晃晃在說自己啊！田氏又驚又怒，卻不敢回頭和她爭執，這媒婆萬萬得罪不起，要是惹急了她，到處傳揚自己兒子不好，三兒這輩子都難找到好媳婦了。

她只能裝沒聽見，憤憤地出了門。

走在回家的路上，田氏越想越氣，深恨楊氏這個死婆娘，要不是她招來這場親事，怎麼會害得她賠了錢折了名聲，還搭上了三兒的好姻緣。又怪吳老頭只顧面子好看，花了那許多錢，卻絲毫沒有討到好，這銀子可不就打了水漂！

她心裡本就怨恨難平，胸腔的怒火快要爆炸，恨不得拉個人過來狂噴出氣。結果吳老頭竟敢來惹她，真當她是孬種不敢還手？老娘還真就不怕了！

而且這次打鬥下來，她發現吳老頭的力道比以前差遠了，不像年輕時完全占上風。如今兩人勢均力敵，很能戰上一戰。哼，他以後再敢和我囉哩叭嗦，我就打回去，看看誰怕誰！

現在看到三兒一臉關切地查看自己的傷勢，她心裡又痛起來，忍不住嗚咽出聲。「我的三兒……你的親事怎麼辦！」

吳老三趕忙勸道：「娘，您別擔心我，我年紀還小，還不想成親，您不要再去找媒婆了。」

這是吳老三的真心話，他曾經設想過以後的婚姻生活，發現將會是一團糟。

如果娶個脾氣硬的，肯定天天和娘打來鬥去沒個消停；娶個脾氣軟的，又會像二嫂被他娘辱罵，隨時都有幹不完的活。

有了孩子，如果生的是兒子，照他娘的寵法，很有可能就是下一個大小寶；生的是女兒則會像家裡的三個姪女，小時候受欺負，長大了隨便嫁戶人家，這在他看來都不能忍受。

如果不能護住媳婦，好好教導孩子，讓他們吃苦受氣，還不如不成親。

唉，怎麼才能讓娘親明白自己根本不想成親！

如果實在沒辦法避免，能不能想點別的辦法，比如說做上門女婿？要真能這樣，一切問題不是都解決了嗎？

田氏並不知道他的真實想法，聽了他的話心裡更難受，她向吳老三保證。「你放心，娘一定給你娶個好媳婦，絕不會輸給別人。」

吳老三嘆口氣，不再分辯，只溫聲勸道：「娘，您別多想了，好好歇會兒，等會兒我讓二嫂把晚飯端來您屋裡吃，再讓二嫂幫您敷敷臉。」說完便收拾東西出了屋。

田氏望著他的背影，老懷甚慰。「還是我的三兒靠得住，瞧瞧為我想得多周到！」

正感嘆間，她突然想到一個嚴重的問題。

田氏突然想到今天方媒婆和她聊起手裡的親事時，告訴她縣城有戶人家要招上門女婿，因為家境富裕，姑娘長得又好，對男方的要求很高，還說她以前就說成過幾對這樣的親事，人家的日子都過得很好。當時她聽了很不以為然，沒有接方媒婆的話頭，難道因此得罪了她？

可總不能讓她的三兒子去試吧？那可絕對不行，想都不要想。

田氏很清楚，她的大兒子、二兒子一個比一個靠不住，以後的日子就全靠三兒子了。而且做人家上門女婿，和賣兒子有啥區別？就算吳家窮困到要賣兒賣女，那不是還有兩個孫女？怎麼也輪不到賣她的三兒子！何況她家還沒淪落到這個地步呢。

不過得罪了方媒婆總是不好，反正還要求她說親，等自己臉上的傷不那麼嚇人了，還是帶點禮物上門吧。

想清楚後，她的心放了下來。今天生了一下午的氣，又和吳老頭殊死搏鬥一場，她頗覺疲倦，靠著床頭迷迷糊糊睡著了。

# 第二十六章

第二天吃早飯時，林伊以為田氏還是會在屋裡吃，沒想到竟出來了。

過了一晚，田氏的臉明顯腫起來了，上面有幾道清晰的印子，右眼眶的青紫更加明顯，鼓鼓的嘴裡像是含了一包東西。和她呼應的，是吳老頭臉上那左一道右一道的紅色抓痕，深深淺淺交錯著，看得林伊倒吸一口涼氣。

林伊在心裡替他們擔憂，這個形象怎麼出席回門宴啊，不得讓人笑掉大牙嗎？

不過老兩口倒是挺堅強的，完全像是沒事發生，只是吃飯的速度比平常慢了很多。田氏邊吃邊不住呼氣，只敢挾點豆瓣醬下飯，不敢挾別的菜，因為她的牙全鬆了，一咬東西就痛得很。

不過讓田氏頗感欣慰的是，沒人問她的臉是怎麼回事，就連最不識相的楊氏也只愣愣看了她一眼，便將頭埋進碗裡一言不發。

早飯過後，一輛馬車停在吳家門口，是小雲和邱老三回來了。等林伊、小琴在廚房裡聽到動靜跑出來，他們已經被小寶蹦跳著迎進了院子。

一看到小雲，林伊的心就放了下來。

小雲滿面春風，甩手甩腳地走在前面，見到林伊和小琴，調皮地朝她們眨了眨眼睛。

她今天的狀態比出嫁時好多了，一身大紅衫裙，上面繡滿了各式花鳥，比嫁衣還要漂亮。微黃的頭髮整齊地盤成了髻，上面插著黃燦燦的金釵，鬢邊還簪了朵樣式繁複的紅色絹花，映襯得嬌美臉蛋紅豔豔的，益發光彩照人。

邱老三則低眉垂眼，縮頭縮腦地跟在她身後，兩手提滿了大大小小的包裹。

說起來，邱老三要比小雲高一點，只是男人不顯個子，粗粗看去兩人倒是差不多高。可今天這麼走來，竟是小雲比邱老三高上一個頭，氣勢更是把他碾成了渣渣。

看來小雲出師大捷，把邱老三一舉拿下了啊！林伊暗自歡喜。

邱老三見林伊姊妹朝他望來，嘴角扯出個笑，不自在地偏了偏頭，這倒讓林伊驀然發現他的左眼眶下有一團可疑的青紫，位置和田氏臉上的很對稱，正好一邊一個。

林伊猛地反應過來，這也是被人打的？難道是小雲？她忙捏了捏小琴的手，努嘴讓她看。小琴吃了一驚，兩人對望片刻，忍不住捂嘴低頭偷笑。

除了吳老頭和田氏，吳家的其他人都從堂屋裡走了出來。楊氏一馬當先，朝小雲招呼了一句，就撲向後面的邱老三，拉著他噓寒問暖。

可能她今日份的善解人意在早上用完了，看到邱老三眼下的青紫，立刻驚天動地的嚷嚷起來。「哎喲我的好姑爺，你臉上怎麼了，瞧這又青又紫的一大片，我看著都心疼！」

邱老三大窘，下意識地望了小雲一眼，輕言細語地解釋。「沒有大礙，成親那天太高興，多喝了幾杯，摔地上碰著了。」

楊氏毫不懷疑，馬上厲聲呵斥小雲。「小雲，妳這死丫頭怎麼當人媳婦的，怎麼不看著點姑爺？」

邱老三聽了，著急慌忙地制止。「不關小雲的事，別怪她，是我不小心，是我的錯！」

小雲回過頭朝他們甜甜一笑。「娘，我知道了，我以後一定會看好相公，不會再讓他受傷。」

邱老三一哆嗦，忍不住朝小雲陪笑臉。「不用不用，我自己會小心。」

楊氏見這兩人恩愛和睦，滿意極了，一迭連聲地叫過小寶。「傻站著幹啥，快幫你姊夫提東西，怎麼一點眼力見兒都沒有？」

打從邱老三下車，小寶的眼睛就黏在他提著的包裹上，聽了楊氏的話，歡呼一聲衝上去就要接過來。邱老三推辭了一下，最後只遞了兩個小的包裹給他，一行人說說笑笑地進了堂屋。

進到屋裡，只見吳老頭和田氏端坐在八仙桌旁的太師椅上，臉上雖五顏六色，卻神情肅穆。

兩人眼神閃了閃，知趣地沒有多問，恭敬地和他們見過禮後，把禮物奉上。

小兩口準備得挺周全，每人都有份，一個也沒落空，這讓吳家諸人很是歡喜。

簡單問了幾句婚後相處得如何，吳老頭便讓兩個孫女帶著小雲去她房裡說話，男人們陪著邱老三聊天。

一進屋，林伊就迫不及待地問：「怎麼樣？邱老三被妳打服了？」

小雲很囂張地仰頭一笑。「是！」

林伊心癢難耐，著急地拍著她的手。「怎麼做的？快講講！」

小雲也不賣關子，喝了口小琴端來的糖水，一五一十地講了起來。

其實新婚之夜很正常，和普通的小夫妻沒兩樣，邱老三對小雲態度也好，表現得非常體貼，這讓小雲懷疑大家是不是誤會了邱老三。她甚至把鞭子收了起來，想著以後要和他好好過日子。不過她最終還是保持清醒，決定再觀察看看，不要太快下結論。

照這裡的習俗，第二天早上新娘子要為婆家人做早飯。小雲雖然晚上沒有睡好，還是一大早就起來了。

邱家家境殷實，早上要吃白米乾飯，而不像一般農家吃稀粥。

小雲照邱老三的交代蒸上飯，炒了青筍肉片，又煮了個白菜煎蛋湯，再把昨晚酒席剩的菜熱了，只等給邱老三的親娘馮寡婦敬了媳婦茶就可以吃飯。

邱家屋多人少，專門拿了一間屋做飯廳，就在廚房旁邊，端飯端菜很方便。小雲把桌椅碗筷擺好後，就和邱老三一起朝正房走去。

早上天氣不錯，陽光溫柔地照著大地，不似前兩日那般耀眼熱烈，還時不時嬌羞地躲進雲層裡，掩去自己的光芒，讓人感到涼爽舒適。小雲輕嗅著晨風中淡淡的茉莉花香，心情很是雀躍。

昨天馮寡婦就拄著拐棍下床了，據說因為兒子成親心裡高興，病好了大半。今天更是一大早在正房裡坐著等小兩口來敬茶。

因為生活富足，吃穿不愁，馮寡婦年紀雖然跟田氏差不多大，瞧著卻比她年輕得多，身上穿金戴銀的，坐在主位上端著一張冷臉，很是威嚴。看到小雲和邱老三笑嘻嘻地進來，她的臉色更加陰沈。

小雲心裡一沈，想到傳說中這個老太婆的威名，立刻斂起笑容小心應對。

不過還好，馮寡婦雖然沒有正眼瞧過小雲一眼，倒沒為難她，敬茶儀式很順利地完成了，讓小雲大大鬆了口氣。

敬完茶，小雲攙著馮寡婦來到飯廳，扶她坐到主位，盛好飯後便坐在自己的位子上準備吃飯。

馮寡婦頓時大怒，把筷子用力往桌上一拍，冷著臉質問小雲。「我讓妳坐了嗎？妳怎麼自己坐下了，妳不知道要給婆婆佈菜，伺候婆婆吃飯嗎？一點規矩都不懂！」

小雲眨著眼睛，懵懂地看著她，想了想像是明白了。「佈菜？什麼意思？哦……是挾菜吧。娘想要我給您挾菜啊，行！我這就幫您挾。」

她馬上挾了菜到馮寡婦碗裡，繼續問她。「娘，您還要吃什麼？跟我說，我再給您挾！」

馮寡婦見她這副無知的模樣，更惱了，厲聲喝斥道：「蠢婦！長輩面前哪有妳坐下的分兒！還不給我起來，站我後面伺候我和妳相公吃飯！」

小雲完全不把她的話放在心上，捧著飯碗吃得開心，邊吃邊認真地說：「我長這麼大，從沒聽說過這個規矩，我家事情多，要照您說的吃飯，連事情都沒時間做了。」又像哄小孩似的勸馮寡婦。「多大點事，別氣了，要不吃了一肚子氣進去，脖子上要長氣包的。一邊吊一個，多難看。」說完不再管她，自顧自地大口吃飯挾菜。

這個場面當初姊妹三人已設想到了，林伊還分析說這是馮寡婦在試探她的底線，一旦她露出怯意讓了步，就會被她拿捏住，以後會得寸進尺，越來越過分。應對的方法就是裝傻不理。

馮寡婦看著沒心沒肺、大大咧咧的小雲，氣得七竅生煙，卻拿她毫無辦法。

她轉頭狠狠看向邱老三，想讓他說句話。

邱老三只皺了皺眉，並沒有吭聲。

他知道老娘是想調教媳婦，殺殺威風立規矩，只是他感覺這個媳婦不太好對付，不像頭一個那麼聽話。而且娘也著急了點，這個理由找得太勉強，又不是大戶人家，在鄉下哪家會讓媳婦站著伺候婆婆吃飯，說出去會被人罵死。

他溫聲對馮寡婦說：「娘，先吃飯吧。」

日子長著呢，還怕抓不到她的錯處？抓到了再狠狠收拾她，自己可不是個會寵媳婦的人。

馮寡婦得不到兒子的支持，心裡很是不快，她憤憤地把小雲挾過來的菜吃進嘴裡，沒嚼幾下，就啐兩口吐了出來，高聲大罵。「妳這是把賣鹽的打死了嗎？想鹹死我啊？妳個敗家娘兒們當我家鹽不要錢啊！」

小雲挾了一口仔細品嚐，末了狐疑地看著馮寡婦。「不鹹啊！」

這老太婆又在故意挑剔了。

她這段時間跟著二嬸用心學做菜，雖然不敢說廚藝精良，但也很能入口。而且二嬸特別提醒她，拿不準放多少鹽時，就先少放，淡得鹹不得，因為淡了可以再加鹽，可是鹹了再想把味調淡就很麻煩。

今天是在邱家做的第一頓飯，小雲打起十二萬分精神，一點一點地加鹽，就怕鹹了。

馮寡婦見小雲竟敢頂嘴，更加怒不可遏，豎起眉毛瞪大眼就要發作，小雲馬上安撫。「娘，您別氣也別急，昨天的菜不鹹，您吃這個，我做的菜就讓我吃吧。」昨天馮寡婦在喜宴上吃得挺樂的，那味兒可比自己做的菜鹹多了。

小雲說完站起身，把兩盤色香味美的現煮菜餚從她面前端開，把那一盆混和著各種剩菜的大雜燴放到馮寡婦面前，自己坐下，香香甜甜地吃了起來。

馮寡婦看了看爛糟糟的剩菜盆，又看了看小雲面前清爽脆綠的炒菜和白菜蛋湯，再也控制不住情緒，對著邱老三一頓痛罵。「這歹毒的死婆娘你管不管，你就看著她欺負你娘？啊——你個窩囊廢，才娶進門來就讓她踩我臉上，你到底是不是男人？」

邱老三沈下臉來，放下碗對小雲斥道：「妳怎麼當人媳婦的？大清早就惹娘生氣，快給娘賠不是。」

小雲心頭煩躁，想好好地吃個飯都不行，不曉得在鬧哪一齣。

她兩口吃完飯起身要走，口裡還跟他們客氣。「我吃飽了，你們慢慢吃，我去收拾我的東西。」

邱老三見她根本不理自己，覺得很沒面子，他騰地起身，擋在小雲面前，眼神陰狠地瞪著她。「我的話沒聽見嗎？想造反是不是？老老實實去給娘賠不是，不然看我怎麼收拾妳！」

這就是昨晚和自己親密相處的人？這就是以後要共度一生的人？

明明是馮寡婦刻意刁難，他非但不替自己辯解一句，卻惡言相向，大聲訓斥。而自己竟然還對這個男人抱著希望，想和他好好過日子，小雲又委屈又難受，暗恨自己太傻。

小雲臉上僅有的笑全都消失不見，目光森然地盯著邱老三，從牙縫裡擠出一個字。「滾！」

邱老三勃然大怒，鼓起一雙細眼，暴喝道：「賤婦，皮癢了？敢跟老子這樣說話！老子打死妳！」

說著掄起胳膊朝小雲臉上用力搧去。

馮寡婦在旁邊跳著腳叫囂。「打！給我往死裡打！娘家不教我來教！打死了我給她賠命！」

昨晚兩人貼身肉搏過，小雲對邱老三有了大致瞭解，就身高體型來說，邱老三毫不占上風，甚至還有些弱，小雲怎會怕他。

而且當初姊妹三人就認為，搧巴掌高票當選邱老三最有可能採取的暴力行為，為此，小雲早就練熟了破解方法。

現在一見邱老三的右手揮來，小雲的身體比腦袋還先反應，她邁前一步舉起左手擋住邱老三的手掌，順勢纏住他的胳膊用力往前一帶，邱老三人瘦體輕又沒有防備，被她的大力帶得一個踉蹌，小雲身子一側，右手屈肘，肘尖狠狠撞向他的胸口。

「啊！」

邱老三痛呼一聲，捂住胸口退後幾步，抬起頭咬牙切齒地怒視小雲。「死婆娘，敢打老子？老子和妳拚了！」

# 第二十七章

邱老三大怒，站直身子就要撲向小雲，卻見小雲拿著一根白色細鞭，惡狠狠地朝他抽來。他立刻呆愣住了，這鞭子從哪裡鑽出來的，剛才怎麼沒看見，這是在變戲法？

還沒等他想清楚，小雲的鞭子已經劈頭蓋臉打了過來。

反了！他暴跳如雷，伸出手就想搶鞭子。

小雲豈能讓他得逞，鞭子帶著破空的尖嘯，毫不留情地抽向他的手掌，邱老三只覺一陣陣火辣辣的刺痛從手上直竄到腦門，疼得他渾身直打顫。那一瞬間，他覺得自己的手指肯定被抽斷了，想彎曲都做不到。

他鼻子一酸，眼淚不由分說流了下來，他忙縮回手，捂著手指大聲慘叫。「啊啊！我的手——我的手斷了！」

邱老三活了快三十年，還沒有被人這麼打過，現在看到雙眼泛紅、柳眉倒豎的小雲，他嚇壞了，只希望自己的慘叫能讓小雲停手。

沒想到小雲恍若未聞，一鞭接一鞭、毫不留情地向他身上猛抽，那鞭子像織了一張密密的網，無論他怎麼閃躲，總是能把他網住，精準地落到他身上，那鋪天蓋地、椎心刺骨的疼痛快讓他站不住了。

這疼痛讓他腦袋一個機靈，他意識到，再這樣躲下去，自己很快就會被小雲打翻在地，他一個大男人怎能被個婆娘踩在腳下。他咬牙發狠，決定忍住痛，趁小雲沒防備時撞上去，只要把她撞倒，就可以壓住她。他定要掰斷她的手腳，把他受的痛全還回去！

邱老三拿定主意要反擊，他一邊抱著腦袋大聲嚎叫，一邊緊張地盯著小雲。眼見她身體後仰高舉右手揚起鞭子，身前門戶大開，頓覺機會來了，弓起身像顆炮彈朝小雲猛撞過去，務求一撞奏效。

小雲冷哼一聲，她一直全神提防邱老三，就怕他突然暴起，見他身形有異，心裡早就有了準備。待邱老三到了身前，她微微一讓，屈起雙肘猛地擊向他的後背。邱老三只覺背心一陣劇痛，下意識挺起身想去摸背，小雲乘機抬起右腿狠狠踢在他的胸口，把他踢得飛出去老遠。

邱老三胸背受創，頓時氣都喘不過來，他趴在地上忍不住大聲咳嗽，喉嚨一甜，一口鮮血險些噴了出來。這下他是真的嚇壞了，縮成一團抱著頭不敢再動，嘴裡只顧啊啊慘叫。

小雲手上不停，又是一鞭接一鞭狠狠甩過去。

馮寡婦在旁邊看得大驚失色，心臟亂跳似要衝出胸腔。她一手捂住胸口，一手撐著飯桌，嘶聲尖叫。「住手，給我住手！妳個賤婦！竟敢打相公！我要去告官，我要休了妳！救命啊——殺人啦！來人啊！」

她已經亂套了，嘴裡胡亂喊著，只盼能嚇得小雲停下手來，也希望周圍鄰居聽到她的喊叫過來解救他們母子。

鄰居們確實察覺到她家裡的動靜，只是因為戰場在飯廳，處於房屋中央，隔音效果頗好，聲音傳得不夠，大家只聽到她的大聲叫喊，卻聽不清楚喊了什麼。再加上圍牆又高又厚，想在牆頭看看是怎麼回事都不行。

有幾戶人家踱出門圍在一起。

隔壁那位大娘斜眼望著邱家院牆，不屑地撇嘴。「又開始了，這才成親呢，就這麼等不得嗎？沒見過這麼壞的人！」

「也不怕有報應，害了一個又一個，這小媳婦可憐喔。」

「要不要去找村長說說，別又鬧出人命來。」有人擔心了。

「再看看吧，成親第一天應該不會鬧得太過，估計是想立威。等小媳婦出來了打聽一下，只希望別像上個小媳婦那樣是個軟的，要不還真沒辦法替她出頭。」

眾人覺得有道理，一臉擔憂地看著邱家，心裡都在痛罵這對沒有人性的母子。

要是馮寡婦知道了鄰居們所想，肯定氣得要撞牆。

沒想到自家花了那麼多禮錢，竟然迎了尊活閻羅、母夜叉回來！

小雲被馮寡婦刺耳的尖叫吵得頭疼，她停住動作，轉過頭看向她，馮寡婦心中大喜。被我嚇住了！

她正準備再接再厲痛斥小雲，就聽小雲低喝一聲。「閉嘴，再嚎我連妳一塊兒打！」

馮寡婦完全沒有防備，被她臉上的冷意驚得一哆嗦，一口氣上不來，兩眼一翻，軟軟地倒了下去。

邱老三見狀大叫。「我娘暈倒了，快看看我娘，快把她扶起來，快給她請郎中。」

小雲毫不理會，回身揮動鞭子繼續朝他身上抽打，嘴裡發狠道：「倒就倒吧，死了最好，免得她作妖！」

馮寡婦臉色紅潤，罵人中氣十足，沒那麼容易暈倒，肯定是想騙她過去查看，好讓邱老三乘機反擊。

林伊設想到了這一點，叮囑小雲千萬不能上當。她必須乘勝追擊，首戰就要把邱老三打服打怕，接下來才好辦。

邱老三見小雲如此毒辣，老娘倒下了都毫不在意，心裡一陣陣發寒，這婆娘是個狠角色，自己今天怕是不能善了了。

他左躲右閃抱頭鼠竄，那鞭子卻一鞭狠似一鞭地落在他身上，痛得他死去活來，肝腸寸斷。

眼見實在躲不過，他乾脆跪在地上，涕淚交零地哀聲求饒。「好媳婦，好媳婦，求求妳別打了，別打了啊！再打要出人命了，妳饒了我吧！我錯了！我再也不敢了！」

不要怪他沒有骨氣，實在是那鞭子抽在身上太疼了，每一寸皮膚彷彿都被撕裂成了碎片，痛得他快說不出話來。

小雲停住手，微微喘著氣問他。「你錯哪裡了？不敢做什麼？」

邱老三一迭連聲回答。「我再也不敢吼妳罵妳了，再也不敢對妳動手了！求妳別打了！」說著竟嚎啕大哭起來。

馮寡婦見兒子這麼窩囊，竟向惡婦求饒，再也裝不下去，翻身就從地上爬起來。「老娘不怕妳，跟妳拚了！」直直地朝小雲撞來。

她已經想好了，衝上去就咬住小雲的手臂，不咬塊肉下來絕不鬆口，她實在是太恨了。

馮寡婦設想得很美好，現實卻沒能讓她如意。

她的個子還沒田氏高，人又長得削瘦，雖然氣勢洶洶，小雲根本沒把她放在眼裡。待她衝到身旁，右手肘一掃，把馮寡婦掃倒在地，腦袋重重磕到了桌角，頓時痛得她眼冒金星，摸著後腦勺直哀叫。

邱老三見了更怕，對著小雲苦苦哀求，又指天畫地發誓，以後全聽小雲的，如有違背，天打雷劈。

昨天成親時，小雲又緊張又忐忑，飯沒吃好，晚上也沒睡好，一大早就起來做飯敬茶，這會兒跟邱家母子纏鬥半天，她也累壞了。看著邱老三跪在地上一副嚇破膽的模樣，她感覺戰績還不錯，可以收手休息一下。

於是她用鞭子指著邱老三威脅。「我老實告訴你，別說你打不過我，就算能打過我你也討不到好。我們吳氏家族幾百人，你敢傷我一根毫毛，我們家族的人能過來把你家踩平，一人一口唾沫能把你們淹死！」又反手指著自己。「你給我看清楚，我是你能隨便欺負的嗎？」

她的鞭子指一下，邱老三哆嗦一下，嘴裡喃喃說著不敢。小雲見他這副孬樣只覺心中暢快，讓他把飯桌收拾了就準備離開。

邱老三哀求道：「我娘平時身子就不好，這下又摔著了，能不能給她請個郎中？」

小雲瞄了眼躺在地上的馮寡婦，只見她臉色煞白，不住呻吟，似乎傷到哪裡了。想到她再怎麼凶悍也年紀一大把了，於是點頭答應。「行，把她扶到床上再把飯碗洗了，你就去請吧！」

馮寡婦先是大喜，等郎中來了，她就要向郎中揭穿這個惡婦的真面目，她要休了這個惡婆娘！

待聽到要邱老三做了家事才能去請，她頓時心火又起，惡聲咒罵。「妳個毒婦沒安好心，等他做完事我都死了，還用請啥郎中，妳就是想害死我！」

小雲嗤笑一聲。「瞧妳那罵人的勁，他死了妳都不會死，沒聽說過禍害遺千年嗎？妳還有得活，就躺在那邊等著吧。」

她交代邱老三。「我累了，得去歇會兒，你把屋裡收拾乾淨！」說罷轉身揚長而去。

邱老三直到她的背影消失不見了，才敢起身去扶馮寡婦，馮寡婦氣得用拳頭使勁捶他。

「你個孬種，就這麼被她打，你不曉得還手啊，還跪在地上求她，看看她那個得意勁，你以後可怎麼在她手下活！」

邱老三剛被小雲收拾了，現在又被老娘打罵，心裡苦不堪言。我怎麼和她對打啊，話誰不會說，那也要打得過嘛，被鞭子打的又不是妳，根本不曉得有多痛！

他悶不吭聲，用力把馮寡婦扶起來，馮寡婦又心疼地把他的衣服撩起來，欲查看傷痕。

「你出去就找村長，把你身上的傷給他看，讓他給你做主！咦？你的傷呢，剛才沒打到你嗎？怎麼一點傷疤都沒有，那你叫那麼慘是做給我看的？」

馮寡婦看著邱老三光潔的手臂，想到兒子兒媳竟作戲唬她，頓時又氣又急，眼前一黑，險些真的暈倒過去。

邱老三聲淚俱下地解釋。「不是的，是真的打到了，真的痛啊，我也不曉得為何沒有傷疤，可是妳看看，這裡鼓起一塊一塊的，會不會就是傷疤？我真的沒有騙妳啊！我現在覺得皮下面的肉都碎成渣了，痛得鑽心啊！娘，我真的好痛啊～～」他嗚嗚地哭出聲來。

馮寡婦伸手去摸他手上的腫塊，想看看是怎麼回事，邱老三一哆嗦把手拿開。「不能摸，一摸就痛得很，妳剛才打我的地方現在像有針在扎，我都忍著沒吭聲。」邱老三委屈得不得了。

馮寡婦發愁了。「這怎麼辦？你這傷拿出去給人看也沒人相信是你媳婦打的啊，這腫起來的地方也不像傷口，倒像是你身上有腫塊，不仔細看還看不出來呢！」

邱老三非常贊同。而且他根本不願意出去求救，說新媳婦把自己打得滿身是傷跪地求饒？他真的說不出口，要是傳出去了肯定會被人笑死，以後哪裡還有臉面在外面走動。

還有……他艱難地吞了口口水，他媳婦剛才那橫眉豎目的小模樣真好看，比她笑嘻嘻的時候好看多了……

特別是吼他娘的那個狠勁。

啊～～太威風了！

邱老三從來沒見過哪個女人這麼威風，十里八村就沒人能比得上她！可是一想到她手上那呼呼作響的鞭子，他又瑟瑟發抖了。

馮寡婦見他傻愣愣的樣子以為他真被嚇壞了，心裡難受不已，這兒子被她寶貝著長大，哪裡吃過這個苦，不行，一定要討回公道！

她招呼邱老三回神。「發什麼呆，快扶我回房，我腰閃了，一動就痛得很，你小心點。」一邊走邊抱怨。「不曉得你是眼瞎了還是腦袋壞了，瞧瞧娶進什麼妖魔鬼怪？這還是媳婦嗎？這是收我命的閻王！」

邱老三不敢吭聲，把馮寡婦扶上床躺下後飛速洗了碗，就跑出去找郎中來替她看傷。

小雲知道馮寡婦肯定要藉機找郎中告狀，告就告吧，讓她看看有沒有用！

她倚在床上閉目養神，待聽到大門又被打開，有說話聲傳來，才整整衣裙迎了出去。

只見邱老三正點頭哈腰請人進屋。這是位六十歲左右，身材清瘦的老人，他背上揹了個藥箱，頷下飄著幾縷鬍鬚，板著張臉，神情略顯嚴肅，看到小雲出來，彎起嘴角，對她溫和地笑了笑。

邱老三跟小雲介紹。「這是何大爺，我們村的郎中，醫術好得很。」

她知道何大爺，因為她即將嫁來邱家，林伊曾向梔子將這個村子的情況打探得很清楚。

何大爺因為醫術不錯，人也耿直，再加上是這個村裡少數識字的，所以名望很高，非常受人尊敬，他說的話大家都會認同。

今天他到家裡來，小雲必須認真對待，要讓他留下好印象。

她忙上前恭敬地招呼。「何大爺，辛苦您跑這一趟。」又張羅著給他倒水。

何大爺手一揮。「別忙了，我去看看妳婆婆，看完就走，不用倒茶水。」抬腳就往馮寡婦的屋裡走。

何大爺常來給馮寡婦看病，對她家很熟悉，而且她家頭一個小媳婦上吊時，他還來救治過，只可惜沒救過來。

小雲輕聲喚住何大爺，對著他委屈垂淚。「何大爺，我娘剛才不小心滑倒了，不曉得傷到哪裡了，她這會兒正在屋裡發脾氣，罵我沒長眼，沒給她看著點，我都不敢進去。要是一會兒她態度不好，請您千萬不要生氣。」

看著這小媳婦低著頭，膽戰心驚的樣子，何大爺很不忍，別又是個不曉得反抗的軟性子吧，一想到她以後可能要受的罪，忍不住嘆口氣，輕聲安撫。「別怕，有勁罵人那就沒問題。」

屋。

小雲抿嘴勉強扯出個笑，不再說話，只冷冷地瞥了眼邱老三，就跟在何大爺身後進了

邱老三被她看得抖了抖，也連忙跟了上去。

# 第二十八章

正躺在床上呻吟的馮寡婦一見到何大爺，立刻扯起嗓門大聲哭嚎起來。「何大爺～～快救命啊，我要被這天殺的狠毒婆娘打死了啊！我這傷就是被她打的啊，還有我的兒子也要被她打死了，你救救我們啊！」

何大爺皺皺眉，煩躁地看她一眼，很想轉頭就走。馮寡嬸也太不惜福，多好個小ㄚ頭，脾氣溫順又懂禮，怎麼就想著折騰人家，就不能好好過日子嗎？

不過他是郎中，醫者父母心，還是得看看她到底哪裡傷著了。

他像是沒聽到她的話，上前取下藥箱問她。「妳哪裡不舒服？摔著哪兒了？」

「不把這個惡婆娘弄死我哪裡都不舒服，我都要死她手上了還看啥啊！大爺啊，你救救我們家啊，我們快要活不下去了！」馮寡婦還是扯著嗓門嚎叫。

何大爺終於忍不住了，提起藥箱就要走。「妳到底看不看，不看我就走了。」

馮寡婦還沒來得及說話，小雲就趕快上前攔住何大爺，哀求道：「大爺，您不要生氣，我娘身子不舒服，心裡煩，您不要怪她啊，求您給她看看吧。」說著低下頭不停抹淚。

何大爺怕自己就這麼走了，馮寡婦會遷怒於她，長嘆一聲。「乖孩子，看妳面子上，就看看吧。」

馮寡婦還想鬧，可是又怕何大爺轉身就走，她的腰真傷了，動都不敢動。等瞧完了病再說，怎麼著也不能放過這個惡婦。她忍住怒氣暗自盤算。

她的毛病不嚴重，就是扭了腰，何大爺向小雲交代要怎麼照顧馮寡婦，又拿出幾帖膏藥，起身就要離開。

馮寡婦急了，舉著雙手又吼又叫不讓他走，非要他給自己討個公道。「大爺啊，你不能走啊，你不能不管我們母子啊，我們快要活不下去了。你不知道，這就是個毒婦啊，我們要被她打死了！」她一把眼淚一把鼻涕越說越悲。

何大爺不買帳，見馮寡婦這番做作，不客氣地斥道：「妳消停點吧，以後妳這傷就要靠妳媳婦伺候，妳把人得罪了看誰管妳。」

馮寡婦傻了。她來伺候我？那不是往死裡伺候？這可不行，我要揭穿她的真面目！

可惜何大爺轉過身不肯再聽她說話，提著藥箱就走了，她恨不得立刻起身拉住他，可是一動腰就鑽心地疼，根本坐不起來。

馮寡婦淚如雨下。真的是這惡婦毒打我們啊，你怎麼就是不相信呢？又恨邱老三。你是個死人嗎？站那兒一句話也不說，但凡幫我說一句也不至於這樣！

小雲和邱老三把何大爺讓進正屋，小雲接過何大爺遞來的草藥去廚房熬藥，邱老三送何大爺出門。

臨走時，何大爺想了想，還是決定說幾句。

他語重心長地勸邱老三。「本來我不想說的，說了你可能也聽不進去，可我還是想勸勸你。你看看，這小媳婦多好啊，模樣好性子又溫順，你娘那麼罵她，她還替你娘說話，你們怎麼就不知道珍惜，就想著欺負她，昨天她娘家人的話你沒聽到嗎？是想讓人家打過來討公道嗎？」

邱老三低頭不說話，眼淚都要下來了。我敢不珍惜嗎？我敢欺負她嗎？我不敢啊！

何大爺還沒說完呢。「你娘要鬧你就多勸勸吧，她糊塗你不能再糊塗了。這是你媳婦，是要和你過一輩子的人，你多心疼點吧。真鬧出事來，她娘家人可饒不過你們。」

邱老三不住應承，向他保證以後定會好好待新媳婦，絕不苛待她。

何大爺懷疑地看了看他便告辭離開，邊走還邊想：我得跟村裡人說說，要是這對母子出來亂說話可不能相信，也不知道怎麼想的，竟然說人家小姑娘打他們！

剛出門，時刻關注邱家動向的鄰居們馬上從各處鑽出來把他團團圍住，打聽邱家到底出了啥事，怎麼到了要請郎中上門的地步。

「是把新媳婦打傷了？」有個人一臉擔心地問，這是最有可能發生的事。

「那倒沒有，是邱老三他娘不小心摔著了。」何大爺陰沈著臉，心情不太好。

「那肯定是打新媳婦摔的，也不曉得那麼凶幹麼。」有人立刻下了結論。

何大爺嘆口氣。「唉！就這麼著還說是新媳婦打她，真當我這麼多年白活的，看不懂是怎麼回事？明明是她自己扭傷腰！」

鄰居們立刻炸鍋了，七嘴八舌地感嘆起來。「說新媳婦打她？這是瘋了吧，怎麼說得出這種話，還要不要臉？」

「就是，就他們家那橫樣，哪個敢打他們啊？」

「真敢啊，竟然來這麼一招，是想壞人家小媳婦的名聲？」

「會不會哪天還要出來告人家不孝？就沒她家做不出來的事！」

「當我們不曉得她家啥樣，真說出來也要人信啊，我們真是倒楣，怎麼跟這樣的人做鄰居！」

「得給村長透透信兒，免得哪天真跑去找村長告狀，就她家又不要臉又不要命的德行，還真得防著點！」

「走走走，正好大爺在這裡，我們一起去做個見證！」

幾人義憤填膺，議論著朝村長家走去，路上遇到不瞭解情況的人，又把事情說一遍，又惹得群情激憤，於是去村長家的人越來越多。

小雲不知道這些，她只知道何大爺站在她這邊。

「何大爺臨走前還悄悄跟我說不要怕，被欺負了一定要說出來，村裡人會幫我出頭。」小雲笑著對林伊和小雲說道。

「太好了，這才是打了他們還讓他們沒地哭。」林伊聽得大為解恨，邱老三母子那樣的惡人就是要這麼收拾。

不過她還有個疑問。「就那麼一場就把邱老三打服了嗎？他也太孬了，我看他怕妳得很。」

「沒呢，後來又想跟我較勁，還嘟囔說敢不敢不拿鞭子和他打，我肯定打不過他。就他那小身板，我哪會怕，小海哥教我的招式還沒用上呢。我就把鞭子收起來直接揍他，把他揍得滿地亂爬，站都站不起來，他臉上的傷就是那時失手打的。這下就真把他打服了，我叫他幹麼他就幹麼，一句話都不敢多說。而且我還跟他說，在家他聽我的，出門我給他面子。他沒有意見，答應得挺爽快。」

要是邱老三聽到她的話肯定又得哭。我能不答應嗎？我有得選嗎？

「動手的時候妳怕不怕？」林伊繼續問小雲。

「怕，怎麼不怕，整個人都在哆嗦，心跳得飛快，手還直冒汗，差點抓不住鞭子，不過我忍住了，不能讓他們看出來。妳說我必須在氣勢上壓住他們，小伊，我做到了！」小雲激動地說。

正所謂相由心生，現在的小雲自信大方，看著容光煥發，和以前那個沈默寡言、一身破爛的小雲相比，簡直判若兩人。如果不是看著她一點點變強，林伊都要懷疑她要不是重生，不然就是被人魂穿了。

只是林伊心裡還是很難受，從小雲的話裡看得出她對邱老三已毫無感情，甚至頗為厭惡，可就算這樣，兩個人還是要天天相處，共度一生，甚至生兒育女。林伊想想就覺得可怕。

在這個時代像這樣生活的女子不少，她們在家裡操持家務，照顧老人，撫養兒女，卻得不到應有的尊重，挨打受罵就像是家常便飯。小雲還算好的，至少藉由努力掌握了主動權。更多的是像林氏這樣，處在水深火熱之中卻不知道反抗，更有像楊氏那般，自己受了苦，還要苦難延續到下一代身上。

林伊越想越坐不住，決定要加快步伐，儘快搞定吳老二，和林氏一塊兒離開吳家，她再也不能忍受這樣的生活了。

小雲見林伊低著頭，以為她在擔心自己，忙拉過林伊的手，發自內心地感激道：「小伊，妳不知道我有多慶幸，幸好那天我衝過去對妳發脾氣。如果沒有妳幫我出主意想辦法，還鼓勁我，我不知道會是啥結果。要是聽我娘的，邱家打我罵我刻薄我，我都得忍著，這種望不到頭的苦日子我怎麼熬得下去，肯定和前面的小媳婦一樣也去找條繩子吊死。小伊，我有現在的好日子全靠妳。」

林伊有點不好意思，這麼大的功勞她可不敢擔，這件事靠的還是小雲自己，就算她再怎麼鼓勵謀劃，小雲自己不想反抗也沒有用。

她握住小雲的手，認真地說：「哪裡是靠我，靠的是妳自己，不只是現在，以後的日子也要靠妳。那兩個人對以前的小媳婦下手這麼狠，心思肯定歹毒，妳可不能掉以輕心，得打起精神來好好應付。」

的道。」

小琴也直點頭。「姊，妳真的得小心，說不定他們正在想辦法對付妳，千萬別著了他們

小雲倒不把他們放在眼裡，經過昨天的交手，她對這對母子算是有了清晰的瞭解。

邱家那個老太婆最壞，翻風攪浪的就是她，邱老三做的事大部分是她在背後唆使，而邱老三看著陰狠，其實是個孬種，沒有受過苦經過難，兩三下就能把他擺平。

「妳們放心吧，邱家就那個老太婆在作怪，這段時間她傷了腰都得躺床上，等她傷好了，我準備給她加點不傷身的藥，讓她全身無力，一直躺著別起來，連門都沒法出，這樣她就翻不起事。至於邱老三，那就是個沒種的男人，我昨天已經把他收拾得服服貼貼，怕我怕得不得了，晚上還主動把他的私房錢都交給我了。過兩天等我把那個老太婆也制伏了，把邱家財權拿到手，就給她買個小丫頭，讓她好好享受被人伺候的滋味。」

小雲說完，看向林伊。「小伊，妳是有本事的，我不擔心妳，只是……」她停頓了一下，眼裡泛起了淚。「我放心不下小琴，眼看她一天天大了，我真怕哪天我娘和奶奶會把她賣到有權有勢的人家去當下人，這種人家我們根本惹不起，就算族長出面都沒有用，到時候可怎麼辦啊？妳們不知道，邱老三的兩個雙生姊姊就是被賣到了這種人家，這輩子都見不到了。」

「邱老三的姊姊是雙生子？」林伊和小琴大吃一驚，這還真不知道。

「是的，昨天我問的，他說他兩個姊姊長得一模一樣，有時候連他娘都分不清楚，而且

特別好看，要不怎會賣那麼多錢。我可不想小琴以後也走這條路，我聽說做人家下人，就算被打死了家裡人都不會知道。」

林伊和小琴也很擔心，楊氏那個糊塗腦袋，就沒她不敢做的事。

林伊凝神細想，突然靈機一動，想到了好辦法，她興奮地抓住小雲的手。「我有辦法了，妳不是想買小丫頭嗎？別買了，萬一被那老太婆收買怎麼辦？就讓小琴去妳家，對外就說妳要照顧婆婆，又要理家忙不過來，讓小琴幫忙照顧，大家肯定會說妳孝順，想得周到，而妳娘就算想賣掉小琴也找不到人，小琴還不用在家裡受苦，妳覺得怎麼樣？」

小雲姊妹對視一眼，覺得這個辦法好，小雲當即做了決定。「行，等我回去把邱家理順了就來接小琴過去，有小琴幫我，我更不怕了。只是小伊，以後小琴走了只有妳在家裡，妳要受苦了。」

林伊但笑不答，她覺得自己說不定比小琴還先離開吳家呢。

「以後妳娘還有爺爺、奶奶讓妳拿錢回來，妳可得堅持住，絕不能聽他們的。這家就是個無底洞，一旦纏上了，再多都不夠填。」林伊提醒小雲。

對這個問題，小雲已經有了應對之策。「我知道，我在外面就是受氣小媳婦，他們找我要錢我就說沒有，我自己飯都吃不飽，挨打受罵的，哪有錢給他們。妳們幫我想想還有啥要當心的。」

於是三人熱烈討論起來，又商量應對的辦法，暢想以後的美好生活。

小雲突然想起一件事，她鄭重地看著林伊說道：「我要開始學認字了，邱老三把他家的帳簿給我看了一本，我完全看不懂，以後怎麼理帳呢？邱老三倒是認識幾個字，雖然不多，但也足夠了。我已經跟他說了，回去他就教我，等小琴來了我們還可以一起學。」

林伊拍手叫好。「那太好了，我們以後可以寫信，告訴對方日子過得怎麼樣，如果需要幫忙出主意也可以在信裡寫上。」

小雲沒想到林伊會這麼說，她吃驚地問：「小伊，妳也會寫字嗎？妳怎麼學會的？」

林伊有點不好意思地說：「梔子識字，她教了我一些。只是我毛筆字寫得不好，妳可別笑我。」

小雲呵呵笑起來。「我怎麼敢笑妳。」

小琴也捂著嘴直樂，林伊鼓勁她們。「我們一起學吧，以後每個月都寫一封信。」

小雲和小琴連連答應，正說得熱鬧，就聽到有人說說笑笑地進了院子，這是參加回門宴的族人來了。

# 第二十九章

三人連忙走出去相迎。大家打了招呼後，小雲便陪著他們說話，林伊和小琴去廚房幫林氏，眼看著到了開飯的時間，她們得快點把飯菜準備好。

因為村裡對小雲的親事還是不認可，各家並不想摻和進來，所以有幾家並沒有來，有些礙於臉面不得不來，只派個代表過來應付一下。

族長家來的是韓氏，翠嬸子沒來，據韓氏說是她娘家有事，回娘家了。其實韓氏也是為了給小雲撐腰才會來，要不然她可不想登吳家的門。

眾人不出意外地看到了那三位臉上帶的彩，不過大家都是聰明人，全默不作聲裝沒看見。

今天的回門宴雖然不能跟喜宴相比，但菜品還是非常豐富，魚啊肉的擺滿了桌。

因為人不多，兩張桌子坐得很鬆，氣氛還算和諧，特別是韓氏對小雲的狀況非常滿意，狠狠地誇獎了邱老三兩句，讓他以後就得這麼好好的對待小雲，做個吳家村的好女婿。

邱老三聽了，扯個比哭還難看的笑就低下了頭。小雲見狀，咳嗽一聲，他立刻驚恐地抬頭望向妻子。小雲朝他使個眼色，他馬上反應過來，對著韓氏一迭連聲的謙道：「應該的應該的，小雲這麼好的媳婦，能娶到是我的福氣，我肯定會好好待她。」

接下來邱老三全程緊密關注小雲的一舉一動，小雲朝哪道菜瞟一眼，他就趕緊給她挾過去，她清咳一聲，他又緊張地問是不是渴了，要不要喝湯，忙前忙後，照顧得無微不至。

也許是過於周到，惹得桌上諸人各自側目，心思不一。

首先是村裡人，他們都很不以為然，早就聽說這家人慣會作假，在外面一副疼愛媳婦的樣子，回家關上門就刻薄凶惡痛下狠手，現在看來果然如此，瞧瞧邱老三那做作樣，正常男人怎會如此。

然後是楊氏，她被邱老三的行為嚇到了，姑爺怎麼脾氣這麼好，就差把小雲捧手心裡了。又對小雲非常惱怒，這死丫頭竟如此不懂事，相公給自己挾菜舀湯，她怎好意思接著，不應該是她去伺候相公嗎？反了反了！她頻頻對小雲使眼色，可惜小雲根本不往她這邊看，氣得她都快沒心思吃飯了。

還有吳老二，邱老三的舉動簡直讓他看不下去，真是太丟男人的臉，不是說他收拾婆娘很有一套，怎麼一副低三下四的模樣，這還是男人嗎？要是他，早就……他抬頭看到另一桌林伊那張清俏的小臉，小腿骨不由自主地抽痛了一下，馬上低下頭挾了一筷子菜，心虛地想，哪天一定要把這個死丫頭賣出去，看她怎麼橫！

吳老頭看著他們和和美美的模樣老懷甚慰，瞧這恩恩愛愛的小兩口，瞧這懂事講禮的孫女婿，村裡有哪個小子比得上？這麼好的親事，哪個還敢說他賣孫女，今天真是揚眉吐氣！

見韓氏誇獎了邱老三，吳老頭覺得作為長輩也很有必要教導教導這小兩口，只是他嘴角的抓傷太煩人，一張口就火辣辣地扯得痛，影響了吃飯說話。可是他又實在很想說幾句，於是用手按住嘴角，微微張口，含含糊糊地說道：「你們現在是一家人了，要互相扶持，互相體諒，遇到問題要多想想，不要光抱怨別人，家裡的事都主動一點，小雲妳要孝順長輩，要好好……」

「來，吃菜吃菜！」他的話還沒說完就被打斷，原來是田氏挾了一大筷子的菜給邱老三，挾完還瞪了吳老頭一眼，低聲嘀咕。「話都說不清楚還要說，也不看看哪個想聽你的。」她現在特別煩有人在吃飯時說話。那滿桌的菜都塞不住你的嘴嗎？

吳老頭氣得恨不能把她揪起來再捶一頓，這個死老太婆，竟敢堵他的話頭打他的臉。他有心不理她接著往下說，可是掃視了一下，發現桌上眾人都忙著吃飯，並沒有誰停箸傾聽，又一下沒了興致，也低下頭小口小口吃起飯來。

吃過飯後不久，族人們陸續告辭離開，田氏和吳老頭全程都待在房裡，一步沒有出去過，可能他們覺得屋裡光線暗，別人看不到他們臉上的傷吧。不過林伊猜測用不了一刻鐘，全村的人都會知道吳老頭和田氏打架了，至於邱老三臉上的傷，就不曉得大家會怎麼猜測。

到了小雲該回婆家的時間，邱老三雇的馬車停在吳家門口，小雲和吳家諸人一一告別。楊氏拉著小雲惡狠狠地叮囑，要她懂事點，用心侍奉相公婆婆，別不識好歹，反而要相公照顧她。又說過幾天要去看小雲，讓她好好準備，還朝小雲擠眉眨眼，暗示得很明顯。

小雲心不在焉，對她的話毫不放在心上，急得楊氏使勁擰她幾下，小雲痛呼一聲，不耐煩地拂開她的手。「我婆婆現在身體不好，我要照顧她，沒空招待妳。」

正在和吳家男人告別的邱老三聽到小雲的叫聲，一下就轉過頭來，緊張地問：「哪裡不舒服？」

小雲朝他溫柔一笑。「沒事，我們走吧。」

說完不再理會忐忑不安的楊氏，率先走出門去，邱老三亦步亦趨地跟在她的身後。

楊氏看著小雲的背影有點怔忡，怎麼覺得這死丫頭不一樣了，像是變了個人。她有點慌張，這丫頭以後真的會拿錢回來給她嗎？

林伊和小琴高興地陪著小雲往外走，她們現在對小雲充滿信心，一點也不擔心她在邱家會受苦受氣了。

天黑以後，林伊就開始坐立不安，在小屋裡走來踱去。

她決定今晚去劉寡婦家打探情況，一旦確定這兩人姦情是真的，她必須立刻制訂出周全的計劃，明天就付諸行動，最好一擊即中，把事情鬧大，林氏就能乘機提出和離從而成功離開吳家，過上自由自在的生活。

根據小虎說的時間判斷，林伊猜測吳老二去劉寡婦家應該是晚上十點半以後，她得趕在這之前就去劉寡婦家蹲守，可是這裡沒有鐘錶，林伊又不會看時辰，只能根據吳家人的作息來大致推算。

最能作為參照的就是吳老大。據林伊這段時間的觀察，他打完晚上那場牌局回到家是九點左右。村裡人第二天都要下地幹活或者忙別的事，再加上這裡只有油燈，又費錢又費眼，所以牌局收得早，不像在現代，不打到半夜十二點不會散場。

今天晚飯後，吳老大也去了，現在林伊就焦急地等著他回來。

和平常差不多的時間，她聽到有人進了院子順手把門關上，慢吞吞地朝東廂房走去。

吳老大回來了！

「回來啦？」

突然院子裡有人說話，林伊一驚，是吳老頭！原來等著吳老大回來的不只林伊啊。

「哎喲我的娘吔！」突如其來的問話嚇得吳老大差點跳起來，忍不住出聲抱怨。「爹，您怎麼還沒睡，躲在暗處幹麼，嚇我一跳，人嚇人會嚇死人的！」

吳老頭也不解釋，只接著問他。「你今天怎樣，手氣好不好，牌好不好？」

吳老大悶悶地說：「不怎樣，不曉得是不是昨天那把牌沒做成壞了運道，這手上的牌就沒好看過，再輸下去我都沒錢玩了，早知道今天小雲回來找她拿點錢。」

吳老頭急切地問：「怎麼個不好法？把你的牌跟我報報，我幫你把把脈，我覺得是你不會打，昨天那麼好的牌怎會沒做成嘛。要是我，怎麼著也能做成。」

林伊在後面聽得捂嘴直樂，吳老頭牌癮也太大了，沒法出去打牌，只能聽吳老大說說解饞。照他臉上的傷，至少還得要五、六天才能淡下去，這段日子他可怎麼熬得過去。

「打完就忘了，誰會專門去記牌。」吳老大根本不珍惜吳老頭的心意，不耐煩地說道。

「你就是打牌不上心，要不然怎會打了這麼久手氣還那麼臭，算了，不問你了。」吳老頭有點失落，不過馬上又打起精神，聲音裡充滿了期待。「有沒有人誇我們家的回門宴，有沒有人說你女婿不錯，你瞧瞧他對你閨女多好，有哪個男的能做到，這下應該沒人有話說了吧。」

「都忙著打牌，誰會說這事啊，倒是回來的時候聽到有幾個婆娘在嚼舌根，說咱女婿是裝的，說他家壞得很，小雲回去了就要受罪。」吳老大把聽到的話一五一十跟吳老頭說了，一點也沒隱瞞。「還說為了爭小雲拿回來的錢，你和我娘打起來了，把臉都打爛了。」

「胡說八道！這些長舌婦瞎說啥，我們是那種人嗎？你怎麼不跟她們說清楚。」吳老頭聲音立刻大了起來，林伊能想像出他這會兒肯定鬍子又氣得一翹一翹的。

「我才懶得說，她們想怎麼著就怎麼著吧，反正我又不會少塊肉。爹，我睡了，您也快去睡吧。」吳老大打個呵欠，打開東廂房的門走進去了。

吳老頭還在後面叮囑。「明天再有人亂說，你得跟他們辯，你閨女就是嫁了個好人家，我們沒賣閨女，那些人就是眼紅咱家攀了個好親家，心裡嫉恨著呢。你得辯清楚，記住了，別不放心上，這關係到咱家名聲。」

吳老大含含糊糊地答應，都不知道他把吳老頭的話聽進去沒有。

半晌，吳老頭在院裡長嘆一聲。「我真的給孫女找了個好人家啊，這些人怎就不信呢。」嘆完才拖拖沓沓地進了屋。

沒一會兒，林伊聽到吳老頭和田氏在爭吵，應該是吳老頭進去吵醒田氏了。

「你那麼喜歡打牌，拿副牌煮過嚼了吃嘛，免得你心發慌。」田氏說話一向喜歡朝人捅刀子。

果然吳老頭暴躁了，低低罵了聲，然後林伊就聽到拳頭打在肉上的聲音以及田氏弱弱的驚呼，同時還有吳老頭的呼痛聲。

這老兩口又打起來了？不曉得打到田氏哪裡了？田氏應該又抓了吳老頭臉上幾爪，看來他還得在家多待幾天。林伊幸災樂禍地笑起來。

可能怕鬧大了被人知道面子不好看，兩人的爭吵沒有持續多久就停止了，只有田氏隱隱約約的嚶嚶聲從前院傳過來。

不一會兒這聲音也消失了，吳家安靜下來，只有或輕或重的鼾聲傳來。

林伊算了算差不多快到十點了，便拿了兩個裝著艾草葉的荷包放在身上，準備出門。這個時間蚊蟲猖狂，她要待在屋外打探，得做好防護。

她從微開的門縫間鑽了出去，待眼睛適應了室外的黑暗後，便輕悄悄來到院牆下，縱身一躍，上了院牆，輕易地就翻了出去。獨自住在後院的好處就在這裡了，她做這些根本就沒人知道。

她一個閃身跳到竹林裡，順著屋後的小道往村頭跑去。

因為白天天氣陰沈，這會兒天空中無星無月，能見度不太好。鄉下人睡得早，整個吳家村燈火已熄滅，到處黑漆漆、靜悄悄的，只偶爾幾聲狂噪的狗叫遠遠傳來，讓人略感不安。

林伊快速奔跑著，邊感受清涼的晚風在臉旁呼呼作響，邊小心翼翼地探著前路，儘量避開養狗人家，寧願多繞點路，免得被這些警惕的小傢伙發現了，壞了她的大事。

很快她就來到了劉寡婦家，昨天她專門來看過，劉寡婦家屋旁有棵樹又粗又高，是個很好的觀察點，林伊可以爬上去，這樣站得高視野廣闊，只要吳老二來了，她能第一時間發現。

因為這段時間經常上樹掏鳥蛋，她爬樹的技術日益精進。悄無聲息地直奔樹下後，她抱住樹幹，只噌噌幾下就爬到了一根粗壯的分杈上，試了試非常穩固，便坐在樹枝上，躲進繁茂的樹葉裡將身形隱藏起來。

現在的她很激動，心臟直跳，眼睛像是探照燈一般，炯炯地掃射著劉寡婦家房前屋後，生怕錯過了蛛絲馬跡。

她在心裡盤算，這兩人的姦情確定後，要怎麼暴露出來？

最完美的局面是吳老二和劉寡婦三更半夜，衣衫不整被羅家人抓個正著，這樣就證據確鑿，他們想不承認都不行。畢竟這是民風淳樸的時代，這種局面就足以定罪，而不像現代社會，就算堵床上了也可以狡辯是蓋著棉被談工作。

很快，她的腦海裡浮現出一個個計劃，卻總是不太滿意，被她一個個否定。這次的計劃太重要，關係到她和林氏能不能成功離開，容不得一點差錯，必須方方面面沒有問題才行。還得由她獨立完成，不能假他人之手，否則洩了密，她苦心經營的小白花形象就會轟然倒塌，以後別想再得人同情，別想再有好日子。

正在她苦苦思索之際，一道婀娜的身影輕悄悄地從屋裡出來，在院門口來回踱著步子，這是劉寡婦在等吳老二吧？林伊猜測。

林伊抬起頭，順著劉寡婦門前的小道往遠處望去，她驀地發現有個模糊的影子一晃一晃地朝這邊過來了，速度還挺快。影子漸漸越變越大，越來越清晰，林伊瞇起眼仔細分辨，沒錯，就是吳老二，他身上的衣服還是今天參加回門宴的那件灰色布衣，在漆黑的夜色裡挺顯眼。

還真是高調啊，都不知道換件顏色深的，是怕人家發現不了嗎？林伊暗暗吐槽。

吳老二剛到劉寡婦家門口，還沒有敲門，密切關注門外動靜的劉寡婦已經把門打開了一條縫，一把將他拉了進去，嘴裡還輕聲說著。「今天不是你姪女回門嗎？我還以為你不來了呢。」

吳老二摟住她，親親熱熱地說：「哪能呢，我一天見不到妳就想得慌，怎麼著也要過來看看，要不然我睡不著覺。」

林伊的下巴差點驚掉，這就是平時板著一張死人臉，眼神陰狠，不罵人就不說話的吳老二？原來他也懂得溫柔，會說肉麻的情話，只是這些真情實意從來沒有分一點點給自己的妻子和女兒。

劉寡婦顯然對他的話很受用，兩個人嗎嗎噥噥說著無營養的廢話，相擁著進了屋子，接著屋裡便點起了一豆燈火。

# 第三十章

望著那不停跳躍的橘紅燈光，望著窗紙上那兩個重疊在一起的身影，林伊心裡突然酸澀難當，視線也變得模糊，兩大滴眼淚毫無徵兆地落了下來。

林伊大驚，趕忙擦去眼淚，深吸一口氣，努力趕走這異樣的情緒，今天晚上的事情太重要，她必須保持冷靜。

她重新把注意力轉向屋子，屋裡兩人正親密調笑，林伊猛然想到，這對孤男寡女湊在一起，接下來肯定會發生些難以描述的行為。她是個純潔美好的小姑娘，對這些不感興趣，既然已經確定了兩人的姦情，她便決定離開。

她轉過身踩著樹幹，正準備往下滑，突然聽到劉寡婦說了句小伊，她一下警醒，這兩人正你儂我儂的，為什麼要提到自己的名字？

她馬上停下動作，重新坐回樹枝上，尖起耳朵聽他們說話。

「你不用羨慕你姪女，我有個姊妹專門給城裡的大戶人家尋丫頭婆子，小伊這模樣去了肯定會被重用。稍微打扮一下，說不定會被人家少爺老爺看上，到時候抬個姨娘啥的，你就是城裡老爺的岳丈，哪是小雲那個鄉下婆家能比的。」劉寡婦正在溫言安慰吳老二，給他描繪美好的前景。

吳老二並不看好，他恨聲說道：「真能拉去就好了，那個死丫頭一把蠻力氣，一掌就能把人打倒在地，哪那麼容易賣了她。」

「這有啥難，等我嫁過來了，好好跟她相處，找個時間哄她去縣城，直接帶到大戶人家裡去，到了那兒容得了她鬧騰？人家有的是法子治她！實在不行，弄點藥把她迷倒，要賣要嫁還不是隨你。一個丫頭能翻起什麼風浪。還有你家大房的小琴，那模樣也長得標緻，到時候一起賣出去，賣了二十兩，跟你大哥說只賣了十兩，他也不知道。」

林伊聽得又驚又怒，不由自主握緊拳頭，真想朝她臉上揮去。這個死婆娘平時看著溫溫和和，沒想到心思這般歹毒，還沒進門就想著要賣人家閨女。

她暗自慶幸，今天幸好被聽個正著，要不然都不知道她打的這個算盤。

「這怕是不太容易，那丫頭實在太難纏，妳是沒瞧見她那狠勁，我覺得她有點邪門。」吳老二想起林伊提著木棍在他面前放狠話的情景，一點信心也沒有。

「怎會不容易，你只管把你那不下蛋的婆娘休了，趕快娶我進門，到時候看我怎麼安排，你就不用操心了。」劉寡婦顯然已經有了規劃，一副胸有成竹的樣子。

「過一段時間吧，這兩天在忙小雲的婚事，也沒機會抓到那婆娘的錯處，總不能無緣無故就休了她，再等等。」

「等啥等，你該不會捨不得那黃臉婆吧，說這些話來敷衍我。」劉寡婦驀地提高了聲音，似乎很是委屈。

「哪能呢？她怎麼能跟妳比，幫妳提鞋都不配。我只是得找好理由，要不然我們族長也不會答應啊，妳不是還想讓他幫妳爭田地嗎？不好好安排怎麼行。」吳老二見她生氣也慌了，急急地安撫她。

其實劉寡婦的優勢就是比林氏年輕會打扮，若真論容貌，根本沒法跟林氏比，而且林氏如果是黃臉婆，她就是黑臉婆，還好意思說林氏，也不撒泡尿照照自己。林伊聽得生氣極了。

「我能等，只是我肚裡這個怕是不能等，到時候顯了懷若是被人看出來，你可讓我怎麼活，只能一條繩子吊死。」劉寡婦幽幽地說道。

懷孕了？林伊張大嘴，沒想到吳老二竟在外面搞出了人命，難怪林氏說他高興得很，像是有啥大好事，難道說的就是這個？他不會認為這就是他夢寐以求的兒子吧？

可是劉寡婦和自己打鬥的時候，那不顧一切的狠勁不太像懷了孩子啊？難道被人罵皮膚黑比肚子裡的孩子還重要？林伊有點疑惑。

劉寡婦這麼一說，吳老二顯然急了，溫言低語地安慰，又詛咒發誓會想辦法，肯定會很快把她娶進門。

吳老二的態度讓劉寡婦很滿意，她輕笑著誇獎了他幾句，又嘟囔著抱怨。「羅家人也太貪了，就想著我改嫁了把分給我的田地全搶回去。吳村長跟羅家族長交涉會管用吧，我也不求全帶走，能帶走一半也行，到時候咱們成親後就分家出來，靠著那些地和我身上的銀錢，再加上賣那兩個丫頭又能得一大筆，保管過得舒舒服服，十里八村有誰能比得上我們的光景。」

據林伊所知，劉寡婦男人家有兄弟三人，她嫁的是最小的兒子，一嫁進來就分了家，他們分了不少田地，還有銀子和雜七雜八的東西。結果成親一年多，她男人就得病去了，沒有留下一兒半女。

按照這裡大部分家族的族規，寡婦再嫁，分家得的錢財要歸還給夫家，不能帶走，由夫家兄弟平分，不過守寡期間田地的產出可以帶走，吳家、羅家都是這麼個規矩。

劉寡婦顯然對這個規矩很不滿，又想改嫁又不願意還回羅家錢財。

她是覺得吳氏族長能壓羅家人一頭，想借他的勢討要地產？難怪她會找上吳老二，原來在作這個夢！

再想到昨天她見勢不對，立馬低頭認錯，毫不拖泥帶水，倒也算是個人物。只可惜心腸太壞，到時候真嫁進吳家，不曉得田氏、楊氏是不是她的對手，三人若鬥在一起肯定很熱鬧，自己一定要幫她這個忙，最好能把吳家攪得亂七八糟。

「行，我想想法子，怎麼也不能把地都還回去，妳別操心了，好好養胎護好我的寶貝兒子。下次遇到那個死丫頭別和她動手，她是個沒有輕重的，萬一傷著了可不得了，我盼了十幾年的寶貝兒子啊！」

看來劉寡婦已經跟吳老二告了狀，瞧瞧吳老二兒子長兒子短的，萬一不是兒子生個女兒他怎麼辦？會不會又像對小吳伊那樣？

接下來那兩個人就開始甜甜蜜蜜，林伊覺得差不多了，就快速下地原路返回了小屋。

躺在小床上，林伊睜大眼睛呆呆地望著黑洞洞的窗戶，聽著窗外風吹樹葉雜亂的嘩嘩聲，心裡亂糟糟的，根本沒有辦法靜下心來思考。

作為林伊本人，對吳老二毫無感情，有的只是鄙視厭惡，今天晚上發生的一切按理說更會讓她氣憤。可是自從看到吳老二進了劉寡婦的門，對她溫柔呵護的那一刻起，林伊的心裡就委屈苦澀得不行，這會兒胸口還空落落的，像是失去了什麼重要的東西。

林伊猜測，這是屬於小吳伊殘存在身體裡的本能反應。

她知道，吳老二雖然對小吳伊從沒好臉色，兩句話不對就拳打腳踢，可是在心懷恐懼的同時，小吳伊還是渴望著吳老二的關愛，期盼著能與他親近。她總是遠遠地望著他，吳老二哪怕無心對著她笑一笑，都能讓她高興不已。

每次看到徐郎中對著梔子溫言細語，自然流露的關心，小吳伊都會非常羨慕，走在路上，遇到小孩子被父親牽著抱著，她會忍不住以目相隨，幻想那個小孩是自己。

她常常問自己，為什麼爹爹會這麼討厭她，到底哪裡做得不好？怎麼做爹爹才會喜歡她？

她曾經在腦海裡無數次想像過吳老二對她說——

「小伊，妳喜歡吃什麼？告訴爹，爹買給妳。」

「小伊，當心點，別傷著了！」

「小伊，妳想去哪裡玩？爹爹帶妳去！」

她甚至夢到過吳老二抱著她，走到一棵花樹下，寵溺地問她。「小伊，想要那朵花是嗎？爹給妳摘！」

她的手緊緊摟住吳老二的脖子，倚偎在他溫暖寬闊的胸膛上，笑得滿足而幸福。

可惜，這種情形從來沒有發生。她回憶裡只有幾個吳老二對著她笑的畫面，這些畫面被她珍藏著，在被吳老二一次次拳腳相向，被田氏惡言辱罵，在餓得睡不著覺，在她覺得熬不下去時，就拿出來回味，這樣她又有了堅持的勇氣，讓她幻想有一天，吳老二會發現她的好。

可現在林伊懷疑，這些畫面在小吳伊一次次的回味中被她加工美化了，真實的吳老二何曾對她有過好臉色，從來都是厭惡嫌棄。

眼下這個極度渴望父愛，卻從來沒有得到過回應的小可憐，又無助又絕望，難過傷心不甘的情緒糾纏著她，像海浪般一波波湧上心頭，令林伊的眼睛又酸又脹，只想放聲大哭。

林伊嘆口氣，輕聲說：「哭吧哭吧，想哭就哭吧，哭完了就告別過去，對妳爹爹死心，別再對他抱有幻想了。」

於是，她閉上眼，任憑洶湧的淚水從眼角滑落，心裡的酸痛也隨之一併傾洩而出。

今天必須和過去了斷，必須放下心結，因為明天有場硬仗在等著她，有個她最愛的、也最愛她的人需要她保護。

吳老二，就當他今天晚上死了吧。

第二天早上，田氏安排小琴在家裡幹活，林伊獨自上山，待她打完豬草，山上已空蕩蕩的沒啥人了。

今天晚上就要行動，卻還沒有制訂好計劃，她心裡躁動不安，根本不想回家。

她坐在樹叢中，想認真思索，可一個個問題接踵而來，糾纏著她困擾著她，根本靜不下心。

她從背簍裡撿了根枯枝在地上無意識地畫著圈圈，漸漸地有了頭緒。

現在最大的變化就是劉寡婦的懷孕，這對她來說是個好消息。

因為現在劉寡婦想要嫁入吳家的心思肯定異常迫切，有利於林氏爭取更多的權益，而且本來族長有可能為了族裡的顏面，壓下那兩人的姦情，苦勸林氏不要和離，可現在涉及子嗣，事情就會變得棘手。只要操作得當，自己跟著林氏離開會變得非常容易，畢竟吳家人盼了那麼久，在快絕望的時候有了這麼大的盼頭，肯定不會再阻擋自己，說不定巴不得自己離開呢。

現在萬事俱備，只欠一個完美的計劃，到底應該怎麼做呢？

她細細思索，手中的枯枝被她無意識地折成了一小段一小段，她解嘲地笑了笑。「可以做火柴棍了。」

她突然靈光一閃，劉寡婦家院子裡那幾大堆稻草浮現在眼前，對啊，可以用火啊！

她激動得心狂跳，想到辦法了！

林伊站起身，來回地走動著。很快，一個計劃慢慢成形，她仔細回想劉寡婦家的佈局，把可能面臨的問題都考慮進去，不斷修正這個計劃，直到覺得沒有遺漏才滿意地點點頭。

今天晚上，且看她大顯身手吧！

算算也快到了午飯時間，她不再耽擱，揹上背筐往山下跑。

快到山下時，她放慢腳步，調勻呼吸，又變回了那個步履艱難、愁眉不展的小可憐。

下午林伊不打算再上山了，她都要走了，憑啥還要再去打柴火？

她拉上林氏回到她的小屋，跟她說有事要告訴她。

坐在小屋的床上，林氏又期待又忐忑，直覺林伊要說的事跟離開吳家有關。

難道機會終於來了，她和小伊馬上就能離開吳家了？

看著她忐忑的眼神，林伊不打算繞圈子，開門見山道：「我爹和人有私情，被發現了。」

林氏愣了一下，眼裡瞬間蓄滿了淚，嘴唇也直顫抖，卻沒有表現出特別驚訝難受的神情。

她看著林伊喃喃道：「我早就猜到了，我早就入不了他的眼了。」

她使勁睜著眼，努力不讓眼淚掉下來。「那人是誰？是村裡的嗎？」

「是劉寡婦，羅家那個小媳婦。」

林氏大吃一驚。「怎會是她，她看上妳爹哪一處了？」

林氏和劉寡婦沒打交道，但是也知道這號人。在她的印象裡，劉寡婦年輕又漂亮，家裡有好幾畝地，吃不愁穿不愁，日子過得滋潤，怎麼看都和吳家人搭不上線，怎就和吳老二搞在一起了？

林伊也不明白。

劉寡婦改嫁雖然不能帶走婆家的財產，可是在守寡期間的產出卻能帶走。劉寡婦有那麼多地，她一個人吃用不了多少，這幾年肯定存了不少銀錢，加上她的嫁妝，憑著她的相貌，尋個好人家過日子不是挺好？

第一次婚姻算是運氣不好失敗了，第二次怎麼著也得仔細又仔細吧？不說打著燈籠找，至少也得把眼睛擦亮點，怎就看上了吳老二？

聽她昨天的話，是想借吳家族長的勢爭財產，可是族長憑什麼要幫她，就因為她嫁了吳家人？吳家可有百多號人呢，族長願意為了一個不太成材的子弟去壞規矩？吳老二憑什麼能說動族長蹚這渾水，該不會明知道不可能故意騙劉寡婦吧？

就算族長願意幫族人，吳家還有好幾個鰥夫呢，都比吳老二踏實能幹，雖然外貌不如吳老二，卻家世清白背景簡單，比身為有婦之夫的吳老二好得多。劉寡婦難道真是看上了吳老二的外貌？看上了他皮膚白？

林伊百思不解，明明能有更好的生活不去過，偏要破壞人家的家庭，還未婚先孕！算了，不想了，這人心術不正，正常人怎麼可能瞭解她的想法。

林氏見林伊一臉茫然，知道她也不清楚，便直接問道：「我們要怎麼做？」她已經完全準備好了，一切聽林伊安排，只要林伊說走，她起身就離開，這個家沒有一點值得留戀的地方。

林伊把整個事情的來龍去脈說了一遍，又告訴她今天晚上自己的計劃。

——未完，待續，請看文創風1049《和樂農農》2

2022年3月出版

# 飯香滿門

文創風 1045～1047

一兩為媒，從此他的一日三餐都有人管著啦。
山珍海味不稀罕，這輩子，他只吃她煮的飯！

夫諾千金，妻有獨鍾／紫朱

穿越到古代便跟親哥哥失散，被迫賣身為奴，傅胭無奈當起伺候人的小丫頭，
雖有主家小姐護著，但她最大的心願是攢夠銀兩贖身出府，自由第一啊～～
孰料美色惹得少爺垂涎，眼看要伸狼爪納她為妾，只得找個夫君匆匆出嫁避禍，
但嬤嬤挑來的人選讓她傻了眼，這蕭烈不就是她拿一兩銀子周濟過的獵戶嗎？!
昔年她上街瞧見他為幼弟藥錢犯愁，偷偷拜託嬤嬤幫忙，才把小傢伙的命撿回來。
聽聞蕭家人口簡單，卻是窮得家徒四壁，光靠蕭烈打獵賺來的銀子才勉強度日，
可蕭烈不畏流言上門迎娶，她也沒有退路，乾脆蓋上紅蓋頭賭一把，嫁他了！
成親當天，五歲小叔喊她大嫂的萌樣簡直要融化她，原來有家人的感覺這麼好，
待在主家十餘年的她精通廚藝和繡藝，加上蕭烈的身手，都是賺錢的好營生，
難道兩個大人還養不起一個小包子啊？蕭家吃飽穿暖的小日子，包在她身上吧！

# 為流浪貓狗加油 和貓寶貝 狗寶貝

## 廝守終生(一定要終生喔！)的幸福機會

對人來說，貓寶貝狗寶貝只是生活的一部分，但妳（你）對牠們來說，卻是生活的全部，領養前請一定要考慮清楚——

▲ 見機行事我最行的 寶咖咖

性　　別：男生

品　　種：米克斯

年　　紀：4～5個月左右

個　　性：活潑好動、親狗親人

健康狀況：已完成第一劑幼犬疫苗＆體內外驅蟲

目前住所：新北市新店區（近安康派出所）

本期資料來源：中途洪小姐

## 第329期推薦寵物情人

### 『寶咖咖』的故事：

看似沈穩好照顧的寶咖咖，其實是個聰明機伶的鬼靈精，會懂得露出人見人愛的模樣替自己找新家，使得中途保姆第一眼看見牠，誤以為是個乖巧的小孩，帶回家照顧，結果才一個晚上，發現了牠的另一面——每天有用不完的精力，到處跑跑鬧鬧，還會亂咬家中的拖鞋，連狗姊姊都對牠沒轍。

話雖如此，寶咖咖初次見面會有點害羞，大概半天左右就會顯露出很熱情的性子，讓人又氣又愛。即便目前有貧血的問題持續補充鐵劑改善中，但日常生活規範的學習仍有明顯進步，像是現階段學習在尿布墊上大小便，準確度已有80%呢，相信以牠的學習能力，一定會養成活潑、有規矩的好寶寶。

新的一年，新的開始，寶咖咖要重新出發，歡迎喜歡幼犬活力滿滿的拔拔麻麻前來詢問中途洪小姐，信箱是peijun0227@gmail.com，來信請先簡單自我介紹，並留下聯絡電話，方便敲敲您家大門，入住新成員一名！

**認養資格：**

1. 認養人須年滿二十歲，若與家人同住，請先徵得家人或房東的同意，以免日後因家人或房東不同意的理由而棄養！
2. 不因工作、唸書、搬家、結婚、生育、移民、男女朋友分手而棄養寶咖咖，並要具備飼養寵物之耐心。
3. 寶咖咖尚在幼齡期，會因為長牙、換牙而咬家裡的東西，甚至關籠時有可能會該該叫，長大後是一般中型犬大小（至少15公斤），這些成長過程若能接受再來領養喔！
4. 這時期的寶咖咖需要細心照顧，若工作繁忙、長時間不在家，不建議領養。
5. 須同意結紮，負擔晶片轉移費NT$100，並簽認養寵物切結書。
6. 須同意送養人日後之追蹤探訪，對待寶咖咖不離不棄。
7. 狗狗沒有健保，醫療費可能從幾千甚至到幾萬都有可能，請衡量自身能力與經濟狀況再來領養！

**來信請說明：**

a. 個人基本資料：姓名、性別、年齡、家庭狀況、職業與經濟來源等。
b. 想認養寶咖咖的理由。
c. 過去養寵物的經驗，及簡介一下您的飼養環境。
d. 若未來有結婚、懷孕、出國或搬家等計劃，將如何安置寶咖咖？

1048

# 和樂農農 1

國家圖書館出版品預行編目資料

和樂農農 / 舒奕著. --
初版. -- 臺北市 : 狗屋出版社有限公司, 2022.03
冊 ; 公分. --（文創風 ; 1048-1050）
ISBN 978-986-509-306-8（第1冊 : 平裝）. --

857.7　　111001291

著作者　舒奕
編輯　余一霞
校對　黃薇霓
發行所　狗屋出版社有限公司
地址　台北市104中山區龍江路71巷15號1樓
電話　02-2776-5889～0
發行字號　局版台業字845號
法律顧問　蕭雄淋律師
總經銷　知遠文化事業有限公司
電話　02-2664-8800
初版　2022年3月
國際書碼　ISBN-13　978-986-509-306-8

本著作物由北京晉江原創網絡科技有限公司授權出版

定價260元
狗屋劃撥帳號：19001626
網址：love.doghouse.com.tw　E-mail：love@doghouse.com.tw